La Rivière des âmes perdues

James D. Doss

LA RIVIÈRE DES ÂMES PERDUES

ROMAN

Traduit de l'américain
par Danièle et Pierre Bondil

TERRES D'AMERIQUE
Albin Michel

« Terres d'Amérique »
Collection dirigée par Francis Geffard

Titre original :
THE SHAMAN SINGS

22, rue Huyghens, 75014 Paris

ISBN : 2-226-10666-9
ISSN : 1272-1085

À Annabelle Eagle
et Bob Newell

« Mais, parmi toutes les sources de pouvoir, la plus grande était le */pituku = pi/*.... »

Anne M. Smith
Ethnographie des Utes du Nord

1

Cañon del Espiritu,
Réserve des Utes du Sud

La vieille femme ute n'avait fait que *sentir* l'approche de la créature, la veille, de même qu'elle devinait la menace d'un orage bien avant qu'il ne danse au-dessus des mesas sur les longues pattes d'araignée de ses éclairs. Et maintenant, elle respirait les odeurs musquées de ce corps maigre. Tandis qu'elle regardait le soleil décliner vers son repos nocturne au sein des brumes bleues, la femme-médecine percevait distinctement les halètements de la bête, le bruit de sa progression assourdi par les coussinets de ses pattes.

Les ténèbres étaient les compagnes préférées de la bête, et ces ténèbres enserraient déjà de leurs bras la jupe aux plis de pierre de la Mesa des Trois Sœurs. Tenace, la créature continuait de se rapprocher. *Yogovuch* remontait au petit trot l'arroyo envahi de terre à la base de la vaste mesa, puis traversait les odorants fourrés de sauge et pénétrait dans la forêt de pins pignons noueux. La femme n'avait pas véritablement vu le messager du nain, mais sa présence était palpable. La bête agile, dont la langue écarlate pendait sur ses babines noires, s'avançait avec audace vers la caravane où habitait la vieille chamane et celle-ci était choquée de cette démonstration d'arrogance. Daisy Perika se prépara à affronter l'épreuve et tira la couverture de coton usée sur ses épaules voûtées. Elle demeura sur son perron de bois brut et agrippa la balustrade en pin attendant impatiemment que Coyote, le serviteur du *pitukupf*, vienne l'entretenir des préoccupations de son elfe de maître. Quand il arriva, son cri inquiétant la fit sursauter.

— Yiiiooouuuwww... aaaooouuu... iiieeeooo, iodla l'animal à l'adresse de la femme-médecine.

Le sombre appel tomba dans des oreilles qui refusèrent de l'entendre. Daisy claqua dans ses mains et le bruit perça le crépuscule tels des coups de pistolet étouffés.

— Laisse-moi tranquille, *Yogovuch*, lança-t-elle à l'intrus qui se drapa dans les ombres. J'ai plus que mon compte d'années et mes os me font souffrir. Sache que...

Avec défi, elle agita l'index dans sa direction pour souligner sa détermination.

— ... je ne prêterai plus l'oreille au tambour et je ne voyagerai plus vers le Monde Inférieur.

Il est grand temps, pensa-t-elle, que le nain se trouve une femme plus jeune pour reprendre cette tâche ardue. Elle rentra chez elle et poussa le verrou de sa porte frêle.

Elle attendit avec une certaine inquiétude la réponse de Coyote. Tout ce qu'elle parvenait à entendre était la stridulation rythmée des gros grillons noirs.

— C'est très bien, marmonna-t-elle, le serviteur galeux du *pitukupf* a filé. Cette nuit, je vais dormir sans faire de rêves... Mon esprit restera dans mon corps.

Alors même qu'elle se réconfortait dans ce naïf espoir, une soudaine rafale de vent ébranla sa fragile demeure, secouant les vitres de la cuisine. Elle frissonna ; était-ce là la réponse de Coyote ?

— J'espère que des tiques grasses comme des prunes suceront tout ton sang ! murmura t elle.

Décidée à chasser cette rencontre de ses pensées, elle glissa sa carcasse dans le fauteuil au siège en rotin et plissa les yeux en regardant l'image neigeuse sur l'écran de télévision. Des millions de points noirs et blancs tentaient de se fondre pour donner forme à des êtres humains et à des hélicoptères équipés de nacelles renfermant des missiles. Elle ne parvenait pas à obtenir une bonne image quand la pluie tombait entre la lointaine ville et sa maison, à l'entrée du Cañon del Espiritu.

« Tante Daisy, avait tenté de la convaincre son neveu, tu es trop loin de ta famille ; tu devrais t'installer dans une de ces nouvelles maisons tribales, à Ignacio. Elles ont le câble, l'eau courante, tout. Tu vis en ermite, ici, et, avait-il ajouté d'une voix de mauvais augure, si tu avais un infarctus et que tu mourais, on n'en saurait rien avant qu'on ne sente ton cadavre jusque sur les rives de la Piedra.

— Quand je mourrai, lui avait-elle répondu avec une expression indéchiffrable, tu le sauras tout de suite. Je te le promets. »

Le jeune homme était resté muet, imaginant que l'esprit de Tante Daisy venait lui rendre visite au pied de son lit par quelque nuit paisible. Il avait eu envie de la prier d'interdire à son fantôme de rôder chez lui, mais avait jugé plus prudent de changer de sujet.

Daisy se demandait si elle allait se préparer à dîner quand ses oreilles perçurent le bruit caractéristique d'un moteur qui peine et d'un châssis qui proteste, alors qu'un véhicule quittait la route gravillonnée pour emprunter sa piste de terre défoncée. L'identification du pick-up devint évidente quand le conducteur rétrograda en première. Le vieux Dodge avait un silencieux en mauvais état et le berger n'avait jamais appris à se servir correctement d'un changement de vitesse. Daisy se leva, ouvrit sa porte en aluminium. Elle protégea ses yeux des rayons du soleil couchant tout en regardant Nahum Yaciiti descendre du petit camion, handicapé dans cette opération par ses jambes arquées. Appuyé lourdement sur son bâton de berger, il s'approcha du perron à pas traînants.

— Tu es trop petit pour ce gros Dodge, Nahum, se

moqua-t-elle. Tu devrais t'acheter un de ces petits camions japonais.

Elle savait qu'il avait les moyens d'en acquérir un nouveau ; le vieux berger avait la réputation de pousser l'économie à un degré rare. Dans les bars d'Ignacio circulaient de délicieuses rumeurs selon lesquelles Nahum enterrait des liasses de billets verts dans des pots à conserves, sous sa tonnelle. Des trous creusés par des chercheurs de trésors remplis d'espoir apparaissaient parfois sous cette structure lorsqu'il désertait sa maison pendant plus de quelques jours.

Comme il ne répondait pas, elle renchérit avec opiniâtreté :

— Un jour tu vas en tomber, de ce gros camion, tu vas te casser la hanche, et après, qui est-ce qui s'occupera de toi ?

La femme de Nahum, qui avait vingt ans de moins que lui, avait été emportée par la grippe espagnole pendant les pluies froides de février. Maintenant, le vieil homme vivait seul dans sa maison d'adobe au nord de Bondad, sur les rives rocheuses de la rivière des Animas. De son grand troupeau ne restaient plus que quelques moutons ; il les traitait davantage comme des animaux familiers que comme du cheptel.

Le berger sourit, exhibant un jeu de dents irrégulières bardées de métal. Il appuya son bâton dans l'angle, posa son chapeau dessus et laissa tomber son lourd manteau sur le sol avant de s'asseoir avec un profond soupir à la table de la cuisine. Il dirigea un regard plein d'envie vers la cafetière et la vieille femme saisit l'allusion.

Dans sa jeunesse, Nahum Yaciiti avait passé la majeure partie de ses journées et de ses nuits dans les brumes de l'alcool. Son corps témoignait encore des ravages de cette dépendance, mais cela faisait maintenant des années qu'il ne picolait plus et son esprit ne présentait plus trace de l'ancienne maladie. La semaine précédente encore, lors d'une réunion des Alcooliques Anonymes au foyer de Peaceful Spirit, il s'était levé et avait fièrement annoncé au groupe que depuis seize ans il n'avait rien bu de plus fort que le café de Daisy Perika. Ce qui avait déclenché des petits rires élogieux chez ses auditeurs ; le breuvage de la vieille femme-médecine avait la réputation bien établie d'être suffisamment fort pour faire fondre les cuillères, et certains murmuraient qu'elle y ajoutait des « ingrédients spéciaux » puisés dans ses réserves d'herbes médicinales. Un membre respecté du conseil tribal jurait que des mois d'impuissance sexuelle avaient été guéris par une unique tasse de cette âcre concoction.

Nahum Yaciiti garda le silence pendant que Daisy versait un énorme tas de café moulu dans le filtre en papier et allumait la cafetière électrique qui ne contenait que l'équivalent de trois tasses d'eau. Il posa sur la télévision des yeux qui semblaient percer l'écran recouvert de phosphore et se concentrer sur un lointain décor. La vieille femme lui jeta un coup d'œil par-dessus son épaule, se demandant avec envie quel lointain paysage il contemplait. Des bruits persistants couraient sur le berger aux jambes arquées. Parmi les pieuses femmes chicanos qui allumaient des cierges à l'église catholique de Saint-Ignatius, certaines murmuraient que des anges, parfois, lui rendaient visite lorsqu'il s'occupait de son troupeau. Armilda Esquibel, sa voisine, avait raconté au prêtre jésuite qu'elle avait de ses yeux vu les visiteurs des cieux nimbés de lumière veiller sur son cheptel pendant que le vieillard dormait sous un tremble de Frémont. Une histoire incroyable circulait, racontant que le dimanche de Pâques 1990, le vieux berger avait souffert de blessures ouvertes semblables à celles que les clous romains avaient percées dans les mains du charpentier béni de Dieu. Daisy, qui n'avait jamais vu d'ange et qui frissonnait à l'idée de la sauvagerie brutale de la crucifixion, considérait ces récits comme des superstitions mexicaines de bas étage.

Elle posa la tasse de café sur la table que son second mari avait assemblée à partir d'un assortiment de charpente en pin noueux. C'était un homme qui savait faire bien des choses de ses dix doigts, mais pas fabriquer des meubles. Nahum posa un coude sur la table branlante qui s'inclina, même sous ce léger poids, car l'un des pieds était bancal. Daisy posa un regard mauvais sur le meuble qui avait tant servi.

— Les pieds de cette vieille table, ils sont comme mes jambes. À peine capables de porter leur charge. Je vais envoyer une lettre à mon neveu de Durango pour lui dire de venir me la réparer.

Le berger prononça ses premières paroles :

— Laisse-la comme elle est.

Son expression sensée renforçait cet étrange conseil. Elle acquiesça de la tête mais se sentit mal à l'aise. Comme il ne parlait pas à tort et à travers, ce devait être important. Il goûta le café et fit la grimace tant il était amer. La vieille femme remua une nouvelle cuillerée de sucre dans le liquide foncé et regarda pour savoir si cela allait lui convenir. Il plissa les yeux et trempa à nouveau ses lèvres.

— Qu'est-ce qui t'amène jusque chez moi ? s'enquit-elle.

Nahum ne s'arrêtait jamais pour discuter de choses et d'autres.

Il tourna son regard vers elle. Daisy vit une profonde tristesse dans ses yeux.

— Les Ténèbres approchent.

Elle pencha la tête sur le côté et interrogea son visiteur du regard. Prédisait-il sa propre mort ? Ou la sienne ?

— Qu'as-tu vu, vieil homme ?

Il contempla ses mains gagnées par l'arthrite, pliant lentement les articulations gonflées de ses doigts déformés.

— La nuit dernière, dans ma pâture. Des boules de feu sont venues. Elles ont dansé.

Il n'avait nul besoin d'expliquer. Tous les Utes savaient que la *bruja* voyageait de la sorte. Daisy ne réagit pas ; Nahum, comme la plupart des gens de son peuple, évitait soigneusement de parler ouvertement des sorciers. Elle tourna son regard vers l'obscurité qui s'épaississait de l'autre côté de sa fenêtre. Coyote, qui traînait non loin de là, s'exprima à nouveau :

— Ooooeeeee... yooouuuwww... aaahhhoooo...

— Va te faire voir, Coyote, gronda-t-elle avec méchanceté. J'espère que tu vas t'étrangler avec ta langue !

Elle se versa une demi-tasse du breuvage saumâtre et s'assit derrière la table, face à son visiteur.

— Moi aussi, je sens quelque chose de malfaisant... là, dans mes os.

Elle baissa la voix un soupçon au-dessus du chuchotement, comme si quelqu'un pouvait écouter à la fenêtre :

— La semaine dernière, j'ai trouvé un endroit mou sur le chemin qui mène à la rivière. Quelqu'un avait creusé. J'ai gratté tout autour avec ma canne et j'ai trouvé un œuf de corbeau... et une plume de chouette... juste à l'endroit où je marche tous les jours !

Nahum hocha la tête comme s'il s'était attendu à semblable volonté de nuire. Marcher sur un œuf ou sur une plume de chouette enterrée par une *bruja* malveillante ne pouvait qu'entraîner la maladie... peut-être même la mort.

Daisy poursuivit d'un ton qui se fit plus conspirateur encore :

— Ça fait maintenant trois jours que Coyote n'arrête pas de rôder autour de ma maison en disant : « Viens, Daisy, viens avec moi voir le *pitukupf* », mais je n'y vais pas. Je suis lasse de ce travail. Que quelqu'un d'autre y aille, voilà ce que je dis.

Nahum Yaciiti vida la tasse et la repoussa sur la table de bois qui oscilla légèrement en émettant un craquement. Il leva ses sourcils broussailleux et jaugea la vieille femme de ses yeux marron, affectueux ; c'était un regard franc qu'elle trouva difficile de lui retourner.

— Tu entendras la voix du nain, lui dit-il avec douceur.

Daisy tira nerveusement sur la couverture qui lui servait de châle.

— Vieil homme, je suis fatiguée d'entendre la voix du

pitukupf. Et je n'ai pas l'intention de prêter attention à son serviteur, *Yogovuch.* Depuis le jour où le monde a été créé, cet animal démontre sa paresse. Coyote va se fatiguer de venir m'embêter ; il va retourner auprès de son petit maître.

Les lèvres crispées de Daisy montraient sa détermination. Nahum fixait intensément sa tasse de café comme s'il pouvait deviner des secrets dans les reflets d'un noir de jais qui vibraient à sa surface.

— Beaucoup d'esprits vont et viennent au-dessus de la terre, dit-il en levant des yeux que Daisy évita de rencontrer. Deux esprits que nous ne pouvons ignorer. L'Esprit de la Vérité, qui murmure tout bas, ici...

Nahum tapa à petits coups redoublés sa poitrine avec deux doigts. Il hésita avant de poursuivre :

— ... Et l'Esprit des Mensonges...

La colère envahit ses traits, quand il ajouta en se touchant la tempe :

— Il parle ici, où il répand son doux poison.

La vieille femme faisait mine de savourer son café, mais elle se concentrait sur chacun des mots prononcés par le berger. Sans en avoir conscience, elle ramena en partie son châle devant son visage comme pour le dissimuler aux esprits sombres.

— Ne me fais pas un sermon, vieil homme, dis-moi plutôt ce qui se passe. Lequel de ces esprits est à l'œuvre en ce moment ?

Nahum Yaciiti traça avec son index une croix sur son front ridé.

— L'Esprit de la Vérité est toujours à l'œuvre. Mais maintenant, il y a l'Esprit des Mensonges qui approche pour venir en aide à son serviteur.

Avec une véhémence soudaine, il lança :

— Je sens son haleine fétide quand il passe !

Daisy frissonna, refermant ses doigts frêles sur son châle. Elle huma timidement l'air mais ne parvint pas à détecter quoi que ce soit d'inhabituel. Sa voix était à peine plus forte qu'un murmure :

— Qui est son serviteur ? Quels sont ses noirs desseins ?

Nahum ferma les paupières et resta silencieux ; Daisy entendait le réveil à ressort qui émettait son tic-tac à l'unisson des stridulations soutenues des grillons noirs. Avant de répondre, Nahum ouvrit les yeux et la scruta pensivement.

— Le Menteur parle à son serviteur dans un village des *makutach.*

Daisy s'accrocha à ce rayon d'espoir.

— S'il œuvre au milieu des Blancs, c'est une mauvaise chose, mais ça ne relève pas de notre responsabilité.

Consciente de la désapprobation du vieil homme, elle poursuivit avec plus de force encore :

— Certains de mes meilleurs amis sont des Blancs, mais je dis...

Elle frappa de ses phalanges le dessus de la table pour souligner ses propos.

— ...qu'il faut laisser les *makutach* régler leurs problèmes eux-mêmes.

Il ne tint aucun compte de cet élan soudain.

— Tu vas entrer en contact avec cette Sombre Présence. Fais ce qui est bien...

— Comment le saurai-je ? l'interrompit-elle.

— Ce qui est bien est écrit sur ton cœur.

Nahum glissa son lourd bâton de berger sous le bord de la cuisinière à propane de Daisy, mit son pied à côté de l'un de ceux du meuble et força jusqu'à ce qu'il se décolle du linoléum. Daisy le regardait avec stupéfaction mais tint sa langue pendant qu'il s'approchait du second pied afin de répéter l'opération. Nahum avait assurément un comportement bizarre. Est-ce qu'il perdait l'esprit ? Lorsque sa tâche fut achevée, il poussa un grognement de satisfaction et se pencha pour ramasser son lourd manteau de laine. Il entreprit de fermer les boutons sculptés dans des bois de cerf ; ses doigts arthritiques tremblaient sous l'effort.

Daisy écarta les mains du vieillard d'un geste impatient puis boutonna le vêtement avec dextérité. Elle lui tapota l'épaule d'un geste maternel.

— Tu deviens vieux et tu craques de partout, Nahum. Tu devrais aller passer l'hiver dans ta famille, à El Paso, où il ne neige pas autant.

— Avant que le premier flocon de l'hiver tombe, j'irai, pour être avec ma famille.

Le berger fit un faible au revoir de la main et partit sans se retourner.

Daisy resta appuyée contre la balustrade du perron, l'oreille tendue, jusqu'à ce que le moteur poussif du pick-up se perde dans les vents qui gémissaient doucement, à l'entrée du canyon. La première neige serait bientôt là, avec la Lune des Feuilles Mortes qui Tombent. Ce soir, le ciel était aussi limpide que les eaux de la Piedra. Son pouls s'accéléra lorsqu'elle s'aperçut que la lune décroissante n'était pas loin de la terre ; elle était juste là... assise sur la Mesa des Trois Sœurs, se reposant un moment sur les épaules solides des femmes de pierre. La chamane pouvait compter toutes les marques arrondies qui grêlaient sa face argentée. Même *Akwuch* semblait très proche, comme si Engoulevent pouvait voler jusque là-haut et se percher sur son manche. La grand-mère de la chamane lui avait dit : « C'est *Akwuch* qui tient la louche pour déverser les étoiles dans le ciel. Quand arrive le matin, elles ont toutes été disséminées dans l'obscurité.

— Ce n'est pas un problème pour les étoiles, avait murmuré Daisy. *Akwuch* les aura récupérées avant le retour du crépuscule. Mais lorsque moi, je serai déversée dans l'obscurité, Grand-mère, qui viendra récupérer mon âme ? »

2

Granite Creek, Colorado

Comme il dérivait au fil de rêves idylliques de sa défunte femme dans la brise odorante de journées printanières, Scott Parris fut brusquement arraché à son sommeil. C'était une odeur qui avait troublé son repos, une puanteur fétide. Laquelle ? Celle des œufs pourris ? Il roula sur le côté pour allumer la lampe de chevet et fut ébloui par la clarté agressive de l'ampoule de soixante watts. Encore à moitié endormi, il se frotta les yeux et renifla, mais l'odeur putride avait disparu en même temps que le sommeil. Il cligna des paupières, fixa le cadran du réveil. Trois heures deux. Pas le moment idéal pour se réveiller avec le frisson. S'il faisait travailler ses méninges, tout espoir d'obtenir le retour du sommeil s'évanouirait.

Mais elle était bien présente, cette sensation âcre qui se nichait désagréablement au creux de son ventre : l'Effroi. Impossible de s'y tromper. Il y avait vraiment quelque chose qui ne tournait pas rond. Il se souvint de son père, hanté par des crises de mélancolie récurrentes. « Mauvaises Nouvelles s'en vient en ville, Scotty, lui annonçait-il en secouant la tête d'une manière lugubre, et qui dit Mauvaises Nouvelles signifie que ses tristes fréquentations ne sont pas loin. »

Parris repoussa les couvertures et fit basculer ses jambes au pied du lit convertible. Il n'avait plus connu de ces prémonitions à vous nouer les tripes depuis qu'il avait accepté le poste de chef de la police à Granite Creek. Il se souvenait de leur première apparition comme si elle datait d'hier. À l'époque, il était une toute jeune recrue des quartiers sud de Chicago. Ça s'était passé par un doux après-midi de juin, un temps idéal pour le base-ball... une de ces journées magnifiques où on ne peut imaginer que des problèmes puissent surgir. Ça s'était imposé à lui sans nul signe avant-coureur, au moment où il tournait le coin de Halstead pour entrer dans la Soixante-neuvième Rue. C'était une sensation de nausée soudaine, une peur irraisonnée qui soumettait ses entrailles à des mouvements péristaltiques. Le jeune policier qu'il était avait stoïquement ignoré cette désagréable sensation, la mettant sur le compte d'un déjeuner précipité composé de choucroute et de saucisse de Pologne. Il était descendu de son véhicule à trois roues, présentant l'image de l'assurance juvénile tandis qu'il rédigeait un procès-verbal pour une rutilante Oldsmobile décapotable garée à côté d'une bouche à incendie, à l'angle de la Soixante-neuvième et de Union. Tout en pliant le formulaire de couleur jaune et en le glissant sous l'essuie-glace de la voiture, il avait aperçu la femme à la fenêtre du premier étage. Elle avait calmement écarté le rideau en dentelle jauni et visé avec soin une camionnette qui passait. Il se souvenait encore de l'inscription qui figurait sur le véhicule bleu : LES JOLIES FLEURS DE MARIO, LIVRAISON GRATUITE DANS TOUTE L'AGGLOMÉRATION DE CHICAGO. Elle avait appuyé sur l'une des deux détentes du fusil de chasse à double canon. La vitre arrière de la camionnette avait explosé sous l'impact des plombs ; le chauffeur terrifié avait braqué vers la file des voitures qui arrivaient en face et heurté le côté d'un bus de la Metro. Après avoir admiré son travail, la femme avait dirigé son sourire béat vers l'agent stagiaire Parris, elle avait fermé l'un de ses yeux bleus et avait braqué l'antique fusil droit sur lui.

Un passant aurait pu penser que le policier observait un tiers pris dans une situation dangereuse, avec détachement et curiosité quant au dénouement. En réalité, Parris était statufié, les pieds figés sur la chaussée, tandis qu'elle l'alignait à l'aide de la saillie de visée à l'extrémité des canons bleus et qu'elle lui expédiait tranquillement une bourre de plombs pour la chasse aux oiseaux. Comparé à la camionnette du fleuriste, le jeune policier se trouvait quelques mètres plus loin de la gueule du Remington, et cela avait fait toute la différence.

Lorsqu'ils l'avaient arrêtée, dans sa robe imprimée sale, pieds nus, les mains menottées derrière le dos, son sourire satisfait n'avait pas quitté son visage pâle et lisse. Cette déséquilibrée, arrivée récemment des collines du Tennessee, avait fini par confier au psychologue désigné par la cour que les Ténèbres, tout bas, lui murmuraient des choses depuis que sa fille en bas âge s'était étouffée avec un morceau de pain. Parris l'avait écoutée donner ces explications dans la pièce sombre située derrière la vitre sans tain. Elle était chez elle avec l'enfant, pendant que son mari essayait de trouver du travail dans les aciéries. Elle avait appelé au secours, mais personne n'était venu. Elle avait couru dans la rue avec son enfant inconsciente sous son bras et cogné aux portes jusqu'à ce que ses phalanges soient en sang, mais ses voisins effrayés l'avaient crue ivre, ou folle, et n'avaient pas répondu à ses pitoyables supplications. Elle avait raconté au psychologue que la petite avait pris la couleur du bleuet et qu'elle était « ... partie vers cet endroit béni où le Dieu tout-puissant essuie toutes les larmes ». Mais la mère, elle, était restée dans le monde cruel ; ses larmes tombaient telle une chaude pluie printanière et il n'y avait personne pour les essuyer. Par cette belle journée d'été, les Ténèbres lui avaient commandé de charger le fusil. « Parlez-moi de... euh... de ces ténèbres », avait demandé le psychologue d'une voix douce.

La femme au teint pâle s'était tournée et avait souri au

reflet que lui renvoyait la surface de la glace sans tain. Parris avait senti que ses yeux rencontraient les siens et il avait frissonné dans l'obscurité. « Demandez-lui, avait-elle répondu en pointant son doigt sur Parris à travers le miroir. Il sait. »

Des années s'étaient écoulées, mais il passa ses doigts sur son visage, puis sur son cou. Il effleura les minuscules cicatrices où les plombs cuisants servant à tirer les oiseaux s'étaient incrustés dans sa peau. Parfois, il sentait les yeux bleus de cette femme traverser le miroir pour pénétrer dans son obscurité à lui.

Par la suite, l'Effroi lui avait rendu visite à plusieurs reprises. La dernière fois, cela s'était produit un an plus tôt à peine, à l'aéroport international O'Hare. De la main, il disait au revoir à Helen alors qu'elle montait à bord du 737 à destination de Montréal. Ce devait être un voyage ordinaire, la visite de deux semaines qu'elle faisait chaque année à sa mère âgée. La prémonition était venue tel un coup de poing à l'entrejambe au moment où l'appareil décollait dans un rugissement presque inaudible à travers les panneaux à double vitrage du hall C. Le vol s'était déroulé sans incident, mais il n'en avait pas été de même pour le trajet en taxi dans la ville de Montréal. Le pneu avant gauche avait explosé et le chauffeur avait foncé droit dans un camion Mack transportant six tonnes de contreplaqué de couleur verte.

Scott avait reçu sans réagir les condoléances affligées, il avait enterré sa femme, avait posé un regard dur sur la neige sale et pris sa décision. Assez, c'était *assez*, bordel. Il avait demandé sa retraite anticipée dès qu'il avait trouvé ce qui lui semblait être un travail peu astreignant. Qu'est-ce qui pouvait vraiment arriver de désagréable dans une paisible ville universitaire des montagnes Rocheuses ? s'était-il demandé. Il y aurait un coup de couteau de temps en temps, les querelles de famille, les accidents de voiture, un peu de drogue par-ci, par-là. Une bourgade américaine normale, mais rien de comparable avec la cité au cœur de glace sale.

Le policier à demi réveillé tituba pour se rendre à la cuisine. Il inspecta le réfrigérateur à moitié vide, se prépara un épais sandwich au gruyère, se versa un demi-litre de lait dans une chope à bière démesurée et s'assit pour attendre que ça passe. Les épaules crispées, il regarda les ténèbres au-dehors, mâchonnant son sandwich qui n'avait pratiquement aucun goût, et contempla les rayons blancs et froids du matin se répandre sur les versants ouest de la chaîne des monts San Cristobal. La lune semble tellement proche, pensa-t-il, comme si on pouvait la toucher en tendant le bras.

Il s'efforçait de distinguer quelque chose à travers le pare-brise et cligna nerveusement des yeux en voyant la faible lumière jaune qui filtrait à travers la fenêtre du deuxième étage du bâtiment de physique. Quel mauvais coup préparait-elle encore, cette jeune femme intelligente ? Il s'attendait à ce que la Voix le lui révèle, mais sa conseillère garda le silence. Il s'était progressivement accoutumé à cette présence et n'était plus alarmé par ses intrusions dans le déroulement de ses pensées. La partie de plus en plus restreinte de son esprit qui demeurait rationnelle lui suggérait qu'il souffrait d'une sorte d'étrange délire schizophrène. La Voix démentait cette assertion avec véhémence.

Il s'était agi d'une présence faible lorsque, pour la première fois, elle s'était adressée à lui, des mois auparavant. Le bruissement dans sa tête ressemblait à celui de nombreuses voix, assourdies par le vent. Leurs noms étaient légion. Mais sa patience avait été récompensée. Comme il avait écouté avec une grande attention, essayant de comprendre chaque mot, chaque expression, cette multitude avait gagné en force et s'était fondue en une seule personnalité. Depuis des semaines maintenant, il parvenait à en entendre les exhortations avec beaucoup de clarté. Il en était même venu à considérer que cette visiteuse était un don, une source de pouvoir.

Pendant qu'il contemplait la fenêtre, une éventualité sinistre s'empara de ses pensées. Et si Priscilla n'était pas seule ? Était-il possible qu'elle retrouve quelqu'un dans le laboratoire de l'université ? Il agrippa le volant de ses deux mains jusqu'à ce que ses doigts deviennent douloureux.

Il connaissait tout des activités de Priscilla ; il l'observait souvent lorsqu'elle se croyait seule. Il eut un sourire de satisfaction à l'évocation de ce secret ; comme elle serait surprise d'apprendre tout ce qu'il savait de ses habitudes, des plus petits détails de son emploi du temps quotidien !

Il frotta son front moite pour en chasser le vrombissement lancinant. Il avait mal au cou à force de surveiller la fenêtre du deuxième étage ; ses doigts de pied étaient engourdis par le froid. Il poussa un soupir d'impatience et plissa les yeux en consultant le cadran lumineux de sa montre. Sa longue attente s'achèverait assurément bientôt ; les premières lueurs de l'aube apparaîtraient d'ici quelques minutes seulement. Il alluma une cigarette puis but une petite gorgée de Jim Beam dans une flasque en argent de ving-cinq centilitres. La lumière décrut légèrement à la fenêtre du second. Ce devait être l'une des petites lampes que l'on venait d'éteindre. Il écrasa aussitôt la cigarette dans le cendrier et attendit. Ah... voilà. La fenêtre devint toute noire quand elle éteignit les lumières du plafond. Quelques instants plus tard, l'étudiante de troisième cycle quittait le bâtiment par la sortie latérale. Elle devait être fatiguée mais le clac-clac de ses hauts talons révélait une excitation contenue. Ce n'était plus la jeune femme timide et manquant d'assurance arrivée de l'université de l'État d'Arizona. La démarche de Priscilla Song était empreinte de certitude.

La voiture de la jolie jeune femme était garée sous l'unique lampadaire, au centre du parking ; il la regarda rejeter ses cheveux sur le côté en se glissant dans sa vieille Coccinelle Volkswagen. Il remarqua, et ce n'était pas la première fois, qu'elle avait plutôt de jolies jambes. Il attendit impatiemment qu'elle parvienne à démarrer et quitte le parking dans un halètement de moteur en laissant des petits nuages de fumée bleue dans son sillage. Quand il pénétra dans le laboratoire du deuxième étage, il ferma la demi-douzaine de stores vénitiens. Il était totalement inutile d'éveiller l'attention de quiconque sur sa présence dans le bâtiment à cette heure étrange.

La pièce rectangulaire était aménagée selon des critères plus fonctionnels qu'esthétiques. Des plans de travail vert olive, mornes reliques de l'usage antérieur de ce lieu comme laboratoire de chimie destiné aux étudiants de deuxième année, étaient alignés le long des murs. La paillasse du mur nord était divisée en son milieu par un grand évier en acier inoxydable, le tout surmonté d'une hotte aspirante dotée de deux ventilateurs qui pouvaient extraire dix-sept mètres cubes d'air à la minute. L'évier était flanqué sur sa droite d'une étuve de séchage à vide, d'un évaporateur à faisceau d'électrons et d'un laser à hélium et néon, don de l'armée de l'air américaine. Sur la gauche se trouvaient une grande diversité d'appareils parmi lesquels des microbalances, un petit tour et une perceuse sur colonne miniature. Les outils à main étaient disséminés sur le plan de travail.

Il scruta ce qui se trouvait sous la hotte, renifla à l'affût d'une odeur âcre qui pourrait révéler la préparation de drogues. Rien. Il ouvrit la porte du four à vide semblable à celle d'un coffre-fort, prenant soin de ne pas en toucher la paroi ; le thermomètre à bilame indiquait encore quatre-vingt-cinq degrés Celsius. Il étudia attentivement l'intérieur noir du four mais ne trouva aucune trace d'un matériau expérimental quel qu'il fût.

— Quel genre de muffin ma petite Priscilla fait-elle cuire ? interrogea-t-il à haute voix.

Le plan de travail du mur sud était généralement dégagé afin de permettre de procéder aux expériences ponctuelles, mais il était actuellement occupé par divers appareils électriques et un assortiment de câbles de raccordement. Il y avait un ancien oscilloscope Hewlett-Packard à double faisceau, relique du riche financement des années soixante, et un voltmètre moderne à affichage numérique. Un onéreux enregistreur de diagrammes huit couleurs, que l'étudiante de troisième cycle avait emprunté au département de génie électrique, se trouvait également là.

Il posa la main sur l'oscilloscope. Froid. Il répéta ce test simple avec le voltmètre puis le traceur de courbes. Le voltmètre était tiède ; il avait peut-être servi au cours des dernières heures. Il diffusait une chaleur agréable sous ses doigts. Ainsi donc, elle se livrait à des mesures électriques. Peut-être étaient-elles nécessaires tandis qu'elle surveillait les processus chimiques destinés à produire... à produire quoi ? Peut-être... peut-être, rien de plus, une toute nouvelle drogue inventée pour satisfaire les appétits de la population des camés des classes moyennes, en accroissement constant. Il vérifia le plateau de sortie papier sous la machine. Vide. Il supposa que le contenu des feuilles perforées imprimées par le traceur était maintenant soigneusement entré à l'aide du clavier dans le journal de bord de la jeune femme.

Le centre de la pièce était occupé par une série de meubles de rangement cabossés, un réfrigérateur et un bureau en métal gris sur lequel étaient posés un ordinateur et une sélection de catalogues et de manuels. Il y avait une petite table en chêne avec un terminal branché sur le serveur VAX du sous-sol. Il inspecta l'ordinateur qui n'était jamais éteint. L'écran était vide, à l'exception de l'indicateur READY suivi du curseur vert. Il fouilla les meubles de rangement avec un soin considérable, mais il ne trouva rien de plus que les habituels classeurs remplis de données relatives aux différents projets d'études des dix dernières années.

Il s'assit devant le bureau, s'appuya au dossier du siège. Était-elle seule dans le laboratoire ? Si quelqu'un s'était trouvé avec elle, il avait dû s'en aller par une autre sortie.

Quand il écarta la chaise du bureau, son tibia cogna contre la poubelle métallique. Il la tira et se pencha pour en inspecter le contenu. Plusieurs mouchoirs en papier roulés en boule, dont l'un portait une trace de rouge à lèvres. Une demi-douzaine de ces magazines techniques et catalogues gratuits sur des sujets allant des fournitures en verre pour laboratoires aux produits chimiques. Les bandes dessinées de l'édition de la veille du *Denver Post.* Des emballages de chewing-gums. Au fond de la corbeille, il remarqua une feuille entièrement chiffonnée. Il la déplia avec un soupçon d'appréhension, s'attendant à découvrir une boule rose de chewing-gums mâchonné.

C'était une photocopie d'un graphe effectué par le traceur huit couleurs. La photocopieuse avait mal fonctionné. La partie de la page en haut à droite disparaissait irrémédiablement sous une tache d'encre noire. Le reste était flou et indistinct par endroits, d'une clarté limpide ailleurs. Une copie inutilisable dont Priscilla s'était débarrassée sans même y réfléchir. L'axe vertical était identifié « R, Norm. ». L'axe horizontal portait une échelle au crayon graduée de un à cent et était marqué d'un T majuscule. Le temps ? La température ? La ligne correspondant au report des données courait le long du bas de la feuille, à peine au-dessus de l'axe horizontal. Elle commençait au chiffre vingt-deux, restait plane jusqu'à soixante, puis s'élevait brutalement vers le sommet de la page, disparaissant dans la tache d'encre d'un noir de suie. Il fronça les sourcils en regardant à nouveau l'ordonnée horizontale. De quoi s'agissait-il ? De soixante secondes, le temps nécessaire pour une réaction critique ? Ou de soixante degrés ? D'un phénomène qui se produisait à une température particulière ? Ce diagramme lui disait quelque chose, mais il ne parvenait pas à se rappeler avec précision où il avait vu une courbe similaire. Il étudia le tracé énigmatique avec frustration, éprouvant le sentiment qu'il avait découvert quelque chose d'important. Il ne comprit ce qu'il tenait entre les mains qu'en entendant les mots prononcés dans sa tête. La Voix lui expliquait la signification de la feuille de papier froissée, et la révélation fut absolument stupéfiante. Il était difficile de prêter foi à une affirmation aussi incroyable, même émanant de cette source irréfutable, mais la Voix ne s'était *jamais* trompée.

Le bout de ses doigts commença à le picoter. Dans son excitation, il fut à peine conscient du liquide chaud qui ruissela le long de sa jambe lorsque le sphincter de sa vessie se relâcha. De sa manche de chemise, il essuya ses yeux injectés de sang.

— Ce n'est pas juste, grommela-t-il, mais je sais comment fonctionne l'esprit de cette garce. Elle n'aura pas besoin de moi... ni de personne maintenant.

Il se moucha dans un mouchoir tout froissé.

— J'ai été gentil avec elle... mais elle ne s'en souviendra pas. Pas maintenant. C'est le passé pour elle.

La Voix lui demanda s'il voulait *tout.*

— Ça, oui... c'est ma chance de...

Il reçut le conseil, exprimé avec force, de s'emparer de ce qu'il voulait.

— Je ne sais pas, répondit-il d'une voix incertaine. Comment je pourrais...

La Voix le lui expliqua... en deux mots.

3

Priscilla Song tira la couverture lavande sous son menton tout en contemplant au plafond les taches d'eau marron et le réseau de craquelures en toile d'araignée. Avant un an, se promit-elle (si je mens, je vais en enfer !), elle vivrait dans un logement d'un standing supérieur. Bien supérieur. Pour commencer, un appartement de luxe dans un immeuble en copropriété à Aspen. Au milieu des grands pins, là où l'air vif des montagnes rafraîchit les gens beaux et riches. Après, un élevage de chevaux près de Gunnison. Des pur-sang arabes pour elle, des quart-de-sang pour son indomptable cow-boy.

La vénérable Coccinelle, bien entendu, serait reléguée à la casse. Elle s'achèterait une nouvelle voiture, ou peut-être un authentique modèle d'autrefois. Une Corvette restaurée pour elle, mais quelque chose de très différent pour lui. Une Jag XJ-S décapotable douze cylindres ? Oui, oui ! Priscilla ferma fort les yeux et fit un effort de concentration pour se la représenter. Bleu métallisé, tableau de bord en ronce de noyer, sièges en cuir doux comme des fesses de bébé. Deux cent soixante-trois chevaux sous le long capot profilé. Elle avait remarqué comme les yeux noisette de son cow-boy à la peau brûlée par le soleil avaient étincelé de désir secret quand il avait caressé du bout des doigts l'aile brillante comme un miroir du modèle exposé dans la vitrine du Salon de Denver. Son geste avait été si sensuel qu'elle en avait (absurdement ?) ressenti un pincement de jalousie. Un rêve impossible alors, mais d'ici un an elle serait en mesure de poser sur la table des liasses de billets bien réelles pour l'acheter. Bientôt, très bientôt, elle passerait à l'action. La jeune femme se tourna dans le lit, se hissa sur un coude et cligna des yeux en regardant les chiffres rouges des diodes électroluminescentes sur le cadran du réveil digital géant. Cela faisait une semaine qu'elle essayait de le joindre. S'il n'était pas occupé à récupérer des bêtes égarées dans les canyons poussiéreux qui jaillissaient tels des doigts squelettiques du Rio Chama, son homme était parti pour un rodéo, ou alors il conduisait des bêtes à la tête de ligne ferroviaire de Denver. Il avait eu un comportement étrange ces temps derniers ; elle priait pour qu'il ne se soit pas remis à boire. Ou pire. Leur dernière dispute avait été stupide, due à la jalousie juvénile du garçon. Il était grand temps, pour s'exprimer comme lui, « grand temps de réparer quelques clôtures ». Elle ne pouvait attendre pour lui dire qu'elle... non, qu'*ils* allaient être scandaleusement riches. Elle appuya sur les touches qui correspondaient à l'indicatif du Nouveau-Mexique puis composa, en faisant attention, le numéro du ranch des Thorpe. La ligne fit entendre quatre sonneries avant que Priscilla reconnaisse l'accent traînant du père.

— Bonjour, monsieur Thorpe, c'est Priscilla. Est-ce que je peux parler à...

— Désolé, jeune fille. Bronco est parti à Fort Collins y a deux jours de ça, pour emmener un taureau Hereford décorné...

Elle détestait ce surnom de Bronco.

— Y devrait être de retour. Il a peut-être eu des ennuis avec le camion...

Cela signifiait qu'il s'adonnait à une nouvelle beuverie effrénée. Ou à autre chose.

— ...y va passer pas loin de Granite Creek. Je suppose qu'il va s'arrêter pour vous voir.

Tu parles, pensa-t-elle. Comme toujours, ce serait elle qui devrait faire le premier pas.

— Je comprends. (C'était faux.) Dites-lui que j'ai appelé. Je lui ai envoyé son cadeau d'anniversaire aujourd'hui. C'est une bague.

— Je suis sûr qu'il sera pas qu'un peu fier de la porter.

Le cow-boy n'était pas particulièrement sensible aux ornements.

— S'il vous plaît, demandez-lui de me téléphoner.

— J'y dirai. (Il oublierait de le faire.) C'est tout ?

— Oui, dit-elle. C'est tout.

L'air nocturne, tranchant comme un rasoir, laissait prévoir de sérieuses gelées, mais il en allait toujours ainsi à la Lune des Feuilles Mortes qui Tombent. Nahum Yaciiti, plongé dans ses pensées, remarqua à peine le bêlement plaintif des quelques moutons qui s'agitaient dans la lumière douce du clair de lune. Les petites heures de la nuit apportaient toujours avec elles des inquiétudes. Assis sur un affleurement de grès plat, recroquevillé sur lui-même, il se faisait du souci pour sa vieille amie. Daisy Perika avait reçu l'aspersion d'eau bénite des chrétiens, mais elle était profondément immergée dans le monde spirituel de ses ancêtres. À Pâques et à Noël toujours, et occasionnellement pour la fête des saints qu'elle vénérait, la vieille femme se rendait à Saint-Ignatius pour raviver son esprit dans la joie avec le pain et le vin consacrés.

Mais une fois qu'elle s'était nourrie du corps et du sang de l'Agneau, Daisy regagnait le monde de ses grand-mères. Quand les doigts chauffés à blanc des éclairs d'été brisaient les branches des pins enchantés..., quand Coyote aboyait ses convocations urgentes..., quand les esprits anciens murmuraient leurs hymnes cadencés dans le vent..., elle entendait leurs voix. La femme-médecine, portée par le son creux du tambour, s'envolait pour des royaumes sombres où les fils et les filles d'Adam n'étaient pas censés se rendre.

Qu'allait-il advenir de cette créature qui appartenait à deux mondes lorsque la première neige aurait recouvert de son manteau la pâture ? La vieille chamane suivrait-elle le conseil des anges ou les voix de ses ancêtres ? Il secoua la tête et soupira. La vie était une grande guerre entre les forces spirituelles, et il était las de tant de batailles.

S'obligeant à chasser ses inquiétudes, il entoura son bâton de ses bras et laissa son menton tomber sur sa poitrine le temps d'un petit somme. Très vite, il sentit le souffle chaud de la brebis qui appuyait sa tête contre son genou. D'un geste doux, il caressa son cou mince.

— Qu'est-ce qu'il y a, vieille peluche, s'enquit-il avec une brusquerie feinte, tu as peur du noir ? Chut, chut. Allonge-toi maintenant, et dors. Fais des rêves de vertes prairies, d'eaux paisibles.

L'animal s'obstina à ignorer cette douce invitation. Ses congénères, eux aussi, s'étaient groupés autour du berger fatigué.

Nahum se leva de son siège de grès, prit appui sur son solide bâton et plongea le regard dans le paysage désolé où régnaient la lumière de la lune et les ombres. Les eaux de la rivière étaient déchaînées cette nuit, comme si elles essayaient... de le mettre en garde ! Le berger écouta intensément les multiples voix du torrent. Son nom complet était Rio de los Animas Perditas, la rivière des Âmes Perdues. Dans leur agitation, les âmes des flots s'exprimaient de manière incohérente, mais il sentit que son troupeau était en danger. Il n'y avait ni traces ni bruits de coyotes, et les ours noirs allaient demeurer dans le haut pays jusqu'à ce que la neige fût épaisse. Peut-être un couguar affamé guettait-il dans les ombres noires le long des berges broussailleuses des Animas. Nahum pensa à sa vieille Winchester cachée derrière le siège du pick-up et se demanda s'il serait sage de laisser les bêtes seules le temps d'aller chercher la carabine.

Il pesait le pour et le contre lorsqu'il entendit un sifflement irrégulier venu du nord, suivi d'un éclat de rire.

C'était un rire agressif, mauvais, sans nulle trace de gaieté. Nahum comprit quel genre de créature approchait ; ce n'était pas la première fois. Mais maintenant il y en avait tant ! Une douzaine de boules de feu apparurent, plongèrent du ciel, rebondirent en tous sens sur la strate de grès, tombèrent sur la sauge sèche sans l'enflammer, roulèrent au sol en direction du berger et de son petit troupeau ; plusieurs moutons se dispersèrent, pris de panique ; quelques animaux se serrèrent tout contre le vieil Ute, se pressant contre ses jambes avec des bêlements pitoyables.

Il menaça les sphères enflammées de son bâton.

— Fichez le camp, sales *brujas* ! cria-t-il. Vos sinistres besognes, on n'en veut pas ici !

Les boules de feu dansaient avec une énergie débridée ; le rire insensé s'accrut. Nahum était stupéfait de ce comportement effronté. Son cœur cognait dans sa poitrine, et la peur envoyait des frissons électriques dans ses vieux membres.

L'une des boules de feu prit la forme d'une jeune femme voluptueuse qui s'avança vers la plaque de grès tandis que Nahum reculait, se protégeant de son bâton brandi à bout de bras. Les moutons s'égaillèrent. La silhouette flamboyante posa une grande bouteille carrée sur la pierre et, d'un geste aguichant, invita Nahum à se servir. La délicieuse odeur du whisky qui a longtemps vieilli monta aux narines du berger. Un moment, il désira le whisky plus que la vie. La *bruja* rit.

— Goûte, vieil homme. Goûte et apprécie. Il est meilleur que tu ne l'imagines. Bois et délecte-toi autant que tu en as envie ; la bouteille est toujours pleine !

Nahum hésita un moment puis se pencha, ramassa un fragment de basalte qu'il jeta sur la carafe. Le verre se brisa, déversant des flots de liquide chatoyant sur le grès. L'odeur attirante était devenue irrésistible, comme si les émanations à elles seules pouvaient l'enivrer.

Tandis que les rivières de whisky débordaient de la plaque rocheuse et se déversaient en cascades ambre sur l'argile, il entendit le grondement de l'orage qui approchait. Le tourbillon furieux se dressait devant lui, plus haut que sa vue ne portait, jusqu'à la voûte des cieux, mais pas un souffle de vent ne passait sur la pâture. Nahum tremblait. La voix de l'ouragan avait des accents apaisants, calmants, invitait le vieil Ute à la... *communion.*

Nahum brandit son bâton au-dessus de sa tête. Face à la malignité bouillonnante de cet abysse, il cria :

— Fiche le camp d'ici, *Kwasigeti... Yaveh* est mon berger...

L'ouragan explosa avec la férocité des éléments déchaînés.

Charlie Moon étudiait le paysage avec une incrédulité silencieuse. Les cadavres contorsionnés des moutons étaient dispersés sur la pâture tels des jouets brisés abandonnés sur place. Des touffes robustes de chamisa et de sauge avaient été arrachées avec les racines et déchiquetées en minuscules fragments. Le représentant de la police tribale ute ôta son chapeau et gratta pensivement ses épais cheveux noirs. Il se retourna pour regarder la silhouette menue d'Armilda Esquibel ; la toute petite femme n'avait pas réussi à suivre le rythme de ses grandes enjambées.

Armilda se hâtait, la respiration haletante, reconnaissante au gigantesque policier de s'être arrêté. Ce Charlie Moon, se souvint-elle, était celui que les Utes âgés appelaient Ne-laisse-pas-de-traces. Celui-là même, murmuraient les sages de la tribu, qui avait hérité de sa grand-mère de savoir cheminer à travers la forêt sans toucher le sol. Cette idée absurde arracha un sourire à la vieille femme ; les talons des grosses chaussures du policier laissaient des empreintes profondes dans l'argile meuble. Autant pour les bavardages stupides des vieillards indiens, se dit-elle. Épuisée, elle fit halte à l'ombre de la haute stature du policier et serra fortement les revers de son imperméable pour protéger son corps contre la morsure du vent glacial qui balayait la large plaine alluviale des Animas.

Son compagnon trouva un stylo à bille dans la poche de sa veste, jeta un regard à sa montre et nota l'heure dans son calepin.

— Bon, alors. Dites-moi exactement ce que vous avez vu, et quand.

Il espérait qu'elle n'allait pas enjoliver les faits, mais Armilda était une brodeuse de récits à la trame fantastique. Moon la soupçonnait d'ajouter une pincée d'épices ici et là afin de conférer à ses produits une saveur plus délectable.

Elle avala une goulée d'air que le vent fut bien près de lui arracher.

— Je l'ai déjà raconté à la femme du poste de police... quand j'ai appelé.

— Je sais ce que vous avez dit à la standardiste. Racontez-moi simplement ce que vous avez vu, sans aucune... euh... interprétation.

Il ne put retenir un bref sourire.

La voix de la petite femme enveloppée dans l'imperméable en plastique était étonnamment forte et saupoudrée de méfiance.

— Croyez bien ce que vous voulez. Je suis vieille et je m'en fiche complètement. J'ai vu ce que j'ai vu. Peut-être... peut-être que je ferais mieux de le garder pour moi.

Elle marqua une pause pour juger de l'effet de sa déclaration, mais Charlie Moon, n'ayant apparemment pas conscience de sa présence, s'était penché pour scruter le cadavre démantelé d'un agneau né au printemps précédent. Armilda le tira impatiemment par la manche, agacée de se sentir ignorée par cette grande brute. Le représentant de la police tribale ute ne sembla pas s'en apercevoir. Elle lui décocha un violent coup de coude dans les côtes ; Moon s'arracha à l'intérêt que semblait lui inspirer l'animal mort.

— Oh, oui. Qu'est-ce que vous disiez, madame Esquibel ?

— Apprenez à écouter, jeune homme, je ne mâche pas

deux fois la même chique. Maintenant, écrivez *ça* dans votre petit livre : hier soir, voyez-vous, j'entends un grand tumulte, comme un train de marchandises tout droit surgi de l'enfer. Sauf que c'était pas un train.

Elle effectua un geste circulaire avec sa main :

— C'était... comme une tornade. J'ai tout vu de ma chambre.

Elle désigna de la tête le petit tertre où sa maison d'adobe était perchée, en équilibre précaire sur la berge friable de l'arroyo.

— Je vois la plus grande partie de la pâture nord de Nahum, depuis ma fenêtre ; ça s'est passé pas très longtemps après que la lune se soit levée au-dessus de Bondad Hill.

Charlie Moon nota dans son calepin : « Vérifier heure lever de lune. »

Elle poursuivit d'une voix que l'émotion du souvenir rendait tremblante :

— Cette tempête horrible, elle aurait pu tous nous tuer, mais Dieu, dans sa miséricorde, m'a épargnée.

Son expression pieuse suggérait que le Tout-Puissant savait très bien qui méritait d'être épargné.

Moon ramassa une boule de laine sale sur un buisson de sauge écrasé et huma l'air vif du matin. L'odeur du whisky flottait sur la pâture comme un brouillard. Peut-être Nahum, après toutes ces années d'abstinence, s'était-il remis à biberonner.

— Nous avons compris, pour l'ouragan, d'après votre coup de téléphone. Mais la standardiste n'a pas compris... euh... tout ce que vous avez signalé.

C'était là, pensa-t-il, un euphémisme.

Armilda se signa précipitamment.

— C'est ce grand vent qui a tué ces pauvres animaux. Ça a tué Nahum, aussi. J'ai vu son corps sur la pâture, après que le vent soit parti. Il était par... là-bas, à côté du rocher blanc.

Elle montra un affleurement de grès.

— Il s'asseyait exactement là, sur ce rocher, pour surveiller ses moutons. Des fois, si y avait de la lumière, il lisait des livres.

À en juger d'après son expression, cette dernière activité lui paraissait quelque peu excentrique.

Le policier se tourna pour étudier le visage ridé d'Armilda.

— Je le vois bien, qu'un vent violent a soufflé ici, madame. Et il doit y avoir une douzaine de moutons qui sont morts. Mais il n'y a pas trace de Nahum.

Le vieux berger, imagina Moon, devait être allé à Durango pour remplir une déclaration de sinistre auprès de sa compagnie d'assurances, et peut-être en avait-il profité pour lamper quelques verres. Nahum se prétendait « guéri », mais on ne pouvait jamais être sûr avec les alcooliques.

Armilda secoua la tête pour exprimer sa déception.

— Tiens, bien sûr qu'y a pas trace de Nahum. Il est pas là. Il est parti.

— Dans ce cas, où...

— *Ils* l'ont emporté.

Elle se signa en levant les yeux vers le policier.

— Ils étaient trois, je les ai vus soulever son corps et l'emmener. Et il y avait cette musique... un chant doux, très doux...

Elle s'interrompit, sa phrase s'achevant dans un murmure. Elle se frotta les yeux et essaya d'avaler la boule compacte qu'elle avait dans la gorge.

Moon gribouilla quelques notes ; enfin, il aboutissait quelque part. Même de nos jours, cela se produisait encore : les proches du berger étaient venus enlever le corps pour l'enterrement, probablement en psalmodiant des chants funéraires d'autrefois pendant qu'ils emportaient sa dépouille. C'était l'ancienne coutume des Utes qui consistait à cacher le corps. Le cadavre de Nahum devait se trouver dans un des canyons asséchés, à l'est, dans le secret d'une fissure de la roche jaune. Moon suça le bout de son stylo à bille et le tint au-dessus de la page du calepin.

— Par où sont-ils partis ?

— Par là, répondit-elle d'une voix rauque en désignant les nuages d'un brusque geste du pouce.

Charlie Moon se détourna et étouffa un grognement. Cette vieille femme solitaire avait-elle été influencée par les récits fantastiques sur les habitants d'objets volants non identifiés en forme de cigare qui manifestaient un appétit vorace pour la viande de mouton ?

— Donc... il est... ils sont... partis là-haut.

Il leva un regard songeur, comme s'il adhérait à son histoire.

— Qui, exactement, l'a emporté là-haut, madame Esquibel ?

Il laissa tomber son stylo dans la poche de sa veste et ferma son carnet.

Armilda fixa le policier : elle n'en revenait pas qu'il n'ait pas la capacité de saisir pareille évidence. Il fallait que quelqu'un lui explicite les faits, à cette grosse tête de pioche. La vieille femme parla lentement, espérant que Ne-laisse-pas-de-traces finirait par comprendre l'évidence.

— C'est *eux*, bien sûr, qui l'ont emporté, les *anges* !

Un cristal de neige parfait tomba sur la manche d'uniforme bleu foncé de Charlie Moon. Inexplicablement, ce joyau de glace à six côtés emplit son âme d'une profonde mélancolie. Le premier flocon de neige de l'hiver.

4

Priscilla arriva une bonne heure avant les travaux pratiques d'électromagnétisme prévus à l'emploi du temps ; ce délai lui était nécessaire pour préparer la démonstration d'expérience à l'intention des étudiants de deuxième année. Elle alluma le gaz d'un bec Bunsen graisseux, fit infuser une tasse de thé vert japonais, y ajouta cinq morceaux de sucre et s'installa pour se préparer à ses tâches ordinaires. Il n'était pas facile de se concentrer sur l'expérience du groupe convertisseur de courant alternatif alors qu'elle avait tant de points terriblement importants à envisager. Elle allait continuer sans rien changer, au moins jusqu'à la fin du semestre entamé. Avant l'obtention de son doctorat, elle s'attendait à être riche. Pas riche seulement comme le président de la General Motors, riche comme un prince du pétrole arabe !

Il faudrait tout faire avec une perfection absolue, et la jeune femme ne voulait pas rater la moindre manipulation. Priscilla avait gardé dans un carnet relié le protocole précis (écrit à l'encre indélébile) de ses expériences. Rien ne serait laissé au hasard. Elle avait pris grand soin de consigner chaque étape de l'expérimentation. La quantité précise de chacun des produits chimiques utilisés dans la préparation du composé précurseur, ainsi que la température durant la procédure de frittage. Il y avait des graphes pour la vitesse de chauffage, la pression d'oxygène, la température finale, la durée de maintien à température et, ce qui n'était pas le moins important, et de loin, pour la vitesse de refroidissement. Chaque schéma était scotché dans le carnet, aussi bien les tentatives récentes couronnées de succès que les premiers tests qui avaient, en dépit de leur production d'échantillons instables, fourni des indices encourageants. C'était là une démarche scientifique irréprochable ; son dossier était complet.

Le seul élément important qui ne figurait pas dans son carnet était la signature d'un ou deux témoins bien informés. C'était une lacune de taille, mais il n'y avait pas moyen de faire autrement. Pour être d'un quelconque secours dans n'importe quelle action judiciaire future, un témoin crédible devait comprendre la nature de l'invention. Mais si elle avait révélé cette ahurissante découverte à un seul de ses collègues scientifiques, le secret aurait été trop beau pour être gardé. Il valait bien mieux procéder au choix d'un acquéreur, un investisseur très très fortuné, avant que cela ne s'ébruite. Ce ne seraient pas les candidats qui manqueraient ; il y aurait une véritable bataille d'enchères ! Par la suite, son invention révolutionnerait progressivement la façon de vivre de millions de gens. Le monde ne serait plus jamais pareil.

La jeune scientifique était perdue dans ces pensées quand la sonnerie de l'interphone, sur son combiné téléphonique, la ramena brutalement à la réalité présente. Elle ôta le clip de son oreille avant d'en approcher le récepteur.

Sa correspondante n'attendit pas qu'elle parle avant de demander :

— C'est toi, Priscilla ?

L'étudiante sourit en reconnaissant la voix de Kristin Waters.

— Ouais, Kristin, en personne. Qu'est-ce qui te tracasse ce matin ?

Kristin Waters, la secrétaire de tout le département de

physique, ne s'était jamais mariée. Elle avait une quarantaine d'années et dorlotait particulièrement les étudiants de troisième cycle. Surtout les étudiantes.

— Comme d'habitude, c'est le professeur Thomson, ma chérie. Il travaille sur le renouvellement du contrat avec l'armée de l'air, il a besoin de te parler. Quand tu en auras fini avec lui, passe voir le professeur Dexter. C'est au sujet de ton emploi du temps du semestre prochain, tes tâches pédagogiques. Je pense qu'il veut que tu assures le cours de licence en thermodynamique.

— J'y vais tout de suite.

Priscilla n'était pas surprise. Quand venait le moment de produire les documents exigés pour un renouvellement de contrat, Thomson était encore plus nerveux que d'habitude. Elle prit ses dossiers sur le contrat de blindage en nid-d'abeilles du laboratoire de physique et fut à la porte du bureau de Thomson moins d'une minute plus tard.

Il leva les yeux de la pile de papiers qui recouvrait sa table de travail, cligna des paupières sous ses sourcils broussailleux et sourit. Priscilla en fut momentanément ébranlée ; elle n'avait jamais vu un sourire naturel s'inscrire sur les traits du professeur Waldo Thomson.

Elle entra dans la pièce.

— Vous vouliez me voir ?

Il sembla égaré un instant puis donna l'impression de se souvenir.

— Oh, oui, bien sûr. Entrez, asseyez-vous. Mettez-vous à l'aise.

D'un geste du bras, il lui indiqua où elle devait s'asseoir.

C'était la seconde surprise. Tous ses étudiants, même ceux de troisième cycle, savaient qu'il fallait se tenir au garde-à-vous lorsqu'on était convoqué chez le grand patron. Elle s'assit sur la chaise en bois dépourvue de coussin et se prépara pour la surprise suivante.

Thomson s'appuya au dossier de son fauteuil pivotant.

— Comment les choses se présentent pour vous, mademoiselle Song ?

Il tenta à nouveau de sourire. L'effort déforma ses muscles faciaux. Elle lui rendit son sourire.

— Très bien. J'ai les dernières données sur la résistance à la compression et la ténacité à la rupture pour la structure en nid-d'abeilles. Je pense que vous allez être content des progrès que l'on enregistre dans les fibres de carbone de quarante microns noyées dans...

Il l'interrompit :

— J'en suis convaincu. Vous fournissez un excellent travail. Il semble que vous ayez donné un sacré coup de collier, ces temps derniers. C'est de cela que je souhaite vous parler.

Voilà qui était étrange.

— J'espère sincèrement que vous êtes satisfait de mon travail.

— Oh, mais assurément. Très satisfait. En fait, j'ai appris que vous êtes une mordue de travail, vous ne vous contentez pas de seulement huit ou dix heures par jour !

La bouche de Priscilla devint toute sèche. Il était inévitable que quelqu'un finisse par remarquer ses présences tardives. Mais il ne savait rien de plus. Après tout, que *pourrait*-il savoir ?

Thomson joignit les mains comme pour une prière. Le sourire forcé, présent par intermittence, céda la place à une expression suffisante.

— Bien, si nous parlions de vos récentes... euh... activités extra-universitaires.

Julio Pacheco avançait dans le couloir en traînant les pieds, portant péniblement sa lourde boîte à outils. Si ce n'était pas la première connerie venue, c'en était une dizaine d'autres. Qu'est-ce qu'elle avait dit au téléphone, cette *gringa* ? « Quelqu'un a senti quelque chose... comme une fuite de gaz. Vous feriez bien de venir vérifier tout le bâtiment. » Pacheco avait inspecté des bureaux poussiéreux et des laboratoires encombrés, des toilettes qui sentaient l'urine et le détergent, des salles de classe à l'atmosphère confinée avec des odeurs de craie qui le faisaient éternuer. Il n'avait rien trouvé. Encore quelques contrôles au deuxième étage et il en aurait terminé avec cette idiotie. Et ce ne serait pas dommage. Dans la moitié des endroits où il s'était arrêté il y avait eu une petite réparation à la con pour lui faire perdre son temps. Une charnière qui avait du jeu à la porte du directeur, une bonde de chasse d'eau qui fuyait dans les toilettes des femmes. Faites ceci, réparez cela ! Pour qui ils le prenaient ? Il glissa son passe dans la fente, puis s'aperçut que la porte du laboratoire n'était pas fermée à clef. Il la poussa et la vue qui s'offrit à lui le ravit. Priscilla était à son bureau. Elle était bien faite, cette petite Orientale. Des yeux noirs magnifiques, des sourcils arqués, des lèvres humides et pleines... quelle chance. Elle s'essuyait les yeux avec un mouchoir en papier. Elle avait pleuré, la jolie ?

L'étudiante leva la tête en entendant le bruit de pas familier. C'était Julio, le Mexicain, avec ses chaussures ferrées. Il sentait toujours l'eau de Cologne bon marché, mais il avait un certain charme rustique. Elle laissa tomber son mouchoir dans son sac à main ; la rencontre l'avait secouée, mais elle ne voulait pas montrer publiquement que cela l'avait fait pleurer.

— Tiens, bonjour, *chica,* fit Pacheco. Il faut que je vérifie tout. Y a quelqu'un qu'a senti une odeur de gaz, alors on a appelé votre serviteur, Julio, pour jeter un coup d'œil. Vous sentez quelque chose ?

Quand il s'approcha d'elle, elle sentit effectivement l'odeur forte de la bière.

— Non, Julio. Mais jetez un coup d'œil. Faites comme chez vous.

Le réparateur lorgna la jeune femme en sortant de sa poche le détecteur de gaz miniature et en secouant dans sa direction la sonde du capteur recouverte de caoutchouc.

— J'apprécie l'invitation, petite fille. Peut-être bien que je vais faire comme chez moi.

Il eut un petit rire. Priscilla rougit et reporta son attention sur le clavier de l'ordinateur. Le mieux, c'était de ne pas s'occuper de lui.

Pacheco ne se laissa pas démonter.

— Il est temps qu'on se voie, qu'on ait une discussion, tous les deux. À moins que vous pensiez être trop occupée pour être dérangée...

— Nous pouvons parler quand vous le voulez, dit-elle en pivotant sur son siège et en le fusillant du regard. De quoi voulez-vous parler exactement ?

— Oh, de plein de choses.

Pacheco rampa sur le sol pour tester les orifices du système de chauffage, en quête de traces de fuite de gaz, mais le capteur demeura silencieux.

— Vous travaillez beaucoup en ce moment. Je vous vois plus tellement.

Il ouvrit sa caisse pour y prendre une lourde pince multiprise.

— Je ferais aussi bien de revisser un peu les tuyaux de gaz, juste histoire de bien m'occuper de vous.

Elle s'était détournée. Il lui décocha un coup d'œil parderrière tandis qu'elle faisait semblant de ne pas l'entendre.

— On voudrait pas qu'il arrive quelque chose à la petite Priscilla. On se comprend ?

Cet échange fut interrompu par l'apparition soudaine du professeur Harry Presley, dont la grande silhouette maigre se dressa à la porte du couloir comme s'il s'était matérialisé à cet endroit. Les étudiants le surnommaient « Elvis » ou « Hanches de serpent ». Il renifla l'air comme une girafe qui se défie des hyènes, posa sur le Mexicain un regard de franc dégoût, puis sourit à Priscilla.

— Que se passe-t-il ici, ma chère ? Il y a un problème ?

— Rien que je ne puisse régler moi-même, répondit-elle avec froideur.

Il prit note de cette réponse brusque, perdit son sourire et disparut aussi silencieusement qu'il était venu. Pacheco marmonna une obscénité, puis tourna son attention vers un raccord de robinet de gaz qui avait du jeu.

Priscilla oublia la présence de Pacheco ; elle avait des affaires plus urgentes en tête. Ça allait être sa dernière journée au Rocky Mountain Polytechnic. Il y avait tellement d'ultimes détails à régler, mais ce salopard la surveillait peut-être. Ce soir, elle savait que le laboratoire serait tout à elle.

Le vendredi soir, le bâtiment de physique était désert. Le claquement sec de ses hauts talons résonnait en creux sur les murs de plâtre tandis qu'elle avançait d'un pas ferme dans le couloir vide. Ces nuits-là, le bâtiment lui faisait penser à un musée. Rempli d'objets anciens poussiéreux, de momies cachées et d'autres témoignages muets de la victoire de la décrépitude sur le progrès. Elle tourna la clef dans la serrure et ouvrit pour la dernière fois la porte de « son » laboratoire. Il n'y aurait pas d'expériences ni d'analyses de données ce soir. Le précieux carnet était maintenant sous la protection temporaire de fonctionnaires du gouvernement des États-Unis. Elle allait passer au crible le laboratoire, ses fichiers d'ordinateur, tous les endroits susceptibles de receler une trace infime de ses recherches. Il ne devait rien rester que quiconque puisse étudier, pas le moindre indice quant à la recette de son composé.

Elle commença à vider dans l'évier trois petits récipients de produits chimiques puis hésita. Ces ingrédients étaient des indices importants, mais c'était une pratique déplorable pour l'environnement de s'en débarrasser dans les égouts. Il lui vint à l'esprit qu'un inventaire minutieux de ses réserves de produits était probable. Si cette espèce de fouine jouissait ne serait-ce que d'une intelligence moyenne, il serait pressé de découvrir ce qu'elle avait fait disparaître du laboratoire ! Considérant la rangée bien alignée d'éléments hautement purifiés dans leurs bouteilles en verre, sur l'étagère au-dessus du four, elle eut un sourire malicieux en pensant à la manière dont elle pouvait égarer son adversaire. Elle prit les quatre petites bouteilles d'éléments réduits en poudre qui n'entraient *pas* dans la composition de son produit et les mit dans son sac à main. S'il remarquait leur absence, ça lui donnerait quelques fausses pistes à suivre, à ce salaud !

Une fois qu'elle eut utilisé le terminal DEC pour effacer tous ses fichiers du serveur central VAX, la jeune femme alluma le Macintosh. Quand l'écran fut devenu d'un bleu lumineux, elle ouvrit le fichier correspondant à ses travaux quotidiens et le parcourut en entier, du début jusqu'aux entrées les plus récentes. Il n'y avait rien dans ce fichier dont elle pût s'inquiéter : de la routine uniquement, aucune mention des recherches menées après les heures ouvrables. Les données relatives à ses travaux confidentiels figuraient encore sur le disque dur, mais elles étaient à l'abri des regards trop curieux. Le fichier était codé selon la meilleure technique disponible ; sans le mot de code, le plus intelligent des pirates informatiques du monde ne pouvait lire ses notes. Néanmoins, il était temps de les effacer.

Elle venait de poser les doigts sur le clavier de l'ordinateur quand elle entendit des pas dans le couloir. Bizarre. Qui pouvait se trouver dans le bâtiment à une heure aussi tardive ? Probablement un des gardiens du campus qui faisait sa ronde solitaire. Non. La démarche... le bruit de ces pas lui était indéniablement connu... mais ce n'était pas possible ! Le bruit s'arrêta à la porte du laboratoire. Priscilla regarda la poignée tourner.

Il était tard et Arnold Dexter était complètement épuisé par sa journée. Néanmoins, le directeur du département de physique était très pointilleux sur son apparence. Il remit ses boutons de manchettes en platine exactement comme il fallait, inclina légèrement la tête et inspecta son reflet dans la fenêtre du bureau : il égalisait le nœud de son étroite cravate rouge quand les hurlements se répercutèrent dans les couloirs vides. L'animalité de cette clameur était terrifiante ; Dexter sentit des frissons d'horreur se propager le long de sa colonne vertébrale. Le Mexicain poussait des cris stridents dans sa langue maternelle mais le directeur comprenait moins d'une douzaine de mots espagnols. Il s'empara du téléphone et composa le 911. La réponse fut immédiate.

— Police de Granite Creek. Que pouvons-nous faire pour vous ?

Il reconnut les inflexions variables d'une Indienne ute. Ça devait être la jeune Tavishuts. Les mains du directeur tremblaient ; il fit un gros effort pour se contrôler.

— Allô ? Mon nom est Dexter, professeur Arnold Dexter. Je pense qu'un crime violent est en train de se produire... J'entends des hurlements... Je ne sais pas quoi faire... Je vous en prie...

Clara Tavishuts était aussi inébranlable qu'une montagne.

— Compris. Dites-moi où vous êtes... et, quoi que vous fassiez, ne raccrochez pas.

— Je suis ici, dans mon bureau, gémit-il éperdument. Je vous en prie, envoyez de l'aide. Je crois qu'on est en train de tuer quelqu'un ...

— Où est votre bureau ? Vous êtes à l'université ?

— Oui, oui. Le bâtiment de physique, deuxième étage. Juste en face du gymnase sur Willow Avenue. Faites vite, je vous en prie...

— C'est noté. Restez en ligne, monsieur. Ne raccrochez pas.

Il l'entendit appeler de l'aide :

— Voiture trois. Voiture trois. Urgence.

Il y eut un bref silence avant qu'il entende à nouveau sa voix :

— E.C., largue-moi ce doughnut à la confiture et réponds tout de suite à cet appel sinon je te botte ton gros cul et tu te retrouves à l'autre bout du pays !

La nouvelle voix qu'il entendit crépita sur le grésillement des fréquences radio de la police :

— Accroche-toi à ta culotte, Minnie-Ha-Ha*. Je suis là. Qu'est-ce qu'y a ?

— Va voir le type à l'université. Bâtiment de physique, en face du complexe sportif. On signale une bagarre ou quelque chose dans le genre. Ça a l'air grave. Tu ferais bien d'arracher la gomme, E.C.

La réponse de E.C. « Piggy » Slocum fut laconique :

— Bien reçu. Estimation : trois minutes.

Clara était de retour en ligne.

— Les secours arrivent, monsieur Dexter. Bon, écoutez-moi attentivement. Laissez votre téléphone décroché. Quittez le bâtiment et sortez dans la rue, vite. Évitez la zone où vous entendez les cris ; sortez par une porte de derrière s'il y en a une. Vous avez compris ?

— Oui, mais qu'est-ce...

— Pas de *mais*. Sortez du bâtiment et attendez sur le côté de Willow Avenue. Notre homme sera sur place en un rien de temps. Vous lui indiquez d'où ça vient, mais vous ne vous en mêlez pas. Maintenant, exécution.

Arnold Dexter fit exactement ce qu'on lui avait ordonné. Il avait à peine atteint la rue quand il entendit le gémissement d'une sirène qui approchait. Julio l'avait entendu, lui aussi. L'homme à tout faire s'éloignait du bâtiment d'un pas quelque peu titubant quand E.C. « Piggy » Slocum s'immobilisa dans un crissement de pneus. Dexter désigna du doigt la silhouette de Julio et hurla au policier :

— C'est lui ! Arrêtez-le ! Ne le laissez pas s'échapper !

Instinctivement, Julio leva les mains au-dessus de sa tête. Ce geste de culpabilité évidente suffit à Piggy qui avait déjà sorti de l'étui son 357 Magum. Il avait vécu la majeure partie de sa vie dans l'attente de cet instant. Il pointa le

* Minne-haha (Eau-qui-rit), jeune fille dakota dans le poème de H.W. Longfellow, *The Song of Hiawatha* (1855). *(N.d.T.)*

volumineux pistolet sur le malheureux réparateur et imita Clint Eastwood le mieux qu'il put.

— Pas un geste, immonde petit cafard, ou j't'efface comme une vilaine tache.

Il arma le chien.

Le champ de vision de Julio se rétrécit, à la façon d'un tunnel, pour se concentrer sur le revolver plaqué chrome dans les mains tremblantes du policier. Peu de choses sont aussi terrifiantes qu'un individu nerveux brandissant une arme chargée. Instinctivement, il tourna les talons et s'enfuit vers un bosquet de pins de Murray au bout du bâtiment. Le doigt boudiné de Piggy appuya sur la détente ; l'arme faillit échapper à ses mains potelées. Une brique explosa dans le mur, un mètre derrière la tête de Julio, ce qui incita le fugitif épouvanté à accélérer. Le policier vida les cinq chambres restantes en succession rapide, mais chaque coup était plus loin encore de sa cible que le précédent. Plusieurs autres briques et une fenêtre furent démolies par cette canonnade.

La silhouette de Julio se fondit dans l'obscurité au moment où Piggy effectuait une vaillante tentative pour prendre en chasse le Mexicain évanoui dans la nature. La lutte était inégale. Le policier, dont le physique ne démentait pas le surnom, faisait trente kilos de trop alors que le Mexicain était mince et terrorisé. Piggy, la respiration sifflante et haletante, revint vers la voiture de sa démarche dandinante et appuya sur le bouton du micro.

— Clara... ah... oh, merde... c'est Slocum. Diffuse un avis de recherche sur... ahh... pffff... le suspect suivant pour délit de fuite. Un mètre soixante-dix à un mètre soixante-treize, corpulence moyenne, teint basané, grosse moustache. Vêtu d'une veste de cuir et d'un jean. Il a des bottes de cow-boy, aussi, je crois.

Dexter s'approcha avec prudence du fonctionnaire à la respiration sifflante.

— Je peux vous aider ?

— Allez-y, mon gars. Vous... (il s'interrompit pour

reprendre haleine)... vous savez quelque chose sur ce type ?

— C'est Julio Pacheco, un employé de l'université. Il habite Denver Street, dans l'immeuble d'appartements délabré près de l'YMCA*. Celui qui était autrefois le High Country Motel. Et ça..., ajouta-t-il en pointant le doigt, c'est son véhicule, il appartient à l'université.

Piggy jeta un regard sur la camionnette du réparateur, puis reporta ses petits yeux porcins sur Dexter.

— Y a autre chose que vous sachiez, monsieur ?

Le visage d'ordinaire inexpressif de Dexter était l'image même de la frayeur.

— Vous feriez mieux d'aller jeter un coup d'œil au deuxième étage. D'après les hurlements que j'ai entendus, on aurait dit qu'il tentait de... d'agresser quelqu'un.

* YMCA : Young Men Christian Association. *(N.d.T.)*

5

Scott Parris, en tee-shirt des White Sox et boxer-short, regardait les dernières nouvelles sportives sur une station de Denver. Il regardait avec consternation les images de la défaite la plus récente des Broncos quand le téléphone retentit.

Lorsqu'il porta le combiné à son oreille, Clara Tavishuts parlait déjà :

— Chef, j'ai envoyé Slocum à la suite d'un appel venant du campus et signalant un trouble de l'ordre public. Il y a eu agression, peut-être homicide. Piggy n'a pas été très clair. La victime est une jeune femme, probablement une étudiante. Pas encore d'identification.

— Est-ce qu'on a un suspect ?

— J'ai déjà lancé un avis de recherche pour un suspect mexicain qui a pris la fuite lors de l'interpellation. Le lieutenant Leggett a pris la direction des opérations et le sergent Knox est en route pour le campus. J'ai pensé que vous voudriez y aller tout de suite pendant que tout est encore frais.

Parris gémit. Il le sentait : c'était cela qu'avait annoncé la manifestation de l'Effroi.

— Merci de toutes ces précisions. Il va me falloir quelques minutes pour me préparer et je vais voir.

— Ce qu'il faut que vous sachiez, c'est que Piggy a vidé

les six chambres de son gros pistolet de service sur le suspect qui prenait la fuite en courant. Il ne semble pas que E.C. ait tué quoi que ce soit, cependant, à part... la vitre d'une fenêtre.

Parris se demanda quel genre de problème l'agent E.C. Slocum avait pu leur coller sur le dos cette fois.

— Dites-moi ce que vous savez. C'était un tir justifié ou bien est-ce que notre cow-boy à la gâchette facile a perdu la boule quand il s'est retrouvé avec un corps vivant sur lequel viser ?

— Je ne sais pas, mais il y a eu un témoin à cette fusillade. Un certain professeur Dexter. C'est lui qui a fait le neuf-un-un pour signaler l'agression ; il était sur place, par la suite, quand Piggy a utilisé son flingue.

— Oh, génial, fit Parris, un témoin, et dix contre un que le suspect n'était pas armé.

Quand il arriva sur les lieux, les voitures numéro sept, quatre et trois étaient là, ainsi que la camionnette grise banalisée du coroner du comté. Une ambulance repartait sans client. L'hôpital ne serait d'aucun secours pour cette victime-là. Le médecin légiste devait être à côté du cadavre, et ce spectacle n'était pas de ceux qui attiraient Parris. Il s'était arrangé pour ne pas faire partie des homicides pendant toute la durée de sa carrière à Chicago. Les brigades des mœurs, des cambriolages et des vols de voitures étaient déjà assez déprimantes ; les cadavres des victimes d'assassinats lui donnaient le frisson.

Le sergent Eddie « Rocks » Knox faisait circuler les rares voitures qui passaient et gardait à distance les quelques curieux. Parris s'arrêta pour interroger Piggy, qui, inconscient du froid, était assis sur le capot de sa voiture de patrouille, ses jambes courtaudes se balançant devant la grille du radiateur. Eddie Knox se recula pour laisser à son chef un peu d'espace. Piggy hurla quand Parris lui posa une question concernant la victime.

— Si elle est morte ? *Un peu* qu'elle est morte, bordel ! Vous seriez mort aussi si vous aviez ce truc planté dans...

Le gros policier s'interrompit pour moucher son nez bulbeux dans un bandana rouge dégoûtant. Il se mit à sangloter comme un petit enfant. C'était trop pour Parris qui, gêné, se détourna.

— J'ai cru comprendre que le suspect avait pris la fuite quand vous êtes arrivé. Est-ce qu'il était armé ?

Slocum baissa la tête et marmonna des paroles incohérentes.

Parris le laissa pour se diriger vers la voiture sept, où Eddie Knox signalait à Clara Tavishuts que leur chef était sur les lieux. Il lâcha le micro et adressa un sourire forcé à son supérieur.

— Vous trouvez pas ça super, le boulot de policier ?

— Qu'est-ce qui s'est passé ici ?

Les traits d'Eddie Knox recelaient une perpétuelle touche d'insolence, une insubordination difficilement masquée. « Rocks », à en croire la rumeur publique, n'avait peur de rien ni de personne. Et cette tendance était multipliée par deux à l'égard de ce nouveau chef arrivé d'une des villes de l'Est. Eddie mastiqua pensivement la bouche pleine de tabac à chiquer Red Man, puis cracha avec insouciance sur la chaussée, juste assez loin de la chaussure de Parris pour éviter l'affront.

— J'en sais moins que rien. Je suis arrivé ici à peu près dix minutes avant vous. Je suis pas allé à l'intérieur. Je m'occupe juste de faire circuler les gens.

Il désigna du pouce les fenêtres éclairées du deuxième étage :

— Leggett est là-haut avec le corps. Doc Simpson aussi.

— Slocum est drôlement secoué. On m'a dit que vous vous entendiez bien tous les deux. Vous voulez bien garder l'œil sur lui pour moi ?

À cette requête, le regard d'Eddie Knox perdit son insolence.

— Ben, je suppose que vous savez que je suis probablement le seul vrai copain que Piggy ait dans tout le service. Ce brave E.C., il a jamais vraiment fait très fort, question amis. Quand même, vous le saviez... enfin, bon. Sans doute que je devrais pas l'ouvrir autant. C'est que des racontars, de toute façon.

Parris était encore tout nouveau à son poste ; il avait très envie de tout savoir sur ses subordonnés.

— Quoi que ce soit, sergent Knox, je pense que vous pouvez me le confier.

Eddie Knox hésita, puis céda avec un haussement d'épaules.

— Ben, répondit-il entre deux mâchonnements de chique, je suis probablement le seul et unique qu'est au courant, mais ce pauvre vieux Piggy il a jamais eu *aucun* copain, même quand il était pas plus haut que ça (il plaça sa main à hauteur de genou pour représenter un Slocum gamin), parce qu'il a toujours été un crétin fini. D'après ce qu'on m'a dit (il se rapprocha comme un acteur pour murmurer en aparté), sa môman, à Piggy, elle était obligée de lui accrocher une côtelette de porc autour du cou pour que son chien il accepte de jouer avec lui !

Eddie Knox regarda la bouche de Parris s'ouvrir toute grande avant d'émettre un petit ricanement qui se mua en gloussement, puis en bon gros rire, lequel éclata en une cacophonie nasale rappelant le braiment d'un âne. Parris tourna les talons et s'éloigna, tandis que Knox s'étouffait et s'étranglait en avalant son jus de chique.

Parris monta lentement l'escalier jusqu'au second, comme un écolier qui s'approche du bureau du directeur. Le lieutenant Leggett était de faction dans le couloir devant le laboratoire de physique ; il avait déjà installé quatre supports en plastique pour accrocher la bande de Mylar jaune portant l'inscription INTERDICTION DE PASSER — POLICE — INTERDICTION DE PASSER, etc. Parris lui adressa un signe de tête.

— Mettez-moi au courant des derniers développements.

Tout était bon pour retarder le moment de voir le corps. Leggett qui, dans son uniforme bleu immaculé, avait tout du policier tel que se l'imagine un responsable de casting, ouvrit d'un geste vif le calepin qu'il rangeait dans sa poche de chemise.

— Voilà ce que nous avons jusqu'ici. Un membre de l'université, du nom d'Arnold Dexter — il vaut mieux que je change ça en *professeur* Arnold Dexter (il eut un sourire) —, a appelé le neuf-un-un à vingt et une heures trente-cinq. C'est Clara qui a pris l'appel. Il est intégralement enregistré. Ce professeur signale des éclats de voix, il dit qu'il entend des hurlements. Piggy... euh... l'agent Slocum était à proximité, il est arrivé sur place très vite. Quand il s'est présenté, ce Dexter l'attendait sur le bord du trottoir et lui a désigné le suspect qui sortait du bâtiment. L'agent Slocum a ordonné au suspect de s'arrêter, mais celui-ci a filé en quatrième vitesse, chef.

Parris fit la grimace.

— Et l'agent Slocum s'est senti obligé de tirer ?

Leggett hésita.

— Six fois. Le suspect n'a pas été touché. Quelques dégâts au bâtiment, quand même.

Le jeune policier ne put réprimer un faible sourire. Il tourna la tête pour le dissimuler par un toussotement.

Le chef rit. Ça faisait du bien ; le rire repoussait les noirs esprits dans les ténèbres.

— J'ai vu les briques pulvérisées, dit-il. Les éclats à eux seuls auraient dû tuer le suspect.

Il se tut un instant, reprit son sérieux :

— Est-ce que le département de physique occupe tout le bâtiment ?

— Non. Seulement le deuxième étage. Le département de chimie est au premier, le génie électrique et l'informatique au rez-de-chaussée.

— Tout le monde parle d'un Mexicain. Est-ce que nous sommes sûrs que le suspect est bien mexicain ? C'est une spéculation ou un fait avéré ?

Leggett recula d'une page dans son calepin.

— L'individu est un certain Julio Pacheco. Il travaille au service d'entretien de l'université. Ça fait juste un peu moins de trois ans qu'il a cet emploi. Clara a réveillé quelqu'un de la gestion du personnel et elle s'est procuré son dossier ; on a déjà envoyé des gars vérifier son appartement, mais il a filé depuis longtemps, bien évidemment. Ils ont trouvé une carte verte, mais ça ressemble à un faux. On va se faire délivrer un mandat de perquisition demain matin, histoire de passer sa crèche au peigne fin.

— Clara m'a dit qu'elle avait lancé un avis de recherche.

— Absolument. La police de l'État devrait avoir installé des barrages routiers dans une dizaine d'endroits, de Gunnison à Pueblo et d'Alamosa à Leadville.

Parris lança un coup d'œil plein d'appréhension vers la porte du laboratoire.

— Et le... euh... cadavre ?

— Sexe féminin. Étudiante de troisième cycle. Vraiment horrible à voir. Simpson est à l'intérieur en ce moment. Quand il en aura fini avec le corps, je rangerai tous les éléments de preuve dans des sacs, je vérifierai les empreintes et les fibres vestimentaires ; le grand jeu.

Parris adressa un sourire radieux au jeune homme. Leggett avait terminé avec d'excellentes notes les onze semaines de formation de l'École nationale de la Police organisées par le FBI. Ah, si seulement il disposait d'une demi-douzaine de subordonnés intelligents comme lui, si Piggy prenait sa retraite anticipée et si Eddie Knox décrochait un emploi de doublure de vedette dans des films comiques... C'était l'un de ses rêves éveillés les plus chers. Il appliqua une tape sur le dos de Leggett avec une force qui fit s'entrechoquer les dents du jeune policier.

— Bon travail, lieutenant. À l'exception des gens du bureau du coroner, ne laissez personne, agent Slocum inclus, approcher des lieux du crime. Je veux que personne ne pénètre dans cette pièce jusqu'à nouvel ordre. Mettez-y un cadenas à nous, avant de partir. Idem pour l'appartement du suspect.

Parris tenta de se préparer mentalement pour l'épreuve

qui l'attendait ; il poussa la porte du laboratoire et fut assailli par un mélange d'odeurs : le sang du cadavre et l'alcool pur du médecin légiste. Walter Simpson était entre lui et le corps, visiblement occupé à l'examiner pensivement. Le docteur entendit le bruit des pas et se retourna pour poser un regard furieux sur la personne qui osait empiéter sur son domaine. Son attitude bourrue se dissipa lorsqu'il reconnut Scott Parris. Ils ne s'étaient rencontrés que quelques mois auparavant mais étaient déjà bons amis.

Simpson grimaça et leva la main pour tenir le policier à distance.

— Tu ne vas pas aimer, Scott.

Il connaissait par expérience personnelle le dégoût de Parris à la vue des cadavres. Ils s'étaient occupés d'un vilain accident sur une piste défoncée en à-pic, il y avait juste un mois. Parris cherchait un corps au fond d'un ravin sombre quand il avait marché dans quelque chose de glissant. Il avait essuyé une partie de la matière brillante collée à sa semelle pour l'inspecter de plus près. C'était une éclaboussure de cerveau humain. Il en avait été malade et Simpson avait eu assez de prévenance pour garder cet élément d'information par-devers lui.

Parris se prépara à affronter le spectacle en contournant son ami. Il fut totalement pris de court par ce qui avait transformé Piggy en gosse chialeur. Durant un fugitif instant, son esprit se refusa à accepter ce qu'il voyait. Il se demanda, irrationnellement, si ça pouvait être vrai. C'était un spectacle digne d'un film d'horreur de série B. Le corps de la jeune femme était nu ; sa mâchoire partait sur le côté, comme complètement décrochée du crâne. Ses vêtements étaient dispersés au hasard sur le sol : une robe jaune éclaboussée de sang, des chaussures noires à hauts talons, un collant. Un instrument qui ressemblait à un gros tournevis était enfoncé presque jusqu'au manche dans son globe oculaire gauche. L'orbite était remplie de sang qui avait débordé et trempé ses cheveux d'un noir de jais. L'abdomen était éventré en une demi-douzaine d'endroits ; les entrailles, exposées, se répandaient sur le sol. C'était moins un être humain qu'un petit animal mis en pièces par une bête féroce.

Il ne pouvait détacher son regard du visage de la morte ; l'œil droit ouvert fixait le plafond à la manière d'un cyclope. Cet œil blanc indemne était en fait plus obcène que le corps nu mutilé. Les genoux du policier tremblotèrent ; il se retint à un meuble de rangement et sentit une soudaine montée de colère. Pourquoi Simpson ne le lui fermait-il pas bon Dieu ?

Il finit par tourner le dos, ne voulant plus voir cette pauvre et pitoyable dépouille, ce visage petit et fin, encadré d'une vague de cheveux d'un noir corbeau imbibés de sang. Il s'aperçut que, pour lui, le cadavre n'était plus une femme désormais, mais une chose.

Simpson, à genoux, fredonnait un air qui ressemblait vaguement à une valse de Strauss. Oui, *Histoires de la forêt viennoise.* Avec le détachement du professionnel, il retira du rectum du cadavre un thermomètre à mercure de vingt-cinq centimètres de long qu'il étudia en plissant les yeux.

— La température du corps est de trente-cinq un degrés Celsius. La victime est probablement décédée approximativement au moment où le crime a été signalé. Je pourrai peut-être t'en dire plus une fois que j'aurai procédé à un examen complet.

En se relevant, le vieil homme émit un grognement dû à l'arthrite.

Parris ferma les yeux et lutta contre la nausée.

— Elle a été violée ?

Simpson rangeait le thermomètre dans un étui en cuir.

— Je n'en sais rien. J'ai cru comprendre que ce brave Tire-qu'une-fois Slocum est arrivé ici plutôt vite ; il a peut-être dérangé le criminel. Je serai à même de t'en dire plus demain. Passe vers cinq heures trente ou six heures.

Parris le regarda réunir les outils de sa profession et les ranger soigneusement dans sa mallette en cuir noir. Il se demanda sans vraiment y penser si Simpson utilisait les mêmes instruments pour ses patients qui étaient en vie, mais il se dit qu'il serait impoli de poser la question. Le médecin semblait moulu de fatigue quand il prit le chemin de la porte.

— Fais-le savoir à mes gars quand vous autres, de la police, vous en aurez fini avec vos clichés et tout ce superbe travail de détection que vous faites. Ils viendront enlever le corps.

Une fois Simpson parti, Parris trouva une blouse de laboratoire en lambeaux dont il couvrit le corps pâle. L'outil planté dans l'orbite faisait relever le tissu, comme une tente, au-dessus du visage de la victime. Parris brailla le nom de Leggett dont la tête apparut aussitôt à la porte du laboratoire.

— Ce type qui a signalé les cris, le prof... il est quelque part dans le coin ?

— Je l'ai foutu dans son bureau. Je me suis dit que vous voudriez procéder à l'interrogatoire. C'est juste au bout du couloir.

— Est-ce qu'il a identifié le corps ?

Une légère ombre d'inquiétude professionnelle courut sur les traits du lieutenant.

— Ben, non. Le pauvre, il est sérieusement secoué ; il ne voulait pas la voir. Je lui ai dit qu'il y avait une jeune femme morte dans le laboratoire, mais il m'a répondu qu'il ne supportait pas la vue des cadavres. Vu l'état de celui-ci, je n'ai pas voulu l'obliger. Il donnait un peu l'impression de... ben, d'être sur le point de s'évanouir.

Parris ressentait une profonde communauté d'esprit avec quiconque souhaitait ne pas être confronté au spectacle d'un cadavre.

— Alors, comment sait-on de qui il s'agi... ssait ?

— Il y avait un permis de conduire dans son sac à main. Avec sa photo dessus. Le nom de la victime est Priscilla Song. Le professeur Dexter nous a dit qu'elle faisait une thèse.

Parris étudia la pièce, évitant de regarder la menue silhouette sous la blouse de laboratoire. Le coton aspirait le sang comme une éponge. Il s'agenouilla pour examiner chacun des vêtements qui avaient autrefois recouvert le corps de la victime. Il ne voyait rien qui pût éclairer ce crime, sinon le fait que le meurtrier s'était visiblement pressé. La robe jaune était déchirée en lambeaux. Il se redressa et remarqua que l'écran de l'ordinateur émettait une nuance de lumière bleue peu naturelle.

Leggett le désigna d'un signe de tête.

— Il était allumé quand je suis arrivé.

— Elle travaillait peut-être dessus quand le type a surgi.

— On peut essayer de voir.

Le lieutenant enjamba le corps et s'installa devant le bureau sur le fauteuil pivotant qui grinça.

— On a de la chance. C'est un Macintosh. Système d'exploitation très clair. Facile d'utilisation. Ma femme en a acheté un pour son agence immobilière, alors je m'y connais un peu.

Parris n'ignorait pas que Leggett était modeste à l'excès. S'il reconnaissait qu'il s'y connaissait « un peu », cela voulait dire qu'il était capable de rédiger un manuel sur cette machine infernale.

Le lieutenant suspendit son geste avant de poser les doigts sur le clavier.

— Vous voulez que je vérifie maintenant, ou qu'on sauvegarde tout pour les experts ?

— Si vous pouvez jeter un coup d'œil sans rien modifier, allez-y.

— On dirait qu'elle utilisait un traitement de texte. Sauf qu'il n'y a pas de fichier d'ouvert. J'espère qu'il a été sauvegardé.

— Est-ce que vous pouvez trouver le dernier fichier sur lequel elle a travaillé ?

Leggett se frotta les mains comme s'il s'apprêtait à interpréter un concerto pour piano.

— Je vais faire quelques petites vérifications. Je crois que nous avons nos chances.

— Vous pouvez laisser tomber le « nous », mon garçon, fit gentiment Parris. Les ordinateurs, pour moi, ça n'a ni queue ni tête. Il va falloir vous débrouiller tout seul. Je vais aller discuter avec notre témoin pendant que vous vous occupez de l'appareil.

Il trouva Arnold Dexter dans son bureau, marchant de long en large comme un fauve en cage, passant nerveusement ses mains couvertes de taches de rousseur sur un crâne dégarni. Le policier présenta son insigne et déclina son identité.

— C'est vous qui avez signalé cette chose horrible ?

Mince, pâle, son interlocuteur hocha la tête.

— Professeur Arnold Dexter. Directeur du département de physique.

Il semblait proche des larmes.

— Racontez-moi, dit Parris d'une voix douce.

— J'étais assis à mon bureau. J'ai entendu des hurlements épouvantables. Je voulais aider, mais je ne suis pas quelqu'un de *physique*...

Il sembla embarrassé par l'apparence de lâcheté qu'il offrait.

— ... N'empêche, si j'avais su que c'était Priscilla qui était en danger...

Il dévisagea en silence le policier derrière ses épais verres de lunette, en appelant à sa compréhension.

— Vous connaissez... vous connaissiez la victime, alors ?

Dexter s'effondra de manière spectaculaire dans son fauteuil et enfouit son visage dans ses mains.

— Bien sûr. Priscilla était l'une de nos étudiantes de troisième cycle les plus prometteuses. J'étais son directeur de thèse jusqu'à ce que Waldo reprenne le projet de blindage céramique le semestre dernier.

Parris avait ouvert son calepin.

— Waldo ?

— Le professeur Waldo Thomson. Il m'a remplacé il y a plusieurs mois comme directeur de thèse, quand j'ai accepté le poste de chef du département. Cela ne me laisse pas autant de temps que je le souhaiterais pour suivre les étudiants. On est tellement pris par la paperasse quand on est chargé de l'administration.

Parris eut un petit rire et tenta d'exprimer sa compassion :

— À qui le dites-vous ! Cela fait des mois que je n'ai pas eu le temps de rédiger une contravention pour stationnement illicite.

Cette remarque sembla plonger Dexter dans la perplexité. Ce petit universitaire avait l'esprit aussi tranchant qu'un couteau à beurre, un crétin fini. Parris rejeta tout espoir de conversation légère et adopta son ton officiel :

— Bon. Alors, que faisait-elle ici aussi tard ? Je croyais que l'université fermait avec le coucher du soleil.

— Je n'en suis pas certain, mais j'imagine qu'elle travaillait sur le contrat de Waldo... du professeur Thomson sur le blindage pour l'aviation.

Un infime soupçon, dans sa voix, laissait percevoir sa crainte que Priscilla eût pu se consacrer à une occupation moins innocente que le projet de blindage de son patron de thèse. Parris tira une chaise qui se trouvait dans un coin de la pièce et s'y assit à califourchon en s'appuyant sur le dossier.

— Et vous, que faisiez-vous ici ce soir ? Est-il dans vos habitudes de travailler aussi tard ?

Dexter se frotta les yeux avec un mouchoir.

— Ça dépend de la charge de travail. En ce moment, je prépare l'emploi du temps du prochain semestre. Les cours qui seront organisés, à quelle heure ils seront dispensés, qui enseignera quoi, l'estimation du nombre d'étudiants qui vont s'inscrire. C'est difficile d'arriver à faire ça pendant les heures normales ; il y a tellement de choses qui viennent vous déranger. Les classes à faire, les cours à préparer, les étudiants qui n'arrêtent pas de vouloir vous voir. Je suis venu ce soir pour régler ça une bonne fois pour toutes.

— Je comprends. Je travaille le soir aussi, de temps en

temps ; c'est une bonne méthode pour rattraper son retard.

Il sourit afin de rassurer l'universitaire ébranlé, puis ajouta :

— On m'a dit que c'est vous qui aviez identifié le suspect.

Le directeur évita de rencontrer le regard du policier.

— C'était Julio Pacheco ; il fait partie du service d'entretien de l'université. Pacheco était dans le bâtiment pas plus tard que ce matin, pour rechercher une fuite de gaz. Je crois qu'il a été dans ce même laboratoire, avec Priscilla, à un moment. Un personnage détestable. Le bruit court qu'il... euh... poursuivait Priscilla de ses assiduités à l'occasion. Je suppose qu'il est revenu ce soir pour...

Dexter s'arrêta, comme incapable de réfléchir à ce qui était arrivé à son étudiante.

— Ouais. C'est généralement comme ça que ça se passe. Il a très bien pu la suivre pendant des semaines en attendant qu'elle soit vulnérable. Quelqu'un d'autre dans le bâtiment ce soir ?

La question sembla surprendre Dexter.

— Eh bien, pas à ma connaissance. J'étais dans mon bureau jusqu'à ce que j'entende les bruits, alors je ne peux pas l'affirmer avec certitude.

Après quelques questions de routine supplémentaires, Parris conseilla au pathétique directeur de rentrer chez lui et d'essayer de dormir.

Leggett, à mille lieues du cadavre qui gisait sous la blouse de laboratoire, s'affairait à vérifier des fichiers dans l'ordinateur. Au moment où il entrait dans la pièce, Parris entendit le jeune lieutenant s'exclamer :

— Bon Dieu de merde !

Il se tourna pour regarder son supérieur avec des yeux écarquillés.

— Venez voir ça. Je crois que je l'ai trouvé.

Parris enjamba avec circonspection le corps gisant sous son linceul. Le nom du fichier était « Journal-Travail ».

D'après les informations que l'ordinateur avait automatiquement enregistrées, le document avait été sauvegardé pour la dernière fois à vingt et une heures vingt-trois le soir même. Leggett cliqua deux fois sur l'icône correspondant au fichier, et il attendit que le document rangé en mémoire apparaisse sur l'écran.

Parris observait le moniteur en clignant des paupières.

— Rappelez-moi : à quelle heure le professeur a-t-il appelé la police ?

— Vingt et une heures trente-cinq. Douze minutes après que le fichier ait été mis en mémoire.

Le titre indiquait : « Suivi — Semestre d'automne » ; le fichier semblait être un journal relatant les activités quotidiennes de Priscilla Song à l'université. Leggett fit défiler le document page après page. Y figuraient des rencontres avec des étudiants, des commentaires sur les devoirs attribués à chacun, les noms de ceux qui avaient été absents du laboratoire d'électromagnétisme, et d'autres détails sans importance.

S'adressant presque à lui-même, Parris grommela :

— Un sacré tri à faire.

— Absolument, mais ce traitement de texte peut retrouver la dernière position du curseur, juste avant la sauvegarde du fichier. C'est-à-dire l'endroit où elle a inscrit sa dernière entrée.

Il ouvrit une section du menu intitulée « Utilitaires » avec la souris, fit descendre la flèche de cinq lignes jusqu'à ce qu'elle soit sur « Retourner à ». Il relâcha la touche de la souris. Un bref ronronnement du disque dur s'ensuivit ; une nouvelle page apparut à l'écran. En haut, des listes organisées en colonnes indiquaient les notes obtenues par les étudiants en licence au laboratoire d'électromagnétisme. En bas, juste à gauche du curseur, figuraient ces lettres inexplicables :

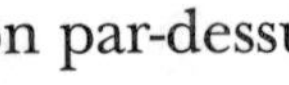

Parris fixa l'inscription par-dessus l'épaule de Leggett et fronça les sourcils.

— Qu'est-ce que ça peut bien être que ça, sacré bon sang ?

— Peut-être la dernière chose qu'elle a eu l'occasion de dire, proposa le lieutenant d'un ton solennel, sans quitter des yeux l'écran.

Sur le bureau à côté de l'ordinateur, plusieurs livres et catalogues étaient maintenus en position verticale entre de lourdes sculptures en onyx. Le chef de la police en parcourut les titres, puis préleva un petit volume. Il le tendit à Leggett, qui leva un sourcil en lisant le titre : *Manuel d'initiation aux codes et chiffres secrets.*

6

Parris arriva au Rocky Mountain Polytechnic tard dans la matinée ; le département de physique était en état de choc. Le personnel de la faculté et les étudiants s'étaient rassemblés par petits groupes pour parler du meurtre atroce. Quelques-uns pleuraient sans retenue. Sur le passage du policier, soit ils interrompaient leurs conversations, soit ils murmuraient entre eux. Il fit halte au secrétariat du département ; une jeune femme hispanique tapait sur un clavier d'ordinateur. Parris ôta son chapeau et ouvrit un étui en cuir pour lui présenter son insigne doré.

— Je suis Scott Parris, le chef de la police. Vous devez être Ms Waters.

Cette suggestion sembla mettre la jeune femme très mal à l'aise.

— Oh, mon Dieu, *non* ! Kristin... Mademoiselle Waters a appelé pour signaler qu'elle était malade aujourd'hui. Je fais partie du secrétariat général.

— Il faut que je m'entretienne avec le directeur de thèse de Priscilla Song, le professeur Thomson.

La secrétaire le conduisit au bureau de M. Thomson, lui montra la porte, puis repartit sans prendre la peine de l'annoncer. Une plaque de cuivre, sur le battant, était gravée du nom de l'occupant des lieux : WALDO THOMSON, PH.D.

Il était assis à son bureau, plongé dans la lecture du *Wall Street Journal*. Par suite d'une longue habitude, Parris nota mentalement l'apparence du personnage : costume onéreux, chaussures très onéreuses. Épaules larges, cheveux couleur sable qui se dégarnissaient, yeux bleu pâle sous des sourcils broussailleux. Thomson avait quelques années de moins qu'Arnold Dexter, et il était considérablement plus robuste que le directeur du département. Il y avait un soupçon d'embonpoint dû à la quarantaine sous la chemise de soie, mais l'ample témoignage de muscles solides se manifestait clairement ; il avait la peau tannée, comme les gens qui vivent au grand air. Et pourtant, il semblait tout à fait à sa place dans un environnement livresque. Les universitaires sont-ils tous faits sur le même modèle ? Idée absurde. Est-ce que tous les flics ont les pieds plats ? Cela lui fit penser à ses propres pieds. Un canard aurait eu la voûte plantaire mieux dessinée.

Il entra dans la pièce sans frapper et ouvrit d'un geste vif le petit étui de cuir qui renfermait son insigne. Le physicien se leva, écrasa une cigarette dans un cendrier en cristal et posa un regard noir sur le badge.

— Tiens. Un membre des services de défense et de protection du citoyen. Pour la protection, c'est raté. Maintenant que l'une de nos étudiantes est déjà morte, voilà les flics qui viennent faire leur cinéma. Je suppose que vous avez une quantité de questions à poser ? Du genre, est-ce qu'elle connaissait le Mexicain ? Est-ce qu'il traînait tout le temps dans le coin ? Est-ce qu'il donnait l'impression de s'intéresser à elle ? Est-ce... ?

Parris était fatigué et irascible, et Thomson, à l'évidence, un chieur prétentieux. Le policier désigna du doigt le siège vide que le professeur venait de quitter.

— Posez-vous là. Les questions, c'est mon travail. Le vôtre, c'est de me donner des réponses franches et polies. C'est compris ?

Parris fut lui-même surpris du ton de menace présent dans sa voix.

Thomson s'assit, mais ses mâchoires étaient contractées et ses mains crispées. Parris se demanda si l'universitaire allait décider de la boucler maintenant. Il s'en fichait complètement. Ils savaient qui avait tué l'étudiante ; cette visite n'avait guère d'autre but que de suivre la procédure. Peut-être était-ce pour cette raison que les accusations de Thomson l'avaient touché à ce point. Il fallait venir questionner tous ceux qui connaissaient la victime : c'était ce à quoi tout le monde s'attendait. Si la police ne s'intéressait à personne d'autre que Pacheco, l'avocat chargé de la défense du Mexicain sauterait sur l'occasion à pieds joints (à condition qu'ils l'arrêtent, ce Pacheco !) et le procureur hacherait menu le chef de la police.

Il se força à présenter un mince sourire en guise d'excuse.

— Si j'ai bien compris, vous êtes... vous étiez le directeur de thèse de Priscilla Song.

La bouche de Thomson n'était qu'un trait.

— C'est exact.

Il n'allait rien dire de lui-même. Ça avait été une stupide erreur de stratégie de le moucher, mais ça l'avait soulagé.

— Quel genre d'étudiante était-elle... Je veux dire, elle était intelligente ?

— Elle était...

Il marqua une pause.

— ...au-dessus de la moyenne.

— Elle avait de mauvaises habitudes ? La drogue, par exemple ?

Le ton employé fut sarcastique :

— Elle ne partageait pas ce genre d'informations avec moi.

— Est-ce qu'elle travaille... travaillait habituellement tard le soir, ou était-ce exceptionnel hier soir ?

La réponse fut brève, les mots heurtés :

— Elle travaillait quand elle jugeait bon de le faire. Elle avait la clef.

— Que faisait-elle hier soir... quel genre de travail, je veux dire ?

Le regard de Thomson courait maintenant de droite et de gauche, évitant tout contact avec les yeux de Parris. Il prit une cigarette dans un étui en argent et l'alluma.

— Elle rassemblait peut-être des données pour notre contrat avec l'armée de l'air. Un blindage en céramique léger. Elle faisait peut-être cuire des petits gâteaux. Je n'en sais fichtrement rien, moi, de ce qu'elle faisait.

Il souffla délibérément sa fumée dans la direction du policier.

— À ce que je crois comprendre, vous êtes un administratif, un gratte-papier. Est-ce qu'il est habituel, pour le chef de la police, de procéder aux interrogatoires ?

Parris eut un rictus qui dévoila ses dents ; l'effet n'était pas agréable, et c'était bien le but recherché.

— Pas habituel, professeur, mais nous sommes à court d'effectifs cette semaine. Je dispose d'un lieutenant intelligent qui procède aux auditions des témoins importants ; je m'occupe du menu fretin moi-même.

Le moment était venu de lui serrer un peu les couilles dans l'étau.

— Où étiez-vous hier soir, demanda-t-il d'une voix glaciale, disons entre neuf et dix heures ?

L'universitaire pâlit à cette accusation voilée.

— Qu'est-ce que ça peut bien vous foutre ? Vous savez pertinemment que c'est le Mexicain, alors pourquoi vous venez mettre votre nez dans ma vie privée ?

Parris demeura impassible tandis qu'il traçait dans son calepin de tout petits triangles imbriqués les uns dans les autres.

— Votre vie privée, professeur Thomson ? Vous aviez une liaison ? Avec la victime ?

Il n'en fallait pas plus.

— Ça suffit, maintenant, vous n'avez pas le droit... J'étais chez moi hier soir. Seul, si vous devez le savoir. Ma femme m'a quitté il y a plusieurs mois, alors je passe mes soirées seul.

Parris se fit tout à coup l'impression d'être un beau salaud. Helen était partie, elle aussi. À présent, il passait ses soirées seul. Il essaya de sourire ; ce n'était pas facile.

— Je pense que nous avons démarré du mauvais pied. Recommençons à zéro. Soyez poli, et moi, je serai d'une gentillesse exemplaire.

— À condition que ça ne dure pas longtemps, déclara Thomson d'un air maussade. J'ai un emploi du temps chargé.

Parris quittait le bâtiment quand il entendit un murmure :

— Ici... Écoutez... venez ici !

Il se tourna pour découvrir un grand type au teint pâle qui regardait de part et d'autre dans le couloir tout en lui faisant signe d'entrer dans une salle de classe vide. L'inconnu referma vivement la porte derrière lui. Il tendit une main osseuse vers celle de Parris.

— Je m'appelle Harry Presley, professeur Harry Presley. Département de physique. Je vois que vous êtes là pour enquêter sur la mort de Priscilla.

Parris s'efforça de ne pas sourire à cette étrange apparition. Presley mesurait près d'un mètre quatre-vingt-dix et il était maigre au point d'en être émacié, telle la victime d'une famine ou d'un camp de concentration de la Deuxième Guerre mondiale. Les yeux semblaient globuleux derrière des lunettes à verres épais, les oreilles dépassaient comme les volets d'un avion de part et d'autre d'un crâne recouvert d'une peau tendue et transparente. Une ceinture parvenait à peine à retenir un pantalon de tweed froissé autour d'une taille fine comme un clou, et le torse n'était pas plus large. La pomme d'Adam tressautait à chaque parole.

— Vraiment affreux, commenta-t-il. Si brutal. Quel épouvantable gâchis !

— Certes, acquiesça Parris. Vous connaissiez très bien la victime ?

— Enfin, pas vraiment *très bien.* C'est un petit département ; tout le monde connaît tout le monde.

Parris sortit son carnet.

— Il y a quelque chose que vous souhaiteriez me dire ?

— Euh, tout le monde savait que Pacheco lui tournait autour comme si c'était une chienne en chaleur. Si vous voulez mon avis, il s'agit d'un crime *passionnel.* (Il se léchait les lèvres.) Il a été question de drogue et vous savez jusqu'où certaines filles sont prêtes à aller pour de la drogue...

— Vous avez des informations sur des activités illicites liées à la drogue sur le campus ?

Presley pinça les lèvres et réfléchit avant de répondre :

— Enfin, ce ne sont que des bruits qui circulent, vous comprenez, mais il est de notoriété publique que quelqu'un utilise le campus comme centre de revente de drogue. On parle aussi de quelqu'un qui fabriquerait de nouvelles drogues à destination de la côte Ouest. Pour autant que je sache, Priscilla pouvait très bien entretenir je ne sais quelle sordide relation drogue-sexe avec ce Mexicain. Si j'étais vous, j'y regarderais de plus près.

— Et moi, si j'étais *vous...*

Le policier se contraignit à s'interrompre ; il s'était déjà fait un ennemi dans le département de physique. Presley était une limace habillée comme un homme. On trouvait souvent ce genre d'individus qui venaient rôder aux franges d'un homicide. Ils ne savaient rien d'utile mais éprouvaient une folle envie de parler à la police dans l'espoir d'apprendre des détails juteux sur le crime. Il referma son calepin et essaya de maîtriser le dégoût dans sa voix.

— Si vous pensez à quelque chose de précis, appelez-moi.

Il tendit sa carte au professeur déçu qui espérait évidemment partager ses soupçons les plus noirs avec le policier. Quand il se détourna pour partir, Parris l'entendit se livrer à une ultime tentative :

— C'était une allumeuse. Elle voulait que tous les hommes la... la remarquent. Jeunes ou vieux, ça n'avait pas d'importance pour Priscilla Song.

Parris s'immobilisa brusquement et fixa Presley jusqu'à ce que celui-ci cligne des yeux.

— Vieux, ouais, ça me rappelle un détail, mentit-il. Nous savons de source sérieuse qu'un vieux débris a été vu en train de suivre Mlle Song. Je ne dispose pas encore d'un nom, mais... (ses yeux parcoururent Presley de la tête aux pieds) nous connaissons le signalement de l'individu.

Le professeur sembla rapetisser.

— Ça paraît sans rapport, puisqu'il est clair que c'est Pacheco qui a assassiné Pris... Mlle Song.

— Tout ce dont nous sommes certains, poursuivit Parris avec un air innocent, c'est que Pacheco s'est enfui du lieu du crime. *N'importe qui* aurait pu la tuer.

Le physicien déglutit difficilement ; sa pomme d'Adam tressauta.

— Qui sait, reprit Parris qui éprouvait des difficultés à garder son sérieux, peut-être que le vieux en question travaille ici même, à l'université. Ça pourrait même être quelqu'un que vous connaissez.

Il jeta un coup d'œil à sa montre.

— Bon, il faut que je retourne au bureau, j'ai du travail. Mais je reviendrai.

Presley le regarda s'éloigner à grands pas décidés ; il essuya les gouttes de sueur qui se formaient sur son front.

En trouvant la cage d'escalier, Parris songea que ça avait été gratuit de mettre le vieux colporteur de ragots sur des charbons ardents. Il s'était fait un ennemi de Waldo Thomson et il avait effrayé Harry Presley, tout cela en l'espace d'une matinée. Il n'y avait rien à gagner à se mettre à dos des sources potentielles d'informations. D'ici le lendemain, il savait qu'il aurait le temps de repenser à sa façon d'agir et qu'il se sentirait ridicule. Il sourit en poussant la porte et en respirant l'air vif de la montagne. Mais demain était loin. Pour l'instant, c'était aujourd'hui !

7

Parris ouvrit la boîte à chaussures que Legget avait trouvée dans le placard de Priscilla. Elle contenait une photocopie de sa demande d'admission au Rocky Mountain Polytechnic et un lot de publications qui dataient de l'époque où l'étudiante était à l'université de l'État d'Arizona ; elle avait cosigné une demi-douzaine d'articles scientifiques, ce qui était impressionnant pour quelqu'un d'aussi jeune. Parris ne fit aucun effort pour lire ces papiers érudits, mais les titres annonçaient des sujets ésotériques comme le diamagnétisme, la spectroscopie par laser et la superconductivité. Une publication, dans le *Journal de neurologie clinique*, sortait de ce champ d'études : « Les effets synergiques des impuretés spécifiques dans l'acide lysergique diéthylamine ». C'était de toute évidence une collaboration interdépartementale ; les autres auteurs étaient membres du département de biologie.

Il y avait aussi des photographies. Après avoir vu le cadavre mutilé, ce fut une surprise de découvrir qu'elle avait été ravissante. C'était un triste métier que celui de policier : on récupérait des fragments de corps sur les lieux d'un accident, on étudiait les archives de vies perdues. Et on appelait les proches : c'était vraiment le pire de tout. Le registre de l'université lui avait appris que les parents de Priscilla étaient décédés ; il n'existait pas d'autres membres de sa famille connus. Il était temps de chercher des amis.

Une enveloppe en papier kraft scellée contenait une surprise : deux exemplaires jumeaux de ces formulaires intitulés « Testament et dernières volontés » que l'on peut se procurer pour cinquante *cents* dans toutes les papeteries. Le premier commençait par :

Testament et dernières volontés
de Priscilla Marie Song

Au nom du Père, Amen. Je soussignée, Priscilla Marie Song, *originaire du comté d'*Atascosa *et de l'État du Colorado, saine de corps et d'esprit...*

Le seul et unique héritier était la personne qui figurait déjà sur le formulaire d'admission officiel à l'université, sous la rubrique « Personnes à contacter en cas d'urgence » : William C. Thorpe. L'adresse était un chemin vicinal proche de Questa, au Nouveau-Mexique. Il y avait également un numéro de téléphone. Le second document était identique, à la différence près que c'était William C. Thorpe qui avait désigné Priscilla M. Song comme sa légataire universelle. Ces papiers avaient été signés quelques semaines auparavant seulement. Pourquoi quelqu'un d'aussi jeune, possédant si peu de choses, avait-il établi un testament... et pourquoi *à ce moment-là* ?

La suite logique et normale aurait consisté à envoyer un fax à la police de l'État du Nouveau-Mexique et à les laisser s'occuper de la notification adressée à William Thorpe. C'était leur juridiction ; autant que ce soit eux qui s'embêtent avec ça. Mais quelque chose poussait Parris à ne pas le faire. Non... pas cette fois. Il composa le numéro de téléphone que Priscilla avait inscrit sous le nom de Thorpe. L'appareil sonna une douzaine de fois ; il était sur le point de raccrocher quand une voix bourrue répondit :

— Ranch Thorpe.

— Je m'appelle Scott Parris. Est-ce que je peux parler à M. William Thorpe ?

— L'est pas là. Qu'est-ce que vous lui voulez ? Si c'est pour lui vendre quelque chose, soit on a pas l'argent pour, soit de toute façon on en a pas l'usage.

Parris connaissait cet homme, ou en tout cas, ce genre d'homme.

— Je n'ai rien à vendre. C'est une affaire personnelle et c'est très important.

— Mon fils est parti pour Fort Collins.

Il y eut une légère pause.

— Pour affaires. Y devrait revenir d'un moment à l'autre maintenant.

— Est-ce que je pourrais passer, disons... demain vers midi ?

Thorpe lui fournit des indications détaillées pour trouver le ranch.

Julio Pacheco frissonna sous son tas de débris, dans le tube en béton qui déviait, en dessous de la chaussée, les eaux de la fonte des neiges, au printemps. Il avait passé la nuit en alternant sommeil épisodique et périodes de peur sourde consécutive à tout bruit soudain dans la forêt ou le long de la route. Chaque fois qu'une automobile était passée dans un grondement, sur la chaussée au-dessus de lui, ses muscles s'étaient contractés. Est-ce que les flics du coin avaient sorti les chiens pour flairer sa trace ? Julio n'était pas homme, en temps ordinaire, à craindre les créatures de ce monde, mais la vision d'une meute lancée sur sa piste lui inspirait horreur et terreur. Quand il était tout petit, le pit-bull de son oncle l'avait attaqué sans provocation. Il avait failli perdre une jambe ; l'infection l'avait fait enfler jusqu'à ce qu'elle donne l'impression que la peau ne pouvait que se déchirer sous la pression. Sa mère et ses tantes avaient allumé des cierges, prié Jésus et les saints et, à la stupéfaction du médecin de Tuxtepec, le garçon avait survécu et gardé sa jambe. Les très vilaines cicatrices laissées par les dents cruelles de la brute étaient toujours là pour le lui rappeler. Il s'était trouvé face à face avec des hommes décidés, armés de lames tranchantes, et même d'armes à feu, sans un tressaillement, mais il adressa à Dieu une prière solennelle, le suppliant de ne pas l'obliger à affronter une meute de chiens.

Ses muscles étaient endoloris. Julio avait une soif terrible, mais l'eau qui clapotait dans le conduit, pendant les fontes de printemps et les pluies d'été, était partie depuis longtemps ; le lit du ruisseau était sec et poudreux. Toujours optimiste quant à ses malheurs, il se dit que c'était probablement une chance ; en été, un orage aurait pu déverser suffisamment d'eau pour l'emporter durant son sommeil. Son imagination romantique embellit les titres. JULIO PACHECO LE MEXICAIN, MISÉRABLE ET INGRAT, clameraient les journaux américains, SAUVÉ DU PIT-BULL PAR LES SAINTS, IL FINIT NOYÉ COMME UN RAT DANS UN ÉGOUT ! Que penseraient sa mère, ses oncles et ses nièces d'un tel récit ? Il n'avait qu'un but en tête : retourner au Mexique pour raconter à sa famille ce qui s'était passé. Un homme pouvait tuer sa femme ou sa maîtresse, si elle le méritait. C'était assurément acceptable. Une fois qu'il aurait tout expliqué, même sa mère comprendrait à quel point sa situation était désastreuse.

Mais il fallait commencer par le commencement. Il devait trouver de l'eau. Il repoussa un gros morceau de carton et cligna des yeux devant les premiers rayons ambrés du soleil matinal qui illuminaient l'extrémité est du tube d'un mètre vingt de diamètre. Personne n'était passé sur la route depuis une demi-heure, mais le soleil levant allait certainement amener des voyageurs. Il sortit du tunnel de béton en rampant, s'étira, grogna et urina contre un arbre. Ainsi soulagé, il abandonna le bord de la chaussée pour progresser péniblement, parallèlement à la route, à travers les fourrés de pins où il pouvait rapidement s'abriter au milieu des broussailles si quelqu'un passait. Il garda le soleil du petit matin sur sa gauche. Même quand la route tournait, il continuait vers le sud. Toujours le sud.

Quand, après avoir couvert huit kilomètres de plus, il fut descendu sous des altitudes inférieures à dix-huit cents mètres, les hauts pins furent peu à peu remplacés par des genévriers, des pins pignons et des petits chênes. Il n'y avait toujours pas d'eau ; il approchait de l'état de déshydratation où ses lèvres se craquelleraient et sa langue gonflerait. Il s'arrêta, s'abrita les yeux sous sa main et parcourut l'horizon du regard. Il repéra une éolienne à moins de quinze cents mètres au sud-ouest. Là où il y avait une éolienne qui tournait, il devait y avoir un réservoir d'eau. L'opiniâtre Mexicain jeta sa veste sur son épaule et reprit sa marche obstinée. Il était à moins de cent mètres du but quand il vit un pick-up derrière l'abreuvoir. À l'arrière du véhicule, un vieillard décharné jetait de petites balles de foin à une dizaine de vaches Angus noires dont on pouvait compter les côtes. Assoiffé comme il l'était, Julio décida d'entrer dans le bosquet de genévriers pour y attendre le départ de l'homme. Lorsqu'il pivota, il entendit l'aboiement du chien. Instinctivement, sa main se porta sur son couteau de chasse toujours glissé dans la gaine accrochée à sa ceinture ; il resta statufié sur place jusqu'au moment où il se rendit compte que le berger australien aux yeux bleus était petit et, apparemment, nullement méchant. Il reprit sa marche régulière vers le vieux fermier qui le regardait approcher avec méfiance.

— Ben salut, lança le vieux entre deux mâchonnements de tabac.

— Salut, répliqua Julio entre ses lèvres desséchées. Ça fait lontemps que je marche. J'ai aperçu votre réservoir de là-haut. Je peux boire une ou deux gorgées ?

— Allez-y, répondit le fermier en désignant du bras le réservoir métallique. Y a tout ce qu'il faut pour tout le monde.

Julio était soulagé.

— C'est pas de refus.

Il recueillit dans ses mains de faibles quantités de liquide chaud qu'il but lentement pour éviter d'être malade. Il avait passé un temps considérable dans l'immense désert mexicain, entre Chihuahua et Piedras Negras, dont une partie pourchassé par les *federales.* Il avait appris comment il convient de s'y prendre pour la soif.

Il leva les yeux et vit que le fermier le scrutait avec beaucoup d'intérêt. Avait-il écouté les bulletins d'informations ? Les journalistes de la radio fournissaient-ils la description du Mexicain qui avait pris la fuite de l'endroit où on avait découvert le corps de la jeune femme ? Y avait-il une récompense ? Il n'allait peut-être pas tarder à le découvrir.

Le vieil homme hésita avant de parler, puis sembla repousser ses doutes sur cet intrus couvert de poussière quand il vit ses mains calleuses. Après tout, ce Mexicain avait vraiment l'air d'un travailleur, pas d'un de ces trafiquants de drogue à la manque.

— Vous cherchez du boulot ? Je commence à me faire trop vieux pour m'occuper de tout à moi tout seul.

Julio eut un rictus de soulagement. Il était évident que le fermier n'avait pas écouté la radio. Il valait peut-être mieux entrer dans son jeu en attendant qu'une occasion se présente.

— Peut-être. Ça me ferait pas de mal d'avoir quelques dollars et un endroit pour dormir. Combien vous payez ?

Le fermier répondit prudemment, presque d'un ton de lamentation :

— Ben, ça dépend de ce que vous savez faire. Les temps sont durs pour l'élevage. Je peux pas vous proposer grand-chose. Y a une couchette et un poêle à bois sous l'abri du tracteur, et la bouffe, c'est ce que je mange moi. Peut-être deux dollars l'heure ?

Le Mexicain prit un air abattu. Le vieil homme accepta le marchandage.

— Peut-être deux dollars cinquante, si vous êtes prêt à travailler dur.

Ce fermier était capable de repérer un clandestin à deux kilomètres. Ce n'était pas la première fois qu'il engageait de la main-d'œuvre mexicaine au rabais.

— Bon, répliqua Julio avec un intérêt feint, d'abord, on va voir la bouffe.

Il arbora un sourire.

— Si je m'étrangle pas et si je dégueule pas, on verra.

Le vieil homme descendit du plateau arrière du pick-up et monta dans la cabine. Le chien le suivit. Puis il ouvrit la portière du côté opposé et fit signe au Mexicain.

— Hisse ton cul jusqu'ici, Pancho. On va se becqueter quelque chose et voir si on peut se trouver un accord.

Julio surveilla le chien tandis que le camion cahotait sur la route de gravier défoncée ; l'animal était assis entre eux, la langue pendante. Il avait le regard fixé devant lui dans l'attente de quelque chose, apparemment indifférent à la présence de Julio.

C'était le moment. Il n'osait pas attendre qu'ils aient atteint une vraie route.

— Garez-vous ici.

Le vieil homme sembla ne pas entendre, de telle sorte que Julio haussa la voix pour couvrir le claquement des soupapes du moteur V-8 fatigué du GMC.

— Ici. Garez-vous ici !

Le fermier l'entendit clairement cette fois.

— Quoi ? Pourquoi ? Y a près de deux kilomètres avant qu'on arrive à la route goudronnée.

Julio tendit le bras, coupa le contact et enleva la clef. Le vieil homme lâcha un juron et écrasa le frein.

— Espèce de cinglé de Mexicain, t'es complètement *loco* ou quoi ?

Le chien semblait désorienté. Il ne présentait ni poil hérissé ni crocs prêts à mordre. Julio lui en fut reconnaissant.

— C'est *adios,* grand-père. Vous et le clébard, vous descendez.

Le fermier tendit le bras vers la boîte à gants, mais Julio

lui saisit le poignet qu'il repoussa sur le volant. Il appuya sur la fermeture du casier ; le battant s'ouvrit pour dévoiler un revolver calibre 22 simple action rangé dans un étui en cuir. Il le sortit de l'étui et l'arma.

— Descendez du camion, maintenant... Allez pas chercher des histoires.

La voix du fermier était rauque de rage :

— C'est mon camion et ma terre. Je laisserai jamais personne, surtout pas un Mex clandestin, me donner des ordres. C'est *toi* qui descends.

Julio soupira. Ce vieux, il était exactement comme son père ; il avait un sacré cran. Dommage ; il aurait pu bien l'aimer, ce vieux vacher à la tête dure. Sans prévenir, il décrivit un arc de cercle avec le canon du revolver et frappa le fermier violemment à la tempe. Le vieil homme poussa un glapissement et s'affala contre la portière. Le chien gronda et planta ses dents acérées dans la manche de Julio qui abattit brutalement le canon de l'arme juste derrière son crâne : il mourut instantanément. Pour le petit animal, ça lui était égal, mais le vieux fermier avait des couilles. C'était malheureux de le laisser à pied, mais quelqu'un qui fuit devant la loi n'a que peu d'options. Il porta le fermier à plusieurs mètres à l'écart de la route, appuya délicatement son corps inerte contre un gros pin pignon. Puis le hors-la-loi grimpa dans le camion et vérifia la jauge d'essence. Elle dépassait juste d'un cran la marque indiquant les trois quarts du réservoir ; ça, c'était de la chance. Les saints veillaient peut-être sur lui. Il y avait huit bonnes heures de jour avant la nuit, et il avait une grande distance à parcourir sur des routes secondaires non goudronnées qui, espérait-il, ne seraient pas surveillées par les policiers américains. Il allait mettre le cap vers le sud. Toujours le sud.

8

— Pose-toi un moment, proposa Simpson. J'ai quasiment terminé mon rapport définitif.

Il jeta un regard en coin à l'aspect hâve de son visiteur.

— Tu as l'air plutôt lessivé.

L'humidité de la morgue située en sous-sol s'insinuait dans ses articulations. Scott Parris s'installa à califourchon sur une chaise métallique inconfortable.

— J'ai déjà été mieux.

— Il va falloir qu'on se la fasse, cette partie de pêche sur les Animas, histoire de te rafraîchir l'âme. Une fois qu'on aura attrapé notre quota de truites saumonées, je t'emmènerai dans la salle à manger de l'hôtel Stratter, à Durango. C'est moi qui offre. (Ses yeux étincelèrent.) Pour le petit déjeuner, ils servent des truites frites à la poêle avec des œufs qui te feront dire : « Ben, merci bien, m'dame, je viendrai en reprendre dès que j'aurai terminé ça. »

Le policier ne regardait pas la petite silhouette, sur la plaque de marbre qui était, heureusement, recouverte d'un épais drap vert petit pois. Simpson appuya sur le bouton de son magnétophone à cassettes Sony et s'éclaircit la gorge :

— Congestion pulmonaire marquée. Les cavités pleurale et abdominale contiennent des quantités de liquide normales. Le bord inférieur du foie est à un centimètre et demi au-dessous de la marge costale sur la ligne médiaclaviculaire. Le cœur pèse deux cent trente grammes, aspect normal à tous égards. Le poumon droit pèse six cent vingt grammes, le gauche, cinq cent quatre-vingt-dix. Les deux poumons sont œdémateux, avec une congestion modérée. L'arbre trachéo-bronchique ne présente pas de corps étranger. Le foie pèse mille deux cent trente grammes, présente aussi une congestion et il est d'une couleur violet foncé.

Parris attendit patiemment l'essentiel tandis que le médecin légiste continuait son rapport monotone pour la bande magnétique en rotation.

— Fracture verticale de la mandibule gauche. Causée par un coup horizontal, à en juger d'après la conformation de l'ecchymose associée. Ai retiré tournevis Phillips de l'orbite gauche. Instrument doté d'une tige de cinq millimètres de diamètre, onze centimètres de longueur. Bout du tournevis doté d'une pointe vive. Pénétration de huit centimètres et demi approximativement, la profondeur renvoyant à la pénétration initiale dans l'os lacrymal, sur la face nasale du globe, qui n'a pas été excessivement endommagé. Mort attribuée à une importante hémorragie crânienne des lobes frontal et temporal gauches, compliquée d'une asphyxie résultant immédiatement d'une strangulation.

Il s'interrompit et jeta un regard sur Parris qui était assez pâle.

— Tu veux une tasse de café ? Il y en a du tout prêt, là-haut ; tu sais où trouver une tasse et tout.

— Ça va. J'ai beaucoup de sommeil en retard.

Le médecin légiste se racla la gorge et reprit son débit professionnel monotone :

— Cinq blessures à l'abdomen ont suivi la mort, avec perforation de l'estomac et du gros intestin. Les incisions semblent provoquées par un couteau de chasse ou de boucher, probablement d'au moins dix centimètres de longueur. (Il détailla l'endroit et la profondeur de chacune des incisions.) Une lacération peu profonde du foie, deux autres dans le gros intestin, détendu et vide. Estomac percé par une incision de sept centimètres et demi, une partie du contenu répandu dans la cavité abdominale. Les reins pèsent trois cent vingt grammes et sont normaux. La rate pèse cent quatre-vingt-dix grammes et elle est congestionnée ; la moelle osseuse est d'une couleur rouge foncé.

Il s'arrêta pour ménager ses effets, jaugea Parris, et reprit :

— Aucune matière fluide découverte dans le canal vaginal, mais deux lames de frottis ont été préparées et seront analysées. Les organes sexuels externes ne présentent pas de traces de contusion ni d'écorchure.

Simpson appuya sur le bouton d'arrêt et se tourna pour voir comment son ami accueillait ce rapport.

— Tu veux la version à l'usage du profane ?

— Donne-la-moi avec des mots tout bêtes que tout le monde comprend.

— L'agresseur a saisi sa victime par le cou, probablement de la main gauche, et lui a cogné sur la mâchoire avec la droite. Il a dû frapper fort parce que le coup a brisé l'os. Après, il l'a étranglée jusqu'à ce qu'elle soit inconsciente ou suffisamment faible pour ne pas pouvoir se défendre. Puis, alors que son cœur continuait à battre, il l'a poignardée dans l'orbite gauche avec un tournevis Phillips, histoire de parachever le travail. Une fois qu'elle a été morte, c'est-à-dire quand son cœur n'a plus pompé de sang, il a pratiqué plusieurs longues incisions dans l'abdomen. Tout cela figure dans le rapport.

Le policier eut un tressaillement nerveux dans la mâchoire, il imagina la sensation de douleur quand la tige métallique s'était enfoncée dans l'œil.

— Il a apparemment emporté le couteau avec lui, dit Parris. On a passé le bâtiment et les alentours au peigne fin, et on n'a rien trouvé. Est-ce que tu peux m'aider pour le mobile ?

Simpson griffonna quelque chose sur une feuille de papier jaune.

— Aucune trace de rapport sexuel.

— Ce qui nous laisse avec quoi ?

Le médecin légiste fixa le policier au-dessus de ses lunettes.

— Ça pourrait être sexuel, d'une manière assez tordue. Peut-être qu'il prend son pied en tailladant ses victimes. Ça s'est déjà vu. Mais ça peut aussi être quelque chose de plus simple. Ça peut être en rapport avec la drogue.

— Tu crois que l'assassin était défoncé au crack ou au LSD ? C'est pour ça qu'il l'a massacrée...

Simpson discutait de meurtre comme un jardinier parlerait de compost.

— Il est possible qu'il ait été défoncé. Il est également possible qu'il ait été sobre comme un mormon ; ça pourrait venir d'une dispute concernant la drogue. Des fois, quand un accord tourne au vinaigre, le junkie taillade sa victime à titre d'avertissement. Comme ça, les autres marchent droit et tout.

— Tu penses que la petite Song pouvait faire partie de ce réseau de drogue du campus dont on entend parler tout le temps ?

— Peut-être. Ou peut-être qu'elle était un agent de la DEA* en mission et que le Mexicain la sautait. Ou alors, peut-être qu'elle travaillait à la fabrication d'une nouvelle drogue. Parmi les rumeurs du campus, il y a une histoire de ce genre qui circule depuis un moment. Il y a de grosses sommes d'argent en jeu dans ce domaine ; peut-être que ce Mexicain avait passé un marché pour acheter la formule à la fille. Peut-être qu'elle a changé d'avis ou peut-être qu'elle n'a pas réussi et qu'il a cru qu'elle faisait traîner les choses. Peut-être, peut-être, peut-être. C'est toi l'enquê-

---

* DEA : Drug Enforcement Administration : organisme chargé de la lutte contre le trafic et l'usage des stupéfiants. *(N.d.T.)*

teur ; allez, va enquêter. Tu me raconteras, comme ça on sera deux à le savoir.

Parris baissa la tête et ferma les yeux. Un meurtre qui avait initialement paru si simple devenait maintenant complexe. Mauvaises nouvelles pour le ministère public. N'importe quel avocat de la défense digne de ses honoraires s'emparerait des incohérences les plus minimes pour faire naître le doute dans l'esprit des jurés sur les points les plus insignifiants dont l'accusation ne saurait rendre compte. Il se sentit triste pour lui-même, triste pour la victime. Il eut soudain envie de prier pour toutes les Priscilla Song du monde, et même pour le monde, d'ailleurs.

Il leva les yeux vers le coroner.

— Pourquoi étrangler *et* poignarder la victime ? Après lui avoir brisé la mâchoire, pourquoi ne pas se contenter de l'étrangler ? Et le tournevis... ça ne rime à rien de laisser l'arme du crime derrière soi. Ce n'est pas une chose que ferait un pro.

— Peut-être qu'il a entendu la sirène de Slocum et qu'il a perdu son sang-froid. Même les professionnels paniquent et déconnent. La seule pensée de Piggy équipé d'un revolver chargé devrait tous nous remplir de terreur.

Simpson fronça les sourcils en ôtant ses gants de caoutchouc, appuya du pied sur le levier pour soulever le couvercle de la poubelle en acier inoxydable, puis il ajouta :

— On ne peut jamais prévoir ce qu'ils vont faire ni pourquoi. Tiens, ça me rappelle un crime, à Denver, ça remonte à soixante-huit, un vagabond a battu son compagnon de galère à mort avec une poêle à frire, après quoi il a gravé son numéro de sécurité sociale sur la poitrine de sa victime. Il a été arrêté le jour même.

— Et pour le tournevis, demanda Parris, des empreintes dignes de ce nom ?

— J'ai regardé avec ma loupe ; j'en ai recueilli de potentiellement belles. J'ai fait des agrandissements et je les ai faxés au FBI hier soir. Si elles correspondent à ce qu'ils ont en fichier, tu devrais avoir les résultats d'ici deux ou trois jours. L'arme du crime est là-bas (il montra un sac en papier marron posé par terre), avec ce que j'ai récupéré sous les ongles de la victime, des échantillons de ses cheveux, ce que contenait son estomac et les originaux des empreintes digitales.

— On a relevé des empreintes dans l'appartement et la camionnette de Pacheco. On les comparera avec celles du tournevis. Leggett veut qu'on relève les empreintes de tous les gens qui travaillent dans le bâtiment où elle est morte.

Simpson leva un sourcil.

— Tu n'es à Granite Creek que depuis quelques mois ; tu ne connais pas ces gens de l'université. Ils ne vont pas apprécier l'idée qu'on prenne leurs empreintes. Ils sont plutôt chatouilleux, ces universitaires.

Parris gloussa :

— Rien à battre.

Walter Simpson lâcha un soupir.

— Si j'étais jeune à nouveau, je rentrerais peut-être dans la police. Pour porter un uniforme élégant, faire hurler ma sirène quand il y a des jolies filles, manger des doughnuts à la confiture. Attendre que le sympathique médecin légiste m'explique ce qui s'est passé. Oui, y a pas à dire, ça a l'air d'être la belle vie.

Parris s'apprêta à réagir, mais il était fatigué de faire la conversation. Il avait l'intention de dormir au moins huit heures avant de prendre la route du ranch Thorpe. Il ramassa avec soin le sac marron qui contenait l'instrument du crime. Il était déjà tourné vers la porte quand ça lui revint :

— J'ai failli oublier. Mes gars ont trouvé un autre cadavre pour toi il y a environ deux heures. Un vieux fermier, au sud de la ville. À Lone Pine. Lui aussi, il a reçu un coup drôlement violent.

— De qui s'agit-il ?

Simpson était dans la région depuis suffisamment longtemps pour avoir beaucoup d'amis.

— Sikes, je ne me souviens pas de son prénom.

Ce n'était visiblement pas l'une des connaissances du médecin.

— Bon, encore un gros chèque du comté en perspective. Si l'argent liquide continue à couler à ce rythme, je vais pouvoir retirer ma plaque dans peut-être un an et prendre ma retraite dans un trou perdu où il y a des poissons.

Ses yeux scintillèrent quand il posa un regard accusateur sur le chef de la police.

— Comment ça se fait que je n'aie pas eu une seule victime d'homicide en plus de trois ans et que maintenant j'en aie deux en autant de jours ? Tu vas mettre un terme à cette débauche d'assassinats ou est-ce qu'il faut que j'engage un assistant pour m'aider ?

Parris se frotta songeusement le menton et s'aperçut qu'il ne s'était pas rasé depuis deux jours.

— Ça a tout l'air d'être un coup de Pacheco ; il a volé le pick-up du mort. Leggett a pris des moulages en plâtre d'empreintes de chaussures trouvées sur les lieux ; elles correspondent bien à celles que le Mexicain a laissées sur la pelouse de l'université, quand il évitait les balles de Slocum. On a envoyé la description du véhicule volé à tous les policiers dans un rayon de mille kilomètres. Si Pacheco est malin, il se débarrassera du pick-up à la première occasion et il volera autre chose. Soit notre gaillard sera en détention dans les quarante-huit heures, soit on ne l'attrapera jamais. Il disparaîtra au Mexique, ou dans l'un des grands quartiers hispaniques de L.A. ou de Dallas.

Le chef se dirigea vers la porte mais fut arrêté par la voix de Simpson :

— Tu ne m'as pas demandé si le cadavre avait quelque chose d'inhabituel, alors, c'est sans doute que tu préfères attendre de le lire dans le rapport écrit.

Parris pivota sur lui-même et arbora une grimace de fausse colère.

— Qu'est-ce que tu me caches, espèce de vieille baderne ? Elle avait la gourmette du Mexicain dans sa main ?

Simpson eut un petit rire.

— T'auras pas cette chance, flicaillon. Mais elle avait bien quelque chose d'autre. Il y avait deux écorchures sur la voûte de son palais. Je n'avais encore jamais rien vu de pareil sur un cadavre, à ce jour. Autre chose : j'ai trouvé des traces de matière adhésive blanche entre ses seins ; il semblerait qu'elle ait eu quelque chose de scotché à cet endroit.

Parris effectuait sa marche arrière pour sortir de l'allée de Simpson lorsque sa radio crépita. C'était Clara Tavishuts. Il brancha le micro.

— Voiture six. Quel est le problème, Clara ?

— Chef ? Ça fait un moment que j'essaie de vous joindre. Pourquoi vous ne répondez pas ? Vous devriez vous munir du signal d'appel sonore quand vous n'êtes pas en voiture, ou au moins me dire où vous allez...

Parris était fatigué et quelque peu agacé.

— Je ne porterai jamais cet appareil infernal à ma ceinture, et je ne veux pas recevoir de coups de téléphone partout où je m'arrête. Dites-moi ce que vous avez à me dire. Je rentre chez moi piquer un petit roupillon.

— Vous feriez bien de passer au poste avant. Vous avez une visiteuse et ça fait deux heures qu'elle est plantée là.

Quand Parris apprit de qui il s'agissait, il en fut heureux et inquiet à la fois. C'était une femme très spéciale qu'il espérait rencontrer depuis longtemps, mais quelqu'un qui pouvait se révéler une emmerdeuse finie dans les circonstances présentes.

Il la vit dès qu'il franchit la porte du poste de police. Elle était assise, ses longues jambes croisées, sur l'un des hideux canapés en vinyle vert placés de part et d'autre du hall d'entrée. Avant qu'elle ne lève le regard, il s'immobilisa, ôta son chapeau, lissa ses cheveux et vérifia que sa chemise bleu foncé ne sortait pas de son pantalon. Il rentra son ventre et passa les portes en verre pivotantes pour se présenter devant elle. Elle était d'une beauté resplendissante. Quand elle entendit ses pas, elle tourna la tête. Ses longs cheveux roux ondulaient en vagues chatoyantes sur ses épaules. Il se demanda si la couleur ivoire de sa peau était obtenue à l'aide de maquillage, mais il préféra penser qu'elle était naturelle. La femme mince sourit en prenant un petit sac à main et en se levant. Le cœur de Parris s'arrêta de battre pendant une seconde et il se sentit stupide. Il se sentit également rajeuni de dix ans. Il enleva son gant et accepta sa main quand elle la lui tendit. Une main chaude et délicate ; il la garda dans la sienne un instant de plus que les convenances ne l'exigeaient.

Elle avait la voix posée et mélodieuse ; le lait et le miel.

— Je suis Anne Foster. Je travaille pour le journal.

Il y eut une hésitation infime avant qu'il puisse parler.

— Je sais qui vous êtes. Je lis votre chronique tous les dimanches. Votre photo est juste à côté.

Il grogna intérieurement ; il était peu probable qu'elle l'ignore.

— Vous écrivez... euh... très bien.

C'était minable. Il se serait mordu la langue mais Anne Foster ne semblait pas se rendre compte qu'il était mal à l'aise en sa présence. En tout cas, c'était l'impression qu'elle donnait.

Elle lui adressa un sourire éblouissant et il fut complètement désarmé.

— C'est très gentil à vous de me dire cela.

Parris affichait un sourire imbécile et n'en avait cure. Très gentil, en effet !

N'obtenant pas de réponse du chef de la police au large sourire, Anne le prit par le bras et le guida comme s'il était légèrement ivre.

— Est-ce que nous pouvons parler quelque part où nous serons plus tranquilles, chef ?

Comme il semblait désorienté, elle le conduisit vers son bureau. En ouvrant la porte, il remarqua que Clara Tavishuts louchait au-dessus de sa console radio. Il sentait le sang battre dans son cou. Sa subordonnée ute lui adressa un clin d'œil suggestif et il rougit intensément pendant qu'il se hâtait de faire entrer la journaliste et de refermer la porte. Clara devenait véritablement un problème, au niveau discipline, mais cela pouvait attendre. Il accrocha son imperméable London Fog fatigué et son feutre archaïque aux patères murales, tandis qu'elle s'installait confortablement dans un fauteuil à bascule dans un coin de la pièce. Il ne savait trop quoi dire, mais il toussa avec gêne et tenta (avec un succès mitigé) d'éviter de fixer ses jambes. Il se sentait presque envahi par la peur irrationnelle de lâcher des vents ou d'avoir le hoquet en sa présence. Il fit de son mieux pour prendre un ton officiel :

— Que puis-je donc faire pour vous, mademoiselle Foster ?

Il fut à nouveau récompensé par le sourire éblouissant pendant qu'elle lissait sa jupe. Quand elle répondit, il avait le regard posé stupidement sur les genoux de sa visiteuse.

— Étant donné nos professions, nous allons probablement nous voir beaucoup. Autant m'appeler Anne.

Il ouvrit la bouche pour parler, mais tout à coup il avait la gorge sèche. Il s'éclaircit à nouveau la voix et fit une seconde tentative :

— Parfait. Vous pouvez m'appeler Scott. Ou Scotty.

Il n'en croyait pas ses oreilles. Seuls Helen et son propre père l'avaient jamais appelé Scotty ; il *détestait* qu'on l'appelle Scotty. Il fut pris d'un sentiment de culpabilité, comme si le fantôme de Helen regardait cette femme radieuse par-dessus son épaule.

Anne Foster commença à se balancer de manière presque imperceptible. Elle portait une jupe de soie noire. Bien ajustée sur ses hanches. Son pull gris était ample.

— D'accord. Voyons si nous pouvons trouver un terrain d'entente...

Elle marqua volontairement une pause avant d'ajouter :

— ... Scotty.

Parris, au prix d'un immense effort, commença à

contrôler son comportement. Aucune femme, pas même Helen, n'avait jamais eu cet effet sur lui.

— Quel genre d'entente... Anne ?

Elle cessa de se balancer et se pencha légèrement en avant.

— L'affaire Song. C'est moi qui vais en parler dans le journal et je rencontre quelques difficultés à tirer de vos subordonnés des informations exploitables.

Ah ! C'était donc ça qu'elle cherchait. Ça le remplit d'aise de savoir qu'il détenait quelque chose qu'elle voulait.

— Tous les éléments connus sont dans le compte rendu officiel, mentit-il. Les points habituels : identité de la victime, heure du décès, identité du suspect, toute l'histoire de A à Z.

L'expression de la journaliste n'était plus tout à fait aussi amicale.

— Je sais que Priscilla Song a été assassinée dans le laboratoire de physique à l'université. Je sais aussi que vous avez lancé un avis de recherche contre un certain Julio Pacheco, un employé de l'université qui est en fait un ressortissant mexicain détenteur d'une fausse carte verte et de faux papiers d'identité.

— C'est à peu près tout. Vous en savez pratiquement autant que moi.

Elle se leva du fauteuil.

— Ce que je veux savoir, Scotty, c'est *tout* ce que vous savez.

Elle posa les mains à plat sur le bureau et se pencha dangereusement vers lui. Le pull bâillait largement.

— Je veux voir le rapport d'autopsie, annonça-t-elle d'un ton ferme.

Il répondit automatiquement ; la voix qu'il entendit lui parut déconnectée de lui :

— Le rapport final n'est pas complètement prêt, mais je suis persuadé que le médecin légiste aura le sein de me l'envoyer aussitôt.

Il se demanda pourquoi cette remarque la faisait sourire ; il avait les mains froides, presque engourdies.

— Vous devez savoir qu'il est très attentif, dans ses rapports, à bien mettre les barres sur les *i* et les points sur les *t*.

— Je crois que je vois ce que vous voulez dire.

Elle regagna le fauteuil et prit quelques notes en sténo dans son calepin.

— Et les photos du lieu du crime prises par la police ? Elles doivent être développées, à l'heure qu'il est.

Parris s'essuya inconsciemment le front avec sa manche de chemise.

— Elles sont... mais il y a... euh... des indices que nous ne devons absolument pas dévoiler. Si nous avons la chance d'arracher... je veux dire, d'obtenir des aveux circonstanciés de Pacheco, nous ne pouvons pas courir le risque qu'un petit malin d'avocat de la défense conseille à son client de se rétracter et de prétendre qu'il a lu les détails du meurtre dans votre journal. Et même si cela est peu vraisemblable ici, au fin fond de la cambrousse où tout le monde est à peu près normal, il me faut un moyen d'éviter les fausses confessions des débiles. (Il avait maintenant récupéré une partie de son calme et de ses moyens.) Vous êtes une professionnelle, mademoiselle Foster. Je suis certain que vous connaissez bien cet aspect de la procédure policière.

Elle griffonna quelques notes et lui adressa un joli sourire. Trop joli, pensa-t-il.

— Vous ne pouvez pas m'en vouloir d'essayer, chef, mais qu'avez-vous fait du « Anne » ?

Il lui rendit son sourire.

— Qu'avez-vous fait du « Scotty » ?

— On repart à zéro, proposa-t-elle.

Il se sentit plus détendu.

— Je vais vous donner quelque chose qui ne figure pas encore dans le rapport officiel. Nous avons trouvé un autre cadavre au début de l'après-midi. Un vieux fermier qui habitait au sud de la ville, près de Lone Pine. Nous avons relevé des empreintes de grosses chaussures. Il semble qu'il ait été zigouillé par le même gars qui a tué la jeune femme. Pacheco a visiblement volé le pick-up de sa victime, par conséquent nous savons maintenant ce que nous recherchons.

Il adopta l'attitude la plus professionnelle qu'il put :

— Je n'avais pas l'intention de révéler cette information avant demain, mais je vais vous confier le premier jet du rapport préliminaire sur l'homicide perpétré contre la personne du fermier.

Il sortit le document de son tiroir de rangement, côté droit, et le fit glisser en direction d'Anne Foster sur le dessus en verre de son bureau. Elle le rangea dans son sac après un rapide coup d'œil à la couverture.

— Vous êtes loin d'être aussi désagréable que tout le monde le prétend, dit-elle en effleurant de ses doigts la manche du policier.

L'effet de ce contact fut semblable à une légère décharge électrique ; il lutta pour dissimuler la façon dont il réagissait à cette intimité. Son parfum... était-ce un mariage odorant de lilas et de chèvrefeuille ?

— Il faut que j'y aille, maintenant, dit-elle, j'ai un délai à respecter.

Il ne voulait pas qu'elle parte.

— La jeune Song avait fait un testament, offrit-il de lui-même.

Elle leva les sourcils en arcs de cercle.

— C'est vrai ?

— Elle a tout laissé à un gars du Nouveau-Mexique. Son petit ami. Je vais là-bas lui annoncer ça. Demain.

— Est-ce qu'il serait possible que je vienne avec vous ? Je vous promets de ne pas vous embêter.

— Vous me forcez la main ?

— Affaire conclue.

Après son départ, il demeura tout à fait immobile pendant plusieurs minutes et essaya de se remémorer toutes les paroles qu'elle avait prononcées, les moindres nuances d'expression sur son superbe visage. Il sentait encore la présence du lilas et du chèvrefeuille. Toute la fatigue des deux derniers jours s'était évanouie comme le souvenir de l'hiver par une fraîche matinée de printemps. Il eut envie de chanter mais réprima ce désir, décidé à préserver les ultimes lambeaux de dignité qu'il lui restait peut-être encore. Il supposa que tout le monde, au poste, se rendait parfaitement compte de la facilité avec laquelle il avait été vaincu par cette femme aux cheveux d'un roux éclatant.

Quand il quitta enfin son bureau pour rentrer chez lui, il s'arrêta pour parler à Clara Tavishuts :

— Je ne serai pas là demain. Dites à Leggett que c'est lui qui prend le commandement. Je vais au Nouveau-Mexique voir le petit copain de Priscilla Song. Je remplirai une note de frais de déplacement à mon retour. Encore une chose, Clara, signalez-le dans le registre. J'ai remis à la journaliste, Anne... euh... Mlle Foster... une copie du rapport préliminaire sur l'homicide de Sikes.

Clara leva un regard surpris au-dessus de sa console radio.

— Je me demande pourquoi elle le voulait.

Parris la fusilla du regard.

— Et pourquoi n'en voudrait-elle pas ? Elle est journaliste, elle réunit des informations, et le meurtre de Sikes entre absolument dans cette catégorie !

— Mais, chef, répondit Clara avec un sourire entendu, Piggy lui a donné une copie de ce rapport pendant qu'elle vous attendait. Vous connaissez Piggy, poursuivit-elle avec une étincelle dans l'œil, cet ahuri de flic, il est incapable de résister à une jolie fille.

Daisy Perika cheminait lentement sur la piste rocheuse, à la base de Chimney Rock, ses pieds douloureux aspirant au repos. La vieille Ute rentrait chez elle après avoir passé l'après-midi à déterrer des pommes de terre sauvages. Son petit panier était presque rempli de tubercules de *solanum* *jamesii* de la taille de balles de golf. La recette, empruntée aux Navajos, reposait dans sa mémoire. Ajoutez trois pincées de sel, un peu de liant alimentaire pour couvrir le goût amer du légume sauvage, faites bouillir une demi-heure : cela donnerait un dîner savoureux. Elle fit halte du côté ombragé d'un chêne rabougri, accrocha son panier à une branche et utilisa son bâton à creuser pour soutenir son poids tandis qu'elle se baissait prudemment afin de s'asseoir sur un énorme bloc de grès. Elle cala sa tête dans une dépression de la roche et envisagea de se faire un œuf brouillé pour accompagner les pommes de terre. Sa maison, dans l'étroit canyon, était loin du Shur Valu* d'Ignacio, et il restait presque deux semaines avant que Clara ne vienne lui apporter ses courses ; les œufs devaient être rationnés.

Ses pensées se tournèrent vers Nahum Yaciiti. Le vieil homme était-il vraiment mort ? Armilda Esquibel soutenait qu'elle avait vu son corps, mais elle affirmait également avoir vu des anges l'emporter au ciel. Charlie Moon, qui avait la tête sur les épaules, croyait que Nahum était inconscient quand Armilda l'avait vu après le passage de l'ouragan. Le policier ute supposait que le vieil homme avait repris connaissance et était parti droit devant lui. Certains, parmi les Utes, murmuraient que Nahum pouvait errer quelque part dans les mauvaises terres, à l'est des Animas ; d'autres soupçonnaient le vieil alcoolique d'être tombé dans la rivière. Une battue rigoureuse de la zone n'avait décelé ni son corps ni aucune trace.

Personne, bien sûr, ne prêtait la moindre attention au récit fantastique d'Armilda sur les « êtres de lumière » qui, tel le Doux Chariot, avaient emporté le corps de Nahum vers le ciel nocturne. La plupart des Utes considéraient les Mexicains du coin comme passablement crédules. Le prêtre de Saint-Ignatius avait entendu Armilda en privé, à pro-

* Shur Valu, déformation de Sure Value, équivalent d'un supermarché style « Meilleur Prix ». *(N.d.T.)*

pos de son récit, mais ce jésuite était un homme discret qui refuserait d'émettre un quelconque commentaire sur ce qu'il pensait de cette incroyable version des événements.

La nuit précédente, cependant, Daisy avait été tirée d'un profond sommeil par le bruit caractéristique du pick-up Dodge de Nahum qui remontait sa piste de terre dans un bruit de ferraille. Elle avait distinctement entendu le grondement du silencieux percé, le grincement des vitesses quand il avait rétrogradé en première. Lorsqu'elle avait ouvert la porte de sa chambre, elle n'avait pas vu trace du berger aux jambes arquées ni de son véhicule. La chamane l'avait appelé par son nom. Sa voix lui était revenue de l'autre côté d'un gouffre d'une profondeur insondable.

Une brise fraîche flotta à travers les genévriers ; elle se sentait si bien, terriblement proche du sommeil. Au bout de quelques instants, elle somnolait paisiblement, rêvant de sa mère. Cette douce vision fut interrompue par des sifflements, des craquements, des froissements. Elle se retrouva debout. Elle essaya fort, très fort, de ne pas regarder dans la direction de Chimney Rock. Elle redoutait ce qu'elle y verrait. La curiosité était beaucoup plus forte que le sens commun ; elle se tourna pour jeter un rapide coup d'œil à la base du rocher. Les boules de feu rouges étaient bien là, sur la pente d'éboulis... Une douzaine ? Daisy compta treize âmes. C'était un sabbat complet. Elles dansaient en décrivant des cercles, se déformant pour prendre d'autres aspects, bondissant dans des pirouettes surnaturelles, émettant des sifflements soutenus, projetant en tous sens de gros nuages de poussière. La vieille femme se dissimula derrière le chêne et, après avoir empli d'air ses poumons, se servit de son bâton pour écarter une branche. Au travers de l'arbre, elle observa le spectacle terrifiant. Les boules de feu se muèrent brièvement en formes humaines, échangèrent des baisers avides avec des langues de feu et s'écartèrent en dansant. À la suite de ces salutations, les sphères de feu prirent toutes la même destination ; elles escaladaient la pente pyramidale abrupte qui conduisait à la base de la cheminée. Daisy se souvint des mises en garde murmurées par sa mère : la cheminée était « le point de ralliement du diable, un endroit où s'assemblent des sorcières très puissantes ».

Elle ferma les yeux et marmonna une courte prière pour se protéger contre l'égarement de l'âme. Cet acte soulagea ses craintes grandissantes, mais un peu seulement. Quand elle rouvrit les paupières, les boules de feu dansaient en cercle sur la crête même de Chimney Rock. Tandis qu'elle les contemplait, fascinée et terrorisée à la fois, les sphères s'éteignirent et, à leur place, elle distingua les corps nus de *brujas* et de *brujos,* sorcières et sorciers. Dans leur célébration débridée, ces créatures joignirent leurs mains et entreprirent d'entonner leurs incantations blasphématoires ; elle entendait les sons durs et stridents qui déferlaient face au vent et traversaient l'espace dégagé jusqu'à sa cachette derrière le petit arbre. Elle ne comprenait pas tous les mots, et c'était préférable. Mais elle distinguait clairement les danseurs des deux sexes comme si elle observait la scène dans un télescope. Elle hésitait entre rester ou prendre la fuite quand une des *brujas,* une femme de Pagosa bien en chair qu'elle reconnut, se tourna pour regarder dans sa direction. La sorcière pointa un doigt boudiné et partit d'un rire moqueur et cruel.

— Vieille harpie, l'entendit-elle lui lancer, notre maître a des intentions bien précises pour *toi* !

Cette menace décocha des flèches de glace dans le cœur affolé de Daisy. Un autre sorcier lui semblait familier... Oui... ce *brujo* était un érudit connu de l'université de Granite Creek. Daisy l'avait vu à la dernière danse du Soleil, où cet individu prétentieux avait présenté les rites cérémoniels utes avec une grande autorité. Nu, il émit un grognement méprisant et lui adressa des gestes obscènes.

— Tu veux te l'enfourcher, vieille squaw ?

Les autres *brujos* commencèrent à imiter ces obscénités

tandis que les *brujas* riaient hystériquement à ces manifestations vulgaires. De toute sa vie, Daisy n'avait jamais connu présence aussi malfaisante ni éprouvé peur plus paralysante. Elle voulait courir mais, comme dans un cauchemar, ses vieilles jambes étaient, tels des peupliers frissonnants, enracinées dans la terre, tandis que son corps tout entier tremblait. Plus que tout, elle souhaitait que Nahum soit avec elle. Dans son amère frustration, Daisy pleurait. Elle avait le sentiment qu'elle allait sûrement mourir. La femme de Pagosa Springs faisait semblant de trembler pendant que les autres caquetaient avec une délectation malsaine. Se nourrissant de sa peur, elles lui criaient des insultes railleuses :

— Où est ton « pouvoir », maintenant, vieux sac à merde ? Qui va te protéger de notre cercle... tu vas appeler le nain ?

— Nahum, se lamenta-t-elle d'une voix brisée, pourquoi es-tu parti ? J'ai peur. Que dois-je faire ?

Presque insconsciemment, la main de la chamane ute monta à son front et traça le signe de croix. Sorciers et sorcières interrompirent brusquement leur cris moqueurs, leurs gestes obscènes. Daisy refit le signe, cette fois délibérément, avec une urgence née de la peur. Les voix des sorcières s'assourdirent ; leurs rires débridés s'atténuèrent. Tous les bruits provenant du pinacle de Chimney Rock furent balayés par une soudaine rafale de vent. Quand elle regarda à nouveau, les participants au sabbat se tenaient en cercle, immobiles et silencieux, les mains solennellement jointes autour de la présence qu'elle redoutait : un tourbillon de feu qui s'élevait à perte de vue dans le ciel crépusculaire, tournoyant de manière menaçante en leur sein. La présence dans le tourbillon lança son appel. Daisy plaqua ses paumes sur ses oreilles et hurla pour noyer les échos de ce commandement. Immédiatement, la vieille femme-médecine s'aperçut qu'elle pouvait bouger. Tandis qu'elle s'éloignait à la hâte de ce lieu maudit, elle maintenait le châle tendu entre son visage et le sommet rocheux. Si *Kwasigeti* décidait de se montrer, elle ne poserait pas son regard sur la bête qui se déplaçait avec le tourbillon.

9

À Tres Piedras, Parris prit vers l'est sur la Route 64 pour traverser le haut plateau désolé en direction de Taos. Ils approchaient de Rio Grande Gorge quand Anne remarqua le pick-up délabré arrêté de l'autre côté de la route.

— Garez-vous, lui dit-elle, ce pauvre vieillard a besoin d'aide.

Parris gagna l'accotement et baissa sa vitre. Un Indien âgé contemplait avec impassibilité un ruban de fumée qui montait de son radiateur.

— Vous avez des ennuis ?

— Il aurait bien besoin de boire un peu d'eau, répondit le vieil homme.

Parris alla chercher un bidon en plastique dans le coffre de la Volvo et remplit le radiateur.

— Il n'a pas l'air de fuir. Vous devriez arriver à Tres Piedras sans problème.

Le vieillard laissa Parris à côté du pick-up ; il s'avança vers la Volvo d'une démarche arquée. Il s'appuya sur la portière et fit un large sourire à Anne.

— Regardez bien, dit-il en lui présentant sa main droite.

Elle ouvrit de grands yeux.

L'Indien referma sa main gagnée par l'arthrite en un poing noueux.

— Qu'est-ce que vous aimeriez ?

Elle plissa le front dans une feinte concentration.

— Quelque chose d'agréable, je crois.

Il marmonna une incantation puis souffla sur sa main.

— Pourquoi pas quelque chose de bénéfique ?

Elle lui répondit par un sourire éblouissant :

— Ça me conviendrait parfaitement.

Il ouvrit la main, révélant une pierre rose plate accrochée à une lanière de cuir.

— Oh, vous êtes magicien !

— Seulement à temps partiel, fit-il avec un clin d'œil. D'abord, je suis prophète. Un prophète mineur.

— C'est un honneur de faire la connaissance d'un prophète. Même s'il ne joue pas dans la cour des grands.

Il pouffa de rire et laissa tomber le pendentif sur les cuisses de la passagère.

— C'est pour vous. Mettez-le tout de suite autour de votre cou ; ne l'enlevez pas avant que le moment soit venu !

Bon ! C'était un vendeur ambulant de bijoux indiens qui utilisait des tours de magie et une phrase de baratin pour désarmer ses clients. Anne fouilla dans son sac à main à la recherche de son porte-monnaie.

— Il est tout simplement magnifique, mais je n'ai pas beaucoup d'argent sur moi...

— Non, non, dit le vieil homme en repoussant une poignée de billets verts, ce genre de marchandise ne peut s'acheter avec de l'argent.

Sur cette déclaration, il fit brusquement demi-tour et retourna à son pick-up en boitillant. Il lança le moteur, enclencha l'embrayage avec un grincement métallique et partit dans une embardée en direction de Tres Piedras.

Parris se glissa derrière le volant.

— Son vieux bahut a besoin d'un silencieux. S'il était dans mon secteur...

— Je suis sûre qu'il n'y est pas. Vous avez vu mon magnifique pendentif ? On dirait du quartz rose.

— Hum-hum. Combien il vous a fait payer, le vieux, pour cette babiole ?

— Ce genre de babiole, répondit-elle, ne peut s'acheter avec de l'argent.

Lorsque Parris quitta l'accotement, il jeta un coup d'œil dans son rétroviseur. La route était droite comme une flèche sur des kilomètres.

— Eh ben ça, c'est bizarre, murmura-t-il. Comment il a fait pour disparaître aussi vite avec son vieux Dodge ?

Anne se tourna et scruta la chaussée déserte derrière eux.

— Il est magicien. À temps partiel.

— Je me demande ce qu'il est, à temps plein.

Anne glissait le pendentif autour de son cou.

— Dieu seul le sait, murmura-t-elle.

Le soleil approchait de son zénith quand Parris trouva l'entrée du ranch Thorpe. Le panneau était fraîchement repeint et les clôtures en bon état, le long de l'allée qui conduisait au bâtiment principal d'adobe, mais les touffes de bouteloue bleues paraissaient rares à quelqu'un comme lui qui avait marché dans une herbe montant jusqu'aux genoux, sur le terreau noir de la prairie de l'Illinois. Il se gara à une distance respectueuse de la maison et demanda à Anne d'attendre qu'il ait eu le temps de briser la glace avec les Thorpe. Il boutonna son imperméable, en partie pour se protéger du vent glacé et en partie parce qu'il ne voulait pas que le vieil homme, sur la véranda de devant, voie l'étui à pistolet qui trahirait aussitôt le policier ou le gangster.

Mince, voûté, vêtu d'une chemise blanche style western, d'une veste de jean neuve et d'un jean délavé, le fermier sortit de l'ombre de la véranda en L qui flanquait les façades ouest et sud de l'habitation. Il serra davantage sa veste doublée de laine sur ses épaules et descendit les marches du porche. Parris s'avança et lui tendit la main.

— J'ai appelé hier. Scott Parris.

Le fermier lui rendit sa poignée de main avec fermeté et indiqua la maison d'un signe de tête.

— Bronco est à l'intérieur.

— Bronco ?

— C'est son surnom. Il a toujours dit, même quand il était tout mioche, qu'un jour il serait « sampion dompteur de broncos », alors on a commencé à l'appeler comme ça à l'époque.

Le vieil homme passa une main à travers sa tignasse blanche clairsemée et ses yeux durs et gris clignèrent en regardant Parris.

— Ça paraît drôlement loin, tout ça.

Parris essaya de sourire, mais n'y parvint pas.

— Il a réussi ? À devenir dompteur de broncos ?

Le fermier fit mine d'étudier les nuages d'orage.

— À c'qu'on dirait. Assez bon pour prendre les veaux au lasso et pas mauvais à dos de taureau, aussi. Qu'est-ce que vous lui voulez, à Bronco ? C'est... des ennuis ?

Parris trouvait difficile de regarder ce visage usé par le temps.

— J'en ai peur. Mais il faut que je le voie d'abord, après je vous dirai tout... si vous voulez.

Thorpe referma une main ferme sur l'épaule de Parris et le regarda droit dans les yeux.

— Compris. Entrez dans la maison et réglez votre affaire. Je vais aller à la voiture discuter avec la dame.

Parris monta les marches et tourna la poignée de la lourde porte mexicaine. Le jeune homme était debout, bras croisés et jambes écartées, devant une cheminée de pierre massive. Sa silhouette se détachait clairement sur le tas de bûches embrasées, mais Parris n'avait pas eu le temps d'accommoder sa vue après la lumière vive de l'extérieur : il distinguait à peine le profil du fils du fermier. Toutefois, la tension était palpable, semblable à un fil tendu près de se rompre. Les Thorpe savaient. Comment l'avaient-ils appris ? Est-ce qu'il ressemblait tant que cela à un policier ?

Il vaudrait mieux se débarrasser de cette corvée en vitesse puis ficher le camp d'ici. Il s'éclaircit la gorge.

— Je m'appelle Scott Parris. Je suis content de pouvoir vous rencontrer.

Le jeune homme se tourna et hocha la tête, mais ne proposa pas sa main. De la poche de son veston en cuir, il sortit un sac de tissu contenant du tabac en vrac et entreprit d'en verser dans une fine feuille de papier d'une main qui, presque imperceptiblement, tremblait.

— Papa m'a dit que vous veniez.

Parris ne savait pas bien par où commencer. Pendant toutes ses années d'exercice, il n'avait pas eu à remplir ce devoir une demi-douzaine de fois.

— Vous préféreriez peut-être vous asseoir, monsieur Thorpe.

— Je reste debout. La plupart des gens m'appellent Bronco.

La vue de Parris s'accommodait à la lumière mais le visage du cow-boy était une page qu'il ne pouvait déchiffrer.

Bronco lécha le papier et colla la cigarette.

— Vous représentez la loi, hein ?

— Je suis le chef de la police de Granite Creek. Comment avez-vous su... ?

Le cow-boy plaça la cigarette entre ses lèvres et fouilla dans ses poches à la recherche d'une allumette.

— Papa m'a dit que vous parliez comme un policier quand vous avez appelé. C'est Priscilla, hein ?

— Oui.

— Si elle était seulement grièvement blessée, vous n'auriez pas fait tout ce chemin pour me le dire.

— J'ai peur que Mlle Song ne soit...

Il ne parvint pas à finir.

La voix du jeune homme était rauque.

— Alors elle est morte ?

— Je suis désolé.

La cigarette pendait, non allumée, aux lèvres fines du cow-boy.

— Comment est-elle morte ?

Parris essaya de parler, mais les mots restaient coincés dans sa gorge. Il se sentit idiot. Pourquoi n'avait-il pas laissé les responsables locaux se charger de ça ? Il s'éclaircit la voix et fit une nouvelle tentative. Un seul mot sortit dans ce qui était à peine plus qu'un souffle :

— Assassinée.

Il y eut un silence interminable. Le jeune homme marmonna quelque chose d'incompréhensible et sortit de la pièce d'un pas lourd par une porte latérale. Le bruit de sa marche était légèrement irrégulier ; Bronco avait une jambe bancale. L'équipement standard des cow-boys de rodéo.

Parris descendit de la véranda ; la lumière éblouissante qui se réfléchissait sur le paysage désolé le fit cligner des yeux. Le vieil homme était appuyé contre un poteau de clôture. Anne avait le bras posé sur ses épaules. Ainsi donc, elle lui avait dit. Parris lui en fut excessivement reconnaissant. Elle était plus que belle. Elle était merveilleuse.

Il s'approcha lentement, les mains dans les poches de son imperméable. Le vent cinglant venait du nord-ouest et il annonçait le froid glacial de la neige. Les orages sur le haut plateau pouvaient n'apporter que quelques flocons de neige fondue qui couvriraient à peine le sol, ou déposer une couche bien dense de trente centimètres. Parris eut l'impression d'être aussi vieux que semblait l'être le plus âgé des Thorpe. De petites perles de larmes s'accrochaient aux joues du fermier, brûlées par le soleil ; elles y semblaient étrangères, comme si son visage austère ne pouvait se permettre le luxe de pleurer.

Parris détourna le regard.

— Je l'ai dit à votre fils. Il n'a pas semblé surpris.

Le vieil homme souffla dans un mouchoir qu'il enfonça dans une poche-revolver. Il serra son col de veste autour de son cou maigre.

— Il ne l'était pas. On s'est douté que vous étiez policier. D'ordinaire, les représentants de la loi n'apportent pas de bonnes nouvelles.

Le jeune cow-boy réapparut de manière inattendue. Il jeta son tabac sur l'argile dure et l'écrasa sous le talon de sa botte.

— Priscilla disait toujours que je devrais arrêter de fumer ces saloperies.

Il se tut un instant, reprit :

— Dites-moi comment ça s'est passé.

— Je vais vous donner une image générale, mais je ne peux pas vous fournir tous les détails ; ça pourrait compliquer l'enquête et la mise en accusation. Vous comprenez ?

Les traits du cow-boy exprimèrent qu'il ne comprenait pas mais il laissa Parris continuer :

— Elle était en train de travailler dans le laboratoire de l'université. Il y a deux soirs de ça, vers neuf heures et demie. Quelqu'un est entré dans la pièce et... et l'a tuée. Je suis sûr qu'elle est morte rapidement.

C'était un mensonge délibéré mais il n'en avait pas honte. Ceux qui restaient voulaient toujours l'entendre.

Parris trouva Bronco étonnamment calme.

— Vous savez qui a fait ça ?

— Nous avons un suspect.

— Quelqu'un qu'elle connaissait ?

La question surprit Parris.

— Elle le connaissait peut-être un peu comme ça. C'est le réparateur chargé de l'entretien dans l'université. Un de nos hommes l'a trouvé sur les lieux et il a pris la fuite. On devrait lui mettre la main dessus d'ici un jour ou deux. Pourquoi avez-vous pensé que ça pouvait être quelqu'un qu'elle connaissait ?

Bronco détourna le regard.

— On dit que c'est généralement quelqu'un qui vous connaît. Qui vous tue.

Parris se souvint qu'il était impossible de savoir comment les gens allaient réagir. Bronco semblait tenir des propos incohérents. Probablement à cause de l'état de choc.

— Ouais. Je suppose que c'est habituellement le cas.

Le cow-boy tendit la main pour présenter une lourde bague en argent avec une turquoise bleu ciel polie, de forme ovale, insérée dans une pierre sombre à l'aspect rugueux.

— Ça vient d'arriver par la poste. C'est Pris qui me l'a envoyée pour mon anniversaire.

Anne toucha la bague.

— La turquoise est très belle dans sa monture noire. Elle est vraiment superbe.

Bronco sembla ignorer le compliment.

Parris observait chaque nuance sur les traits du fils Thorpe.

— Quand l'avez-vous vue pour la dernière fois ? interrogea-t-il.

— Il y a trois ou quatre semaines, je crois. Je lui ai parlé au téléphone... ça devait être la semaine dernière.

— Est-ce qu'elle avait des problèmes ?

— Non. Elle travaillait dur, en tout cas. Restait tard le soir. Elle avait du sommeil en retard.

Parris tenta d'adopter un ton naturel.

— Sur quoi travaillait-elle ?

— Je sais pas. (Son expression était lugubre.) Elle me le disait mais j'y comprenais pas grand-chose.

Le policier se demanda ce que ce cow-boy un peu demeuré savait vraiment. Sur le travail de Priscilla. Sur un réseau de drogue installé sur le campus.

— Essayez de vous souvenir, insista-t-il. Tout ce qu'elle a dit peut être important.

— Pris parlait beaucoup de cristaux, d'électrons, ce genre de choses. Avant de passer de la fac d'Arizona au RMP, elle s'intéressait à la fabrication de meilleurs plastiques, à l'utilisation du whisky de maïs comme carburant, tout et n'importe quoi.

Il avait les yeux presque fermés, gardant le visage orienté vers le nord, loin du soleil. Ses pupilles étaient légèrement dilatées.

— Et puis elle a eu ce poste d'assistante pour travailler

sur un blindage léger. Je ne crois pas que ce travail l'intéressait beaucoup, mais ça payait le loyer.

Parris ouvrit la bouche, mais fut interrompu par Anne :

— Est-ce qu'elle avait des ennuis avec quelqu'un au Rocky Mountain Polytechnic ?

— Pas à ma connaissance, répondit le cow-boy en regardant les lourds nuages gris qui s'amoncelaient au nord-ouest. Il y avait des gens là-bas qu'elle n'appréciait pas, mais elle n'en parlait jamais beaucoup.

Il agrippa le bord de son Stetson pour empêcher une soudaine rafale de vent de l'emporter dans les airs puis se tourna afin d'étudier le visage du chef de la police.

— Vous pensez que son travail pourrait avoir un rapport avec sa... avec le fait qu'elle ait été tuée ?

— Non, répondit hâtivement Parris. Presque assurément non. Et ne vous inquiétez pas. Nous allons arrêter l'assassin très bientôt. Je vous appellerai à ce moment-là.

Il s'était déjà détourné pour partir quand quelque chose lui revint :

— Est-ce qu'elle... est-ce que Priscilla s'intéressait aux messages codés... ce genre de choses ?

La question semblait stupide.

Les traits de Bronco exprimèrent un soupçon d'intérêt pour cette requête.

— Pas à ma connaissance.

Il se tut et Parris entendit presque les engrenages tourner tandis que le jeune homme réfléchissait à la pertinence de la question.

— Pourquoi vous me demandez ça ?

Parris extirpa son portefeuille de sa poche-revolver et sortit un morceau de papier d'un compartiment en plastique.

— Cette inscription se trouvait dans un fichier d'ordinateur sur lequel elle travaillait juste avant... à peu près au moment où elle est morte. Ça vous dit quelque chose ?

Bronco inclina la tête sur le côté en regardant la série de lettres :

zfrcyrt

Il se gratta une touffe de cheveux sur la tempe.

— Nan. Ça ressemble plutôt à des traces laissées par des pattes de poules. C'est important ?

Parris remit le papier dans sa poche et secoua la tête avec lassitude

— Probablement pas. Où avez-vous rencontré Priscilla ?

— Au RMP, il y a deux ans de ça. J'y étais quand elle est arrivée de l'université d'Arizona.

— Vous faisiez de la physique, vous aussi ?

— Non. Des études de génie électrique.

Il baissa les yeux vers le sol.

— Ça n'a pas duré longtemps. Papa avait besoin d'un coup de main, alors je me suis arrêté un semestre.

Son père les invita à manger. Parris, pressé de partir, prétexta qu'ils avaient pris un petit déjeuner tardif et qu'ils devaient rentrer avant la nuit. La tempête de neige se rapprochait et il n'avait pas de chaînes pour la Volvo. Lorsqu'il glissa la clef dans le contact, Bronco Thorpe s'appuya à la portière et étudia le visage du policier avec gravité.

— Vous n'avez aucun doute rapport à celui qu'a fait ça ?

Le policier tenta d'égaler le sérieux affiché par le cowboy.

— Pas le moindre.

Lorsqu'il lança le moteur six cylindres, le jeune homme recula et le considéra avec une expression difficile à déchiffrer.

— C'est bien, dit-il, je suis heureux de l'entendre.

Parris leva le pied et laissa la voiture tourner au ralenti.

— J'ai trouvé des copies du testament de Priscilla. Et du vôtre.

Un muscle tressaillit dans la mâchoire du garçon.

— On parlait de se marier. Elle disait que les testaments, c'était une bonne idée, alors j'ai dit : « Merde, oui, pourquoi pas ? »

— C'est quoi, le C. ?

Le cow-boy inclina la tête de côté.

— Pardon ?

— Votre deuxième nom, précisa Parris.

— Chester, ça me vient de mon grand-père. Priscilla n'aimait pas beaucoup « Bronco », et « Billy » non plus, alors elle m'appelait Chester.

Au bout de dix minutes de route, Anne parla sans regarder son compagnon :

— Ça rimait à quoi, tout ça ? Vous le pensiez, ce que vous leur avez dit ?

— Ben, répondit-il d'un air penaud, je suppose que je n'ai pas été tout à fait honnête avec les Thorpe. Je n'aurais pas dû prétendre que nous avions tous les deux avalé un petit déjeuner consistant alors que vous avez picoré comme un oiseau. Du café et des toasts, ça n'est pas suffisant pour garder un crapaud cornu en vie.

Elle lui décocha un coup de coude peu appuyé.

— Vous savez parfaitement ce que je veux dire, espèce d'idiot. Vous en êtes si sûr que ça, que Pacheco est le meurtrier ? Tout ce dont vous êtes certain, c'est qu'il était sur les lieux...

— Nous le tenons dans les grandes largeurs. C'est lui qui l'a tuée et qui a tué le vieux fermier de Lone Pine. Il est possible qu'il en entraîne plusieurs autres avec lui dans la mort quand on essaiera de l'arrêter.

Il s'attendait à ce qu'elle tente de lui soutirer des informations sur les circonstances du meurtre, mais il se trompait. Il songea qu'elle avait déjà tiré de Piggy tous les renseignements dont elle avait besoin. Est-ce qu'elle le mettait à l'épreuve ? Essayait-elle de savoir ce qu'il désirait lui cacher ?

— Je pense, dit-elle avec prudence, que vous devriez garder l'œil sur Waldo Thomson.

Parris régla le régulateur de vitesse sur cent cinq kilomètres-heure. L'affable professeur ? Et pourquoi donc ?

— Il dépense plus d'argent qu'il n'en gagne. Beaucoup plus. Et il voyage.

Paris leva un sourcil.

— Il voyage ?

— En Amérique du Sud. Et pas pour des raisons universitaires.

— Vous voyez un lien avec le meurtre ?

— Pas encore, répondit-elle d'une voix ensommeillée. Mais ça fait longtemps que j'enquête sur lui.

— Et le professeur Presley ? Il soupçonne Pacheco et Priscilla d'avoir eu une sorte de... relation. Peut-être liée à la drogue.

— Harry Presley, répondit-elle, est la commère officielle du département. Il raconte des trucs à qui veut bien l'écouter. Il est inoffensif.

Elle se glissa sur le siège, près de lui, posa sa tête sur son épaule.

— J'ai froid.

Bizarre, pensa-t-il, car il sentait la chaleur qui émanait de son corps.

— Je vais monter le chauffage.

— Non, dit-elle dans un frisson. Pas ce genre de froid-là. Mettez votre bras autour de moi.

Il le fit et elle se détendit. Ça lui rappela de lointains souvenirs de longs trajets romantiques à l'époque de ses premiers rendez-vous avec Helen. Dans sa tête, il y avait l'image d'une Pontiac décapotable rouge de 1954. De longues balades sur les rives du lac pendant les chaudes soirées d'été. Les promenades sur la rivière, à Wisconsin Dells, le week-end. Étrangement, ces souvenirs ne suscitaient aucun remords. Helen était finalement partie ; il commençait à se sentir bien en compagnie de cette femme sublime. Ce qui, décida-t-il, était une bonne chose. Une très bonne chose assurément.

10

Pour la troisième fois, Parris lut le rapport concernant William Chester Thorpe. Une demi-douzaine d'arrestations pour ébriété sur la voie publique au cours des cinq dernières années, une pour conduite en état d'ivresse, une autre pour atteinte à l'ordre public dans un bar de Las Cruces. Le jeune Thorpe avait, s'il fallait en croire ce rapport, arraché d'un coup de dents « le tiers postérieur de l'oreille gauche » d'un sergent de la base de l'armée de l'air de Holloman. Le casier signalait une évaluation psychiatrique ordonnée par le tribunal dans un hôpital de Las Vegas spécialisé dans le traitement des troubles mentaux, mais il ne donnait aucune indication relative au diagnostic. Probablement l'examen standard pour alcoolique en herbe qui a brouté l'oreille d'un autre ivrogne. Rien quant à des arrestations relatives à la drogue. Peut-être la dilatation des yeux du cow-boy n'avait-elle rien à voir avec les stupéfiants. Peut-être.

Pendant que Parris envisageait les diverses possibilités, le rapport du FBI sortit du fax. Les empreintes relevées sur le tournevis étaient celles d'un homme qui avait été arrêté cinq ans plus tôt à El Paso ; une prostituée l'avait accusé de lui avoir cassé le nez. La procédure avait été interrompue parce que la plaignante avait disparu avant la date du procès. Le nom de cet homme était Julio Pacheco.

Julio Pacheco était furieux de devoir se l'avouer, mais il s'était perdu. Il n'avait pas de carte et il était fatigué de cahoter sur les routes secondaires creusées d'ornières. Le ciel de l'après-midi était à présent si couvert que même son sens de l'orientation l'abandonnait. Quand il atteignit la chaussée goudronnée à deux voies, là où prenait fin la route de gravier, il n'eut pas d'autre choix que de faire demi-tour ou de courir le risque que la police le repère. Il coupa le moteur et évalua ces options avec une certaine prudence. Dans ces régions désolées, chaque voiture de patrouille devait d'ordinaire couvrir entre cinq et huit mille kilomètres carrés. Les *federales* américains avaient son signalement maintenant, ils étaient peut-être même au courant, pour le pick-up, si le vieux fermier avait réussi à se faire prendre en stop et à trouver un téléphone. Mais ils avaient plein d'autres problèmes sur les bras.

Il tourna la clef de contact et écouta le vieux moteur s'ébranler trois fois et crachoter de manière hésitante avant de prendre vie dans un rugissement. Il tourna à gauche sur la route goudronnée et accéléra progressivement jusqu'à ce que l'aiguille du compteur parvienne juste en dessous de quatre-vingts. Il ne voulait pas risquer d'être arrêté pour une infraction mineure. Il avait tué le chien et tout le monde savait que saint François aimait les animaux. C'était comme partout, les saints se soutenaient entre eux. Si le gentil frère François était fâché, les autres saints ne souriraient pas à Julio Pacheco.

L'idée d'avoir contrarié saint François, qui était doux comme un agneau, avait de quoi l'inquiéter. Julio sentit le besoin d'une diversion. Il alluma la radio du tableau de bord, tourna le bouton de réglage pour trouver quelque chose qui calme ses nerfs à vif. Il dépassa une station de langue espagnole sans s'y intéresser, eut un petit rire quand il tomba sur les syllabes irrégulières et incompréhensibles d'un présentateur navajo, puis s'arrêta sur une émission de musique country. Cette sauce n'était ni trop chaude, ni trop froide ; exactement ce qu'il lui fallait ! La musique lui fit progressivement gagner un état mélancolique profondément satisfaisant ; le Mexicain rejeta la tête en arrière et se lamenta en même temps que Willie tandis que des larmes montaient dans ses yeux foncés : « Bluuue eyes a'cryin' in the raaaiiiin*... »

Quelques instants après la fin de la chanson, pendant que le présentateur encourageait avec enthousiasme ses auditeurs à venir « jeter un petit coup d'œil sur la sélection des camions Chevrolet tout nouveaux tout beaux de Happy Jack », Julio fut dépassé par une Blazer GMC blanche avec deux lumières rouges montées sur le toit. Les mots POLICE APACHE JICARILLA encerclaient le logo tribal peint sur la portière.

Le conducteur à la peau cuivrée sous son chapeau de flic le détailla rapidement du regard en passant. Julio lui adressa son sourire le plus désarmant et un petit signe de tête poli. Il mordilla l'extrémité de sa moustache tandis que la voiture de police s'éloignait progressivement puis disparaissait en haut d'une côte. Le Mexicain, qui n'avait pas mis les pieds dans une église depuis son enfance, se signa avec beaucoup de ferveur et remercia tous les saints dont les noms lui revinrent à la mémoire de l'avoir sauvé. Il leur assura qu'il n'avait jamais douté d'eux, pas même quand le policier était apparu aussi vite après qu'il eut choisi de s'aventurer sur la route goudronnée. Il ajouta, en post-scriptum, qu'il était sincèrement désolé pour le chien du fermier, juste au cas où quelqu'un de précis serait fâché. Il était préférable, il ne l'ignorait pas, de ne pas s'attirer la colère des saints ; sinon ils devenaient vindicatifs. Un saint de bonne humeur peut être d'une aide précieuse pour un pauvre homme qui a des ennuis, mais si on les braque contre soi, on a intérêt à faire ses prières !

À mille cinq cents mètres de là, le front du policier était

* « Des yeux bleus qui pleurent sous la pluie... » sans oublier l'accent du terroir. *(N.d.T.)*

creusé de sillons sous l'effort de concentration. Il connaissait la plupart des vieux pick-up déglingués du secteur, mais celui-ci avait des plaques du Colorado. Il avait mémorisé le numéro et l'inscrivit dans son calepin. Très certainement quelqu'un qui traversait simplement la région, mais une petite voix dans son subconscient ne cessait d'attirer son attention. Est-ce que ce numéro minéralogique lui était connu ? Il se souvint alors des instructions reçues le matin. Il appuya du pouce sur la touche de son micro, lança son appel et attendit que la standardiste lui réponde de sa voix monocorde gagnée par l'ennui. Il énonça sa demande :

— Euh-euh... Retrouve-moi le communiqué sur ce gars qui est recherché dans le Colorado. C'est ça. Le Mexicain qu'a un avis de recherche lancé contre lui. Lis-moi la description du véhicule volé et donne-moi le numéro des plaques.

Quelques secondes plus tard, il écrasait le frein et effectuait sur l'étroite route à deux voies un demi-tour qui fit hurler ses pneus.

Il passa un second appel et l'affaire fut réglée. La standardiste allait alerter les polices de l'État et du comté qui installeraient des barrages routiers. Il n'y avait pas de routes secondaires dignes de ce nom sur plus de trente kilomètres. Le policier indien sourit à la perspective de passer à l'action. Il n'avait pas tiré avec son pistolet depuis que le gros Colombien avait posé son bimoteur Cessna en catastrophe sur la réserve jicarilla et tenté de s'enfuir avec près de deux millions de dollars en billets de cent répartis dans deux énormes sacs marins. Le ressortissant étranger, quand il s'était retrouvé acculé, avait lâché les sacs et essayé de se frayer un passage avec sa mitraillette de fabrication tchécoslovaque. L'Indien s'était laissé tomber à plat ventre, exactement comme on le lui avait enseigné chez les marines. Il avait aligné la croix du viseur sur le tee-shirt rouge de l'homme et il avait appuyé lentement sur la détente pendant que les balles du Colombien s'enfonçaient dans la terre à quelques mètres en avant de sa position. Le policier apache avait abattu sa cible d'une seule balle de 30-06 plaquée cuivre dans le poumon gauche. C'était plus drôle que de chasser l'élan. L'élan ne retournait pas le tir.

Il espérait que ce fugitif mexicain allait paniquer, prendre la fuite vers les mauvaises terres. Ce serait très amusant... une excuse pour tirer dans ses pneus, puis pour le traquer à pied. Dans son excitation grandissante, le policier apache jicarilla se parlait tout seul :

— Quoi que tu tentes, dos-mouillé*, à moins que tu sois capable de faire voler un camion dans les airs, je te tiens par la peau du cul !

Il imagina la jalousie de ses collègues policiers et le plaisir de son capitaine quand il ramènerait le desperado qui avait échappé au filet lancé par les flics de l'État et les petits génies du Bureau avec leurs costumes trois-pièces. Ce serait particulièrement satisfaisant de réussir là où le FBI avait échoué et de leur coller le nez dedans !

Il lui fallut moins d'une minute pour retrouver le vieux camion. Il actionna les feux de signalisation d'urgence et braqua pour bloquer la route. Il regarda le pick-up se ranger sur l'accotement. Pacheco passa au point mort et mit le pied sur le frein ; il appuya sur le bouton ouvrant la boîte à gants d'où il sortit le revolver du fermier et une demi-boîte de cartouches calibre 22 à pointe creuse. Il serait déjà assez moche d'être pris par un groupe de poursuivants, mais se faire arrêter par un seul policier était impensable. Ce serait très embarrassant ; ses amis, qui n'étaient pas des tendres, riraient bien quand ils apprendraient que Julio avait été épinglé par un seul et unique petit *Indio federale.* Il allait montrer sa vraie valeur ; sa famille et ses amis ne pouvaient en espérer davantage.

Il considéra la situation tout en vérifiant que le barillet

---

* *Wetback* : terme péjoratif appliqué aux Mexicains entrés illégalement aux États-Unis, souvent en quête d'un travail. *(N.d.T.)*

était chargé de cartouches. Le flic apache n'était visiblement pas pressé. Ce qui voulait dire une chose : on mettait en place des barrages routiers. Après l'arrestation, trente ans dans une *cárcel* américaine avec un assortiment de cinglés, d'inadaptés et de pédés. Le Mexicain poussa un soupir et se résigna à ce que son destin immédiat lui réservait, mais il se jura de ne jamais aller en prison. Jamais ! Il arma le Ruger et fit passer le levier de vitesse fatigué en première.

Le policier indien brancha son micro pour signaler la situation à la standardiste, mais le camion du suspect bougeait, là... il accélérait ! Ce fou de Mexicain ne s'imaginait quand même pas, pensa l'Indien, qu'il allait s'échapper, pas dans ce vieux tas de boulons et d'écrous tout rouillés ! Il déboutonna le rabat de son étui et sortit son revolver avec l'idée de crever un des pneus avant du vieux pick-up. Il s'attendait à ce que le Mexicain tourne et lui présente un bon profil de ses pneus, mais le camion s'avança sur la chaussée dans un rugissement de moteur et fonça droit sur la Blazer. L'Indien poussa un juron et fit grincer la boîte de vitesses en tentant d'enclencher la marche arrière. Trop tard. Il relâchait l'embrayage lorsque le camion le heurta de plein fouet à plus de trente kilomètres à l'heure. La tête du policier fut projetée dans le pare-brise.

Quand sa vue s'éclaircit un peu, il cligna des yeux à plusieurs reprises et découvrit le hors-la-loi qui lui souriait largement, la tête passée par la fenêtre de la voiture de police.

— Je ne voudrais pas être trop critique, *Indio policía*, le réprimanda le Mexicain avec ironie, mais vous devriez appliquer la première règle de la conduite automobile : Attachez votre ceinture. Mais ce n'est pas plus mal que vous vous soyez cogné la tête ; maintenant, le Méchant Mexicain va pas être obligé de vous expédier sur les bienheureux terrains de chasse de vos ancêtres.

Le policier balaya le siège avec sa main dans une vaine

tentative pour trouver son revolver de service, puis prit conscience que le Mexicain l'agitait joyeusement dans les airs devant son visage.

— La première chose qu'il faut que tu apprennes, Sitting Bull, c'est qu'un bon *federale* ne devrait jamais perdre son arme à feu.

L'Indien posa un regard furieux sur son adversaire.

— Sitting Bull était un Sioux Hunkpapa, espèce de voyou mexicain. Moi, je suis apache.

Julio rit de bon cœur, puis il prit un air triste.

— Dommage que nous ayons dû nous rencontrer comme ça, Geronimo.

Sur ce, il glissa les deux revolvers sous sa ceinture, ouvrit la portière et tira l'Indien hors de la voiture par les talons, ce qui lui valut un nouveau sérieux choc à la tête quand elle heurta la chaussée. Lorsque le membre de la police tribale étourdi tenta de se relever, Pacheco attendit qu'il soit sur un genou pour l'expédier au sol d'un violent crochet du gauche. Un bref instant, l'Apache vit le goudron foncer vers son visage. Puis son univers sombra dans un noir complet.

Pacheco recula pour dégager son pick-up de la Blazer et fut soulagé de constater qu'aucun dégât sérieux n'avait été infligé ni à l'un ni à l'autre des véhicules. Il passa la première et dirigea le camion vers une petite ravine suffisamment profonde pour le dissimuler à la circulation. Il tira l'Indien bien à l'écart de la chaussée et, fidèle à son habitude, le plaça sous un massif de broussailles qui lui procurerait la protection de son ombre modérée contre le soleil de l'après-midi. Il préleva tous les billets de banque, dont le total s'élevait à soixante dollars, dans le portefeuille du policier. Il fit siens la montre, le canif et la menue monnaie de sa victime. Pour la première fois, il remarqua la plaque qui portait le nom de l'Apache. Elle annonçait qu'il s'agissait du sergent K.T. MacPherson. Cela ne sonne pas du tout comme un nom indien, pensa-t-il.

— C'est plutôt un nom écossais qu'un nom apache,

marmonna-t-il d'un ton soupçonneux, comme si l'Indien pouvait faire partie d'une sombre machination fomentée contre lui.

Dans le monde du Mexicain, rien n'était dépourvu de signification. Pouvait-il y avoir là un présage ? Il essaya en vain de se souvenir s'il y avait des saints originaires d'Écosse, des saints qui pourraient désapprouver le mauvais traitement qu'il infligeait au sergent MacPherson.

Il ôta la veste du policier avec l'insigne de la police tribale accroché sur la poche de poitrine gauche, couvrit sa victime d'une couverture de cheval rêche et nauséabonde qu'il avait trouvée à l'arrière du pick-up. Il enfila la veste et fut heureux de découvrir qu'elle aurait pu avoir été taillée sur mesure pour sa propre charpente. Après tout, un homme qui conduisait une voiture de police devait avoir l'air d'un policier ! Le chapeau de MacPherson était trop grand de deux tailles et lui tombait sur les oreilles.

À peine cinq minutes plus tard, Pacheco, le pied au plancher, poussait la Blazer à cent vingt à l'heure dans la direction opposée à celle du barrage routier présumé. La chance ne le quittait pas : la jauge de carburant indiquait que le réservoir était presque plein. Il écouta la radio de la police et ricana en entendant les appels urgents de la standardiste destinés au sergent MacPherson. La voiture possédait une boussole montée sur le tableau de bord. Le Mexicain quitta la route et prit vers le sud à travers le haut plateau. Il avait apprécié cette rencontre avec l'Indien. Ça n'avait pas été une bonne chose de cogner le vieux fermier, mais le jeune policier avait fait un adversaire convenable. Il s'était montré plus malin et meilleur combattant que ce descendant de Geronimo. Pour la première fois depuis des jours, Pacheco était sincèrement heureux d'être en vie. En traversant cette région de roches, il entonna, haut et faux, une ballade argentine triste sur un jeune *vaquero* qui trouve sa femme au lit avec un autre homme ; l'honneur oblige le mari bafoué à arracher le cœur de sa femme et à contraindre son infortuné amant à le manger. Cette chanson fit naître une immense satisfaction dans l'âme du Mexicain.

— *Hi que cabrón,* grommela-t-il.

Le bruit inattendu l'avait fait sursauter. Il se trouvait à environ soixante-cinq kilomètres de l'endroit où il avait abandonné le policier indien quand il entendit le *whump-whump* rauque qui se répercutait sur les parois verticales des mesas de roches rouges. C'était un bruit connu, quand bien même il n'était pas bienvenu. Il l'avait entendu la dernière fois qu'il avait franchi la frontière près de Las Palomas. Il s'agissait alors d'un hélicoptère de la police des frontières. Cette fois, il s'attendait à ce que ce soit la police de l'État, peut-être même la Garde nationale. Il freina pour ne plus avancer qu'au ralenti et sortit la tête par la fenêtre. L'appareil était à un bon kilomètre et demi au nord-ouest, trois cents mètres au-dessus du sol du haut plateau. Il coupa le moteur ; pas la peine de gâcher de l'essence. Il réfléchit à la situation. Si l'hélicoptère s'approchait, il pourrait lui tirer dessus avec le revolver de service de l'Indien ou avec le fusil qui était accroché derrière le siège, mais il n'avait aucune chance de lui causer des dégâts importants, à moins que l'engin ne descende de cent mètres. De toute façon, s'il avait été repéré, ils avaient déjà signalé sa position par radio. Il pouvait continuer à rouler, à changer de direction, à leur compliquer le travail jusqu'à la nuit, qui ne surviendrait pas encore avant plusieurs heures. Il n'y aurait pas de lune du tout avant minuit au moins. Il aurait peut-être une chance de se perdre dans les mauvaises terres. S'il abandonnait la voiture, les Américains risquaient d'amener des chiens pour le débusquer. Il frissonna à l'évocation d'une meute, imaginant les canines jaunes acérées sous les babines noires dégoulinantes. Il prit sa décision : inutile de prolonger la poursuite jusqu'à ce qu'il soit épuisé et que les chiens arrivent. Il était préférable de livrer bataille aux hommes tant qu'il lui restait encore des forces. Il supposa qu'il ne faudrait pas attendre cette confrontation très longtemps. Au plus tard jusqu'au matin. Julio pria les saints de le préserver des chiens. S'ils voulaient bien faire cette dernière chose pour lui, leur promit-il, il affronterait tous les *gringos* et tous les Indiens sans requérir à nouveau leur aide. Il était confiant, ses prières seraient exaucées ; devant un tel marché, comment les saints refuseraient-ils ? Si la Mort venait le chercher, il mourrait comme un homme. Ceux de sa famille n'auraient aucune raison d'avoir honte. Pacheco lança le moteur et prit vers le sud-est en direction d'un canyon en grès peu profond, progressant lentement afin de réduire au minimum la poussière qui marquait son passage.

11

Julio Pacheco se détendit un peu, si peu. Le fugitif n'avait pas entendu le bruit de l'hélicoptère depuis que le soleil avait plongé bas au-dessus de la ligne de partage des eaux, projetant de longues ombres indistinctes derrière les genévriers rabougris et les blocs de grès. Peut-être le pilote de l'appareil ne l'avait-il pas vu. Peut-être les saints avaient-ils entendu ses prières et étaient-ils d'humeur généreuse. Il s'était attendu à être arrêté quand il avait traversé l'autoroute 40 à Acomita, mais il n'y avait pas eu de policier en vue. Il espérait que la Mort avait des affaires plus urgentes en attente ; peut-être une autre âme moins fortunée allait-elle cette nuit sentir la lame aiguisée de sa large faux. Avec une confiance renouvelée, il fit le plein à une station-service Shamrock et acheta une poignée de barres chocolatées. Il était demeuré vigilant à l'égard de tout signe inhabituel d'activité quand il avait traversé la réserve d'Acoma en roulant vers le sud dans la Blazer du policier apache, mais il avait vu moins d'une demi-douzaine de personnes qui n'avaient posé sur lui rien de plus qu'un coup d'œil distrait. Il se sentit soulagé quand il franchit le lit asséché du Rio Colorado qui constituait la limite sud de la réserve. Le Rio Salada était asséché lui aussi, mais ce lit de rivière poussiéreux marquait le début de la région vraiment totalement désolée. Les représentants de la loi *yanquí* avaient peut-être perdu sa piste. Julio commença à nourrir l'espoir de vivre assez longtemps pour voir sa mère. Une fois qu'il ferait nuit, avant que la lune ne montre sa face orange au-dessus des sommets déchiquetés de la Sierra Lucero, ils auraient peu de chances de le trouver. Le salut n'était qu'à quelques heures ; la frontière mexicaine se trouvait à trois cents kilomètres à vol d'oiseau.

Il quitta la route défoncée et passa en première, cherchant un endroit pour se cacher et prendre quelques heures de repos. Il serait préférable d'attendre que la lune se lève puis de rouler sans lumières. Il s'insinua avec une grande prudence entre genévriers chétifs et affleurements rugueux de basalte jusqu'à ce qu'il trouve un léger surplomb en grès. Il étendait son ombre sur une pente douce menant à l'un des nombreux torrents asséchés qui drainaient les monts Gallinas lorsque survenaient les pluies épisodiques. Il mit pied à terre, s'étira le dos et poussa un soupir de contentement. L'air lui paraissait vif, limpide, inodore. Julio Pacheco ne savait pas ce qu'était l'ennui ; la vie était une aventure perpétuellement excitante !

Il effectua une longue marche circulaire autour de son lieu de campement. S'arrêtant fréquemment pour écouter, il ne vit pas de lumières, n'entendit pas de moteurs, de voix, ni de bruits étrangers à la nature. Dans ces terres déshéritées et inhabitées, il n'y avait que le rare *yip-yip* d'un lointain coyote et de temps en temps le hululement bref d'une chouette tachetée dissimulée dans l'un des genévriers. Revenu à son camp de fortune, il se mit en boule sur le siège arrière de la Blazer dans l'intention de dormir jusqu'à ce que la lune se lève au-dessus du pic Ladrones.

Aussitôt, Julio rêva de sa mère, ainsi que de ses nièces et d'oncle Fortunata. Ils étaient installés sur les bancs de l'église de pierre grise à Tuxtepec, dans laquelle sa mère assistait fidèlement à la messe trois fois par semaine et plus souvent pendant les fêtes saintes. Il se tenait à la porte et regardait à l'intérieur ; il y avait un cercueil noir près de la balustrade de l'autel. Un jeune prêtre agitait un goupillon trempé d'eau bénite au-dessus du cercueil en lisant dans un petit livre blanc. Pacheco remontait lentement l'allée entre les proches du défunt, mais ils ne remarquaient pas son apparition au milieu d'eux. Pendant que le rêveur s'approchait du cercueil, le prêtre lançait une fiole d'eau bénite dans la direction de l'importun. L'eau jaillissait de son récipient en argent et se transformait en un torrent furieux, écumant, qui entraînait hors de l'église un Pacheco terrorisé. Il entendait la voix du prêtre tandis qu'il était emporté : « Repens-toi, Julio. Les saints ne t'entendent plus. Ils pleurent sur ton âme. Repens-toi ! » Pacheco avait le sentiment qu'il se noyait et il fut heureux de reprendre conscience. De petites gouttes de sueur parsemaient son front ; des secondes passèrent avant qu'il ne se souvienne de l'endroit où il se trouvait. Il cligna des yeux en regardant le ciel, à l'est ; la lune avait grimpé dans le ciel de quatre fois sa hauteur au moins. Il se maudit de s'être autorisé à dormir si longtemps ; il aurait dû repartir vers le sud dès qu'elle était apparue sur l'horizon. Les aiguilles du cadran lumineux de la montre du policier indiquaient qu'il était déjà bien au-delà de minuit.

Julio grogna à cause des courbatures, se leva et s'étira voluptueusement. Après avoir uriné contre le pneu de la voiture, il déchira le papier d'un Mounds et enfourna l'une des barres enrobées de chocolat dans sa bouche. Il expédia la moitié de l'emballage dans la nature et ferma les yeux en s'appuyant contre la Blazer et en mâchant lentement la moelleuse noix de coco râpée. La vie était décidément merveilleuse. Comme ce serait terrible de cesser de vivre ! Qu'est-ce qu'il en savait, le prêtre du rêve ? Les saints veillaient certainement sur lui, et il valait mieux avoir comme ami un saint fiable plutôt que cent prêtres inconstants.

Ses yeux étaient encore fermés lorsque le double faisceau laser rouge perça la nuit comme des flèches de sang silencieuses. Les faisceaux mobiles se réfléchirent avec hésitation sur la vitre de la voiture, puis ils trouvèrent la cible qu'ils cherchaient. Ils dansèrent sur la large poitrine de Pacheco telles des lucioles joueuses, mais il n'était pas conscient de leur présence. Ce fut la voix de l'homme, lorsqu'elle résonna dans les ténèbres, qui le fit sursauter :

— FBI. Vous êtes en état d'arrestation ! Les mains sur la tête. Exécution *immédiate* !

Pacheco lâcha la barre de chocolat et tendit instinctivement le bras vers le revolver enfoncé dans sa ceinture. Sa main avait à peine touché la poignée quand il sentit un choc violent à l'épaule et entendit une forte détonation. Quelques secondes plus tard, deux hommes vêtus de treillis de camouflage se tenaient au-dessus de son corps, pendant qu'un troisième, qui portait l'uniforme du Service des forêts, appliquait un bandage sur la blessure. À la lumière éblouissante de leur lanterne électrique, le pansement passait rapidement du blanc à un pourpre vif.

L'agent spécial du bureau du FBI d'Albuquerque se laissa tomber sur un genou pour y regarder de plus près. Il se retourna avec un rictus à l'adresse du policier apache qui tenait un revolver braqué sur la tête de Pacheco.

— Dites donc, MacPherson, ce type, il porte un insigne apache et une veste exactement comme celle que vous avez perdue. Vous êtes sûr que ce n'est pas un de vos collègues ?

L'Apache ne sourit pas à cette moquerie ; il arma le revolver et pria silencieusement pour que Julio lui offre un prétexte.

— Les gars, pourquoi vous n'allez pas chercher le brancard à l'hélicoptère ? Je le tiens à l'œil.

Un mouvement convulsif ; un spasme musculaire. N'importe quel petit prétexte.

Le garde forestier partit chercher le brancard. L'agent du FBI se releva et donna un coup de pied dans le papier d'emballage. D'une voix traînante, il déclara :

— J'ai appris à faire avec les trafiquants d'armes, les kidnappeurs et les dévaliseurs de banques, mais s'il y a une chose que je ne peux absolument pas supporter, c'est les sales porcs qui jettent leurs putains de papiers partout.

Un policier en uniforme examina les papiers de Parris puis ouvrit la porte sans prononcer une parole. Une infirmière était au chevet de Pacheco. Le Mexicain, dont l'épaule gauche était enveloppée de bandages, agita la main droite.

— Salut, *gringo federale.*

— Vous savez qui je suis ?

Julio eut un faible sourire sous l'épaisse moustache qui encadrait ses dents irréprochables.

— Je vous ai vu en ville, deux ou trois fois. Vous êtes le flic de Chicago qui a repris la police de bouseux qu'y a à Granite Creek.

Parris désigna le pansement :

— Il paraît que vous en avez pris une. Vous avez l'air en assez bonne forme, compte tenu du fait que vous soyez blessé.

Pacheco toussa et grimaça de douleur.

— Ça va aller. Vous êtes venu me remmener ?

— J'ai rempli les formulaires pour demander votre extradition au Colorado. Si vous vous remettez vite, vous serez prêt à voyager d'ici quelques jours.

Pacheco faisait de son mieux pour exsuder le machisme.

— C'est rien, ça. En soixante-seize, mon cousin germain m'a balafré ; on s'était soûlés et on s'est battus pour une putain cubaine dans un petit bar qu'avait un sol en terre, à Ascensíon. Le cousin Paco, lui, on peut dire que c'est un expert au couteau ; il m'a ouvert le ventre des côtes jusqu'à l'entrejambe. Paco, il en était vraiment malade quand il a dessoûlé ; il pleurait comme un bébé, il jurait qu'il se tuerait si je mourais. Mais j'ai survécu, parce que les saints, ils veillent sur moi. Vous voulez voir les vieilles cicatrices sur mon ventre ?

Parris posa un magnétophone miniature sur la table de

chevet et appuya sur le bouton d'enregistrement. Il sourit au Mexicain bagarreur.

— Ça a l'air d'être un spectacle de choix, mais je m'en passerai.

Il sortit une carte de son portefeuille et lut l'habituelle déclaration Miranda :

— « Vous avez bien connaissance de vos droits ? Si vous ne pouvez pas payer les services d'un avocat, la cour... »

— Je ne veux pas d'un putain d'*abogado*, mon gars. Tout ce qu'ils font, c'est vous prendre votre argent et vous dire au revoir. Vous pourriez me passer le pot à eau qui est là-bas ? J'ai la bouche pleine de coton.

Parris versa l'eau glacée dans un gobelet en plastique et attendit que le Mexicain ait bu à grands traits.

— Vous parlez un très bon anglais. Ça fait longtemps que vous êtes dans ce pays ?

— J'ai passé plus de temps avec vous, les *Yanquís*, que dans mon propre pays. Le peso, il vaut que dalle, mais on peut s'acheter tout ce qu'on a besoin avec des dollars U.S. J'ai beaucoup travaillé dans des hôtels ; il fallait que j'apprenne bien l'anglais pour garder mon emploi.

— Parlez-moi du fermier. Celui que vous avez laissé là-bas, près de Lone Pine.

Pacheco s'appuya à son oreiller et respira profondément.

— Le vieux bouc teigneux ; je parie qu'il est furieux. Dites-lui, au vieux, que je suis désolé pour son chien, mais cette saloperie de petit clébard a essayé de me mordre.

Il ferma les yeux et frissonna.

— Je déteste les chiens.

— Son chien, le fermier, il n'a plus l'occasion de s'en soucier. Il est mort.

Avant de réagir, le Mexicain scruta le visage de Parris, comme s'il pouvait s'agir d'un piège. Quand il conclut que c'était la vérité, il évita les yeux du policier.

— J'ai pas voulu que ça se passe comme ça ; je lui ai

juste donné un petit coup. Ce vieux con d'entêté, pourquoi il a fallu qu'il...

Pacheco appliqua sa main sur ses yeux. Il était furieux contre sa victime qui avait eu le mauvais goût de mourir après avoir reçu « un petit coup ». Il engloutit une nouvelle gorgée d'eau glacée et posa brutalement le gobelet sur la table qui dépassait au-dessus de son lit.

— C'est quoi, l'accusation ?

— Meurtre avec préméditation, il y a de grandes chances, vu que vous avez volé son véhicule. Vous avez tué votre victime alors que vous étiez engagé dans la perpétration d'un forfait. Un avocat intelligent arriverait peut-être à obtenir l'homicide involontaire, mais je ne parierais pas là-dessus. Vous feriez aussi bien de tout me dire...

Pacheco grimaça à nouveau lorsque la douleur le transperça, telle la foudre en été, depuis l'épaule jusqu'à l'aine.

— Qu'est-ce que vous avez d'autre derrière la tête ?

C'était le moment crucial. Parris se racla la gorge et jeta un coup d'œil sur le magnétophone pour s'assurer que la bande tournait. La prudence était le mot d'ordre. Un faux pas et cet individu ne prononcerait plus un mot.

— Que pouvez-vous me dire sur Priscilla Song ?

L'infirmière revint et injecta un fluide clair en intraveineuse à son patient. Parris supposa qu'il s'agissait d'un narcotique destiné à atténuer la violence de la douleur. Presque aussitôt, le Mexicain sourit d'un air rêveur.

— Priscilla. Une jolie petite *chica.*

— Mlle Song était étudiante en troisième cycle au RMP. Vous y étiez employé comme homme à tout faire ?

— Agent de maintenance, mon gars. Je réparais tout ce qui était cassé. La paye était pas terrible, mais j'arrivais à m'en sortir.

— Pourquoi vous ne me dites pas exactement ce qui s'est passé cette nuit-là ?

Le Mexicain s'humecta les lèvres mais ne répondit pas. Non, pensa Parris, il ne va pas le reconnaître. Il est en train d'imaginer je ne sais quelle histoire à dormir debout. Ça serait tellement plus simple avec des aveux.

Pacheco finit par parler :

— J'ai mal à la tête. Je sens monter une crise de tétanos.

Parris sortit de sa mallette une enveloppe en papier kraft. Il en déversa le contenu sur le lit. Il y avait une demi-douzaine de tirages couleurs, agrandis au format vingt-vingt-cinq. Il en présenta un au Mexicain. C'était un gros plan du visage torturé et ensanglanté de Priscilla Song. Le tournevis Phillips était encore en place. Pacheco grimaça et détourna le regard. L'infirmière, qui était demeurée silencieuse pendant toute l'entrevue, jeta un coup d'œil sur la photographie et porta la main à sa bouche. Elle se précipita vers la salle de bains attenante et vomit dans les toilettes.

Pacheco ne fanfaronnait plus du tout.

— Pourquoi je devrais regarder ces cochonneries, mon gars ? Ça se voit pas que je suis malade ?

Parris sentit le sang battre dans sa tempe.

— Monsieur Pacheco, pourquoi avez-vous agressé cette jeune femme ?

— Je vous ai dit que j'ai rien à dire ! Vous avez de la cire dans les oreilles, que vous entendez mal comme ça ?

— Parlez-moi du trafic de drogue sur le campus. J'aimerais connaître le rôle que vous jouez là-dedans.

Pacheco contempla son accusateur avec incrédulité. Il eut un faible sourire.

— J'ai compris, mon gars. Vous devez être tapé. Je sais rien de rien sur aucune drogue. Partez et laissez-moi me reposer. Mademoiselle ! Où est-ce qu'elle est, bon sang ?

L'infirmière, le visage défait, émergea de la salle de bains.

Parris agrippa la barre de fer au pied du lit d'hôpital ; ses phalanges blanchirent.

— Vos empreintes sont sur l'arme du crime. Que pensez-vous de...

— Je pense, répondit Pacheco d'un ton hargneux, que

j'ai plus rien à vous dire. Vous voulez me mettre dans une cage et je vais pas vous aider. Alors foutez le camp.

Pacheco eut un sourire mauvais et dressa son index. L'infirmière posa un regard compatissant sur Parris. Celui-ci arrêta le magnétophone.

— Vous êtes un triste représentant de la race humaine, dit-il.

Pacheco ouvrit la bouche, puis la referma brusquement. De toute sa vie, il n'avait jamais été blessé à ce point par une insulte.

Il était plus de minuit. Parris se tournait et se retournait dans le lit double du motel ; le sommeil constituait un but insaisissable. Les soupçons d'Anne Foster sur le professeur Waldo Thomson étaient une contrariété qui refusait de s'effacer. Leggett s'était livré à de discrètes vérifications. Comme elle l'avait affirmé, il dépensait effectivement davantage que son salaire d'universitaire. Le physicien roulait dans une Porsche 930 turbo à l'avant caréné et possédait un appartement de trois pièces à Snowmass. De plus, il faisait de fréquents voyages en Colombie et au Pérou, même pendant la saison des pluies. L'intuition de la journaliste était peut-être exacte ; il pouvait y avoir un lien avec le trafic de drogue. Néanmoins, il était plus que vraisemblable que tout cela était bien innocent. Thomson avait probablement fait un héritage, ou il avait le nez creux pour les opérations boursières. Peut-être aimait-il la saison des pluies dans les jungles de l'Amérique du Sud.

Enfin, Parris glissa dans les sombres abysses inexplorés de son inconscient. Tandis qu'il rêvait, ses yeux filaient dans un sens puis dans l'autre sous ses paupières, comme s'il observait un spectacle majestueux dans les mondes imaginaires de son esprit.

C'était une belle journée d'automne. Il pagayait dans un canoë en écorce de bouleau, léger comme une plume, sur la surface miroitante d'un fleuve profond. Des érables couleur de miel bordaient les rives telles d'infatigables sentinelles alignées. Des feuilles mortes flottaient comme lui pendant qu'il fendait sans effort les eaux cristallines. La jeune femme aux cheveux foncés surgissait de nulle part, jolie silhouette élancée dans une robe jaune. Elle marchait avec de l'eau jusqu'aux genoux et rejetait ses longs cheveux derrière son épaule d'une main délicate. Cette jeune femme était pure, surnaturelle et superbe. La vierge de la forêt qui portait un bandeau noir sur l'œil était Priscilla Song.

Elle s'approchait du canoë et tendait les deux mains devant elle, paumes vers le ciel. Ses lèvres bougeaient, mais les mots se perdaient dans une rafale de vent qui troublait la surface de l'eau. Quand elle parla de nouveau, son visage était imploration, mais il ne l'entendait pas. Elle semblait ressentir l'inanité de sa tentative pour divulguer son secret à un homme sourd.

Parris essayait de parler mais les mots sortaient avec difficulté ; la pagaie de bois s'était muée en plomb et échappait à ses mains pour tomber dans l'eau sombre. « Quoi ? Qu'avez-vous dit ? » Il mettait sa main autour de son oreille. « Je vous en prie... je n'entends pas... » Elle ôtait de son pouce une lourde bague de taille démesurée et l'offrait à l'homme qui était dans le canoë. Parris tendait le bras pour la prendre, mais la main de la jeune femme était juste hors de portée. La déception se peignait sur ses traits.

Elle levait les bras au-dessus de sa tête ; telle la plus gracieuse des ballerines, elle commençait à virevolter sans effort dans l'eau, tournant sur elle-même comme un tire-bouchon. Un petit tourbillon se formait autour de son corps svelte tandis que les eaux l'engloutissaient au milieu d'une écume de bulles minuscules. Une fois disparue dans les profondeurs, la surface redevenait calme, un miroir sans défaut qui réfléchissait l'azur du ciel.

La tête de Parris jaillit de l'oreiller, comme sous l'effet d'un choc électrique. Ce rêve, comme tous ses rêves, n'était que vaines absurdités. Ombres vacillantes qui perturbaient le sommeil. Avec un grognement, le policier tenta sans succès de redonner un aspect normal à l'oreiller déformé. Il n'allait pas se rendormir facilement après l'énigmatique visite de cette silhouette fantomatique. Ça allait être une longue et pénible nuit sans repos. Il laissa tomber sa tête sur l'oreiller et, pour vaincre l'insomnie, médita sur les belles saisons des années écoulées, les journées de douce brise et d'ensoleillement chaud.

Le refrain d'un vieil hymne traversa son esprit, se mêlant à ses rêveries. « Souvenirs précieux... comme ils demeurent » ... une cabane de rondins dans les profondeurs de la forêt... « comme ils apaisent » ... une rivière à truites d'une pureté originelle qui clapotait et projetait ses eaux sur les roches envahies de mousse... « apaisent mon âme » ... une brise légère enlaçant les peupliers frémissants... Helen tout contre lui, sa chaude haleine murmurant à son oreille. Ou était-ce Anne ? Ou (il frissonna dans son demi-sommeil) était-ce la jeune femme à la robe jaune, la femme qui portait un bandeau noir sur l'orbite vide où un œil avait, autrefois, guidé la lumière jusqu'à son âme ?

12

La route, pittoresquement ombragée de pins de Douglas majestueux et d'épicéas du Colorado à forme conique, était un zigzag de profondes ornières et de flaques boueuses ; le lourd véhicule protesta par des craquements lorsque Parris ramena le levier de changement de vitesse automatique en position inférieure et emprunta prudemment ce qu'il espérait être la trajectoire qui épargnerait le plus sa colonne vertébrale.

Après huit cents mètres, qui exigèrent dix minutes de conduite sinueuse, la route prenait brusquement fin dans une futaie parsemée d'épicéas somptueux et de trembles frémissants, flanquée à l'ouest par une douzaine de hauts pins ponderosa. Parris repéra son objectif, ou tout au moins le domicile de son objectif, illuminé par les rayons du soleil de fin d'après-midi qui transperçaient les branches des grands pins. La maison du vieil homme était nichée à la limite nord d'une prairie d'herbe de Johnson ornée d'asters violets et de panaches indiens écarlates. La cabane lilliputienne, écrasée par son décor, était construite en troncs de pin taillés grossièrement et surmontée d'une cheminée de pierres de tailles bizarres et de formes irrégulières. Les volutes de fumée d'un feu de bois montaient de cette cheminée et restaient en suspens au-dessus du toit de bardeaux pointu, tel un parapluie de brume. Deux tonneaux de whisky identiques avaient été placés aux angles de la construction pour récupérer l'eau qui débordait des gouttières évidées dans des troncs. Il n'y avait pas de ligne de téléphone pour relier l'unique habitant au monde extérieur, pas plus qu'il n'existait de réseau électrique accessible en ce lieu retiré.

Parris compta jusqu'à trente avant de couper le contact ; cela donnerait au vieil ermite le temps de prendre conscience qu'il avait de la visite.

« Il lui est déjà arrivé de tirer à l'aveuglette sur des intrus, l'avait averti Anne d'un ton grave. Il garde une vieille 22 long rifle à portée de la main pour mettre des lapins dans sa marmite. Vaut mieux y aller prudemment, là-haut. »

Les informations qu'elle lui avait fournies sur l'ermite ne se bornaient pas à ses habitudes de chasse. Potter-Evans, lui avait-elle confié, avait quitté l'Angleterre en 1954 après un terrible scandale ayant trait à une femme. Une femme mariée. Son mari, de plus de vingt ans son aîné, était un parlementaire. Le jeune et brillant mathématicien avait émigré et immédiatement trouvé un emploi à l'université de Cornell. Il s'était vu refuser sa titularisation à la suite d'une brève liaison avec une étudiante. À compter de cet épisode, la vie professionnelle de Potter-Evans avait suivi une pente descendante. Il y avait eu une succession assommante de postes sans intérêt dans des établissements perdus au milieu de déserts culturels, auxquels il avait finalement échappé pour une retraite versée avec parcimonie et un oubli opportun dans les San Juan.

Le policier n'avait jamais rencontré un authentique ermite, et il avait jugé préférable de ne pas prendre par surprise un vieil excentrique au comportement imprévisible qui pouvait tripoter la détente d'un fusil de chasse tout aussi imprévisible. Il s'approcha avec circonspection de la porte d'entrée, gardant ses mains bien visibles, et appela :

— Hello, de la cabane ! Il y a quelqu'un ?

Sa voix se répercuta sur une falaise de basalte derrière

les pins ponderosa. Une légère brise faisait bouger les rideaux de grosse toile accrochés à l'intérieur, derrière les deux petites fenêtres, de part et d'autre de la porte, mais il n'obtint que le silence en réponse. Il levait la main pour frapper quand il entendit une voix qui se matérialisa derrière lui :

— Nul besoin de cogner à ma porte ; vous n'obtiendrez pas de réponse.

Il se retourna pour voir l'homme qui s'était exprimé avec beaucoup plus qu'une simple trace d'accent britannique. Ce personnage anguleux, qui mesurait un peu plus d'un mètre quatre-vingts, tenait dans une main deux lapins par les oreilles. L'autre était refermée sur un fusil de chasse à canon double bien huilé, négligemment pointé vers les genoux du policier. Sa peau parcheminée était tendue sur son visage comme si elle avait été mouillée et avait rétréci sur son crâne ; une couronne de fins cheveux argentés coiffait son visage comme d'un halo. Il donnait l'impression d'être fatigué par une longue marche en forêt, mais pas celle d'être faible. Il ouvrit le fusil, en éjecta deux cartouches vides. Le policier perçut une faible odeur de poudre brûlée. C'était une émanation étrangement agréable, ici, dans la profondeur des arbres, où un fusil de chasse était davantage qu'un simple ornement destiné à être accroché au-dessus de la cheminée.

Parris tendit la main, qui, lorsque le vieux chasseur eut lâché ses lapins, fut acceptée avec fermeté, mais sans enthousiasme.

— Claude Potter-Evans, je présume ?

— Lui-même. À en juger d'après cette jolie étoile à six branches, je peux raisonnablement déduire que vous êtes un représentant de la loi.

— Scott Parris, chef de la police de Granite Creek. Il faut que je m'entretienne avec vous.

Si Potter-Evans devenait désagréable, il pourrait toujours lui demander son permis de chasse.

L'ermite posa les lapins en équilibre sur la branche sciée d'un petit tremble et souleva le loquet de la porte.

— Entrez dans ma modeste demeure, monsieur le gardien de la paix. J'ai besoin d'un rafraîchissement. Je vais faire infuser du thé... à moins que vous n'ayez une préférence pour le café. Je dispose également d'une version instantanée de ce breuvage, pour les rares visiteurs.

— Non, mentit Parris, du thé me conviendra aussi bien.

La cabane se composait d'une seule pièce. Elle semblait un peu vide en dépit de l'accumulation de meubles fatigués et désassortis. Parris se trouva un siège devant un établi de bois qui, à en juger par la présence d'une machine à écrire archaïque, d'une série de manuscrits couverts de poussière et d'un ensemble salière-poivrière dépareillé, remplissait à l'évidence le double emploi de bureau et de table pour les repas. Le vieil homme ajouta une poignée de branches sèches aux braises qui fumaient dans le foyer. La casserole, au-dessus des flammes, commença à bouillonner. Potter-Evans plongea deux tasses en fer-blanc émaillé dans le récipient.

— L'eau bout à une température inférieure, à cette altitude. J'espère que c'est assez chaud pour vous.

L'Anglais sortit deux sachets de thé d'une boîte en fer au couvercle hermétique, les disposa dans les tasses.

— De quoi, précisément, allons-nous parler ?

— J'ai un crime sur les bras. Une étudiante assassinée.

Parris avala une grande gorgée de thé puis, agitant la tasse selon une orbite elliptique, il fit tourner le liquide restant en un tourbillon qui léchait les parois. Potter-Evans grimaça à ce manque de respect envers le précieux breuvage, mais il tint sa langue.

— Elle a laissé sur son ordinateur un message qui est du véritable charabia. Sur son bureau, j'ai trouvé un livre sur les systèmes de codage. J'ai besoin d'aide. On m'a dit que vous vous y connaissiez dans ce genre de choses. À cause de la Guerre mondiale, en Angleterre.

Potter-Evans ferma les yeux, comme pour raviver les fantômes d'anciens souvenirs.

— L'Angleterre. Ah, elle me manque constamment. Mais pas l'Angleterre d'aujourd'hui, merci bien, très peu pour moi. Je garde le souvenir de celle des années trente et quarante.

Il repoussa soudain ces évocations nostalgiques :

— Cette Angleterre est morte et enterrée, comme le vieux Winnie.

L'ermite leva sa tasse comme pour un hommage.

— Ce cher vieux Winnie, ça, c'était un Premier ministre. Un homme vraiment exceptionnel, ne trouvez-vous pas ?

— Assurément, répondit Parris en levant à son tour sa tasse en fer-blanc. À Winston Churchill.

Les yeux bleu pâle de Potter-Evans étaient humides quand il but à l'homme d'État et au guerrier disparu.

— Hourra !

Il y eut un long silence que finit par rompre Parris :

— Cette jeune femme a laissé un mot, sept lettres, sur un fichier d'ordinateur, juste avant l'agression. Ce n'est peut-être rien. C'est peut-être important.

Potter-Evans souleva un sourcil.

— Sept lettres ? Par saint George, et vous espérez que je puisse vous le décoder ?

Le vieil homme baissa la tête ; son ossature décharnée fut secouée d'un rire silencieux.

— Pourquoi..., commença Parris.

— Oh, ça ne peut pas marcher, ne comprenez-vous pas ?

Potter-Evans but une infime gorgée de thé dans sa tasse en émail bleu.

— Il y a un principe fondamental pour décrypter un code. Plus le message est long, plus le travail est facilité. Briser un code sophistiqué quand on ne dispose que d'un échantillon de sept lettres est virtuellement impossible, ne voyez-vous pas ? Votre unique chance serait que la victime ait utilisé un type de schéma de transposition ou de substitution d'une extrême simplicité. Quelles étaient, au demeurant, ces sept lettres mystérieuses ?

Parris sortit un petit carnet de sa poche de veste et en déchira une page vierge. Il écrivit les lettres, désormais gravées dans sa mémoire, sur le feuillet qu'il fit glisser sur la table jusqu'à son hôte. Potter-Evans l'approcha d'une lampe à kérosène. Il lut à haute voix :

— Hum, z, f, r, c, y, r, t. Ah, oui. Hum. Ce n'est peut-être qu'un message phonique.

Parris leva les sourcils.

— Phonique... Vous voulez dire un son ?

Potter-Evans était impassible.

— Eh bien... ça sonne un peu comme une mule qui aurait des vents.

— Je vous crois sur parole.

Un clown sommeillait-il donc chez tout un chacun ?

— Excusez-moi, je me rends bien compte qu'il s'agit là d'un sujet sérieux. Vous partez de l'hypothèse que cet assemblage de lettres pourrait fournir un indice sur l'identité du meurtrier. Je vais essayer de vous venir en aide, monsieur le gardien de la paix, mais vous devez me fournir le nom de tous les gens présents dans l'université : étudiants, enseignants, employés de bureau, personnel de gardiennage, tout le monde.

— Vous voulez rire, répondit Parris. Il doit y avoir plus de quatre mille étudiants et au moins deux cents...

— Loin de moi l'idée de me gausser ; je vais aussi avoir besoin des livres sur les codes appartenant à la victime. Je ne vais pas perdre mon temps à cette tâche si je ne bénéficie pas de votre entière coopération, n'est-il pas vrai ?

Parris grogna intérieurement.

— Je vous ferai porter la liste des enseignants par un de mes hommes demain ; ça, nous l'avons déjà. Celle des étudiants peut nous poser davantage de difficultés.

— Je dois apprendre tout ce qu'il est possible de savoir sur la victime, poursuivit Potter-Evans. Cela peut finalement se résumer à deviner un mot clé. Ça pourrait être le nom de jeune fille de la mère de la victime, sa fleur favorite, la rue dans laquelle elle a grandi. Il me faudra aussi un exemplaire intégral de votre dossier concernant ce crime.

— Vous voulez peut-être aussi le premier-né de mes enfants, l'interrompit Parris.

Potter-Evans marqua une pause songeuse.

— Non, sincèrement, je crois que non. J'exècre les enfants.

— Je vais faire de mon mieux, fit Parris dans un soupir. Si vous aboutissez à un résultat concret, j'essaierai d'arracher de l'argent aux coffres de la ville pour vous payer en tant que consultant extérieur. Quelques centaines de dollars peut-être si vous décrochez vraiment le gros lot.

Cela fit briller une étincelle d'intérêt dans les yeux du vieil homme, mais il resta silencieux.

— Oh, une dernière chose...

Parris récupéra le bout de papier avec le code et inscrivit une nouvelle série de lettres sous la première, soulignant celles qui étaient répétées.

z f r c y r t
p a c h e c o

— Ça, c'est le nom de notre suspect.

— Il n'est pas impossible que vous soyez sur la bonne piste. Ça pourrait être un code de transposition simple, dans lequel le *c* devient un *r*. En revanche, il peut s'agir là d'une coïncidence, ne pensez-vous pas ?

— Voyez ce que vous pouvez en tirer. Si vous parvenez à convaincre des jurés que le dernier mot que la victime a tapé sur son clavier était *Pacheco*, l'affaire serait bien ficelée.

— Je vais essayer plusieurs possibilités, voir ce qu'il en sort.

Lorsque le policier ouvrit la portière de son Explorer, il se retourna pour dire au revoir au vieil ermite. L'attention de celui-ci, qui s'était éloigné de la cabane à la suite de son visiteur, était distraite par les ténèbres qui s'insinuaient sur le sol de la forêt. Les pins étaient envahis d'ombres denses qui semblaient respirer au rythme de la brise régulière. Parris rencontra le regard de Potter-Evans.

— Vous aimez vraiment cet endroit ? Tout seul comme ça ?

L'Anglais réfléchit un moment avant de répondre. Ses paroles ne furent guère plus qu'un murmure, un écho à la douce brise qui soufflait dans les pins :

— C'est plutôt tranquille, savez-vous. Mais toujours en mouvement ; ça vit.

— Ouais, grommela Parris presque en aparté, je vois ce que vous voulez dire.

Le vieil homme resta debout sous les étoiles, à peine conscient du vent froid quand l'air descendit depuis le sommet de la montagne. Il écouta le lointain grondement de la voiture du policier dont le son se perdait dans la nuit. Une petite chouette hulula, et il se sentit soudain glacé. Et vieux, très vieux. Il tira la porte de la cabane derrière lui, la ferma au loquet et chargea le fusil avec des cartouches neuves. Il caressa la détente, puis soupira et appuya l'arme dans un angle.

Potter-Evans souleva la porte de verre qui protégeait de la poussière une petite étagère de livres et il parcourut les titres : *Survey of Applicable Mathematics* de Karel Rektory, *The Fourier Integral and its Applications* d'Athanasios Papoulis, *Colorado Saga* de Michener.

Il prit un volume relié cuir. C'était une édition originale de *Récréations mathématiques et problèmes des temps anciens et modernes* de W.W. Ball, publié en 1892. L'un des rares ouvrages qu'il eût conservés tout au long de ces années ; le vieil homme manipulait le livre comme s'il s'agissait d'un irremplaçable trésor. Ce qui était le cas. Lire et relire cette collection d'essais était un de ses plus grands plaisirs. Il posa le volume sur la table, remonta la mèche de la lampe à pétrole et chercha le chapitre XIV, « Cryptographie et cryptanalyse ». C'était une présentation très élémentaire, mais ça allait lui permettre de rassembler ses idées, de rappeler des souvenirs sur cette occupation ésotérique qu'il avait pratiquée un demi-siècle plus tôt, il y avait toute une vie et plusieurs mondes de cela. Il pourrait peut-être même apporter une certaine aide à ce policier américain. Il y avait bien longtemps qu'il n'avait pas rendu service à son pays, et cette ancienne colonie devenait progressivement son pays. Le policier ne savait pas apprécier une bonne tasse de thé, mais il savait comment mener son travail. Claude Potter-Evans appréciait les gens qui prenaient leur travail au sérieux.

— Maintenant, dit-il à voix haute, réfléchis, vieille branche, fais fonctionner ton cortex cérébral. Quel genre de code serait suffisamment simple... quelle technique pourrait bien utiliser une victime terrorisée ?

Ce problème occupa son esprit pendant plusieurs minutes. Comme il essayait de se représenter le crime, une possibilité sinistre se fit jour dans ses pensées : et si ce « message » avait été laissé non pas par la victime, mais par quelqu'un qui souhaitait égarer les enquêteurs ? Quelqu'un qui aurait laissé un livre sur les codes bien à portée de main pour que la police le trouve. Un homme qui avait du sang sur les mains. Ou peut-être... une femme ? Mais ça, c'était le travail de la police. Sa tâche à lui consistait à découvrir la signification cachée sous cette extravagante succession de lettres.

13

Pacheco fut conduit au poste de police de Granite Creek par un fourgon de la police de l'État du Colorado. À l'exception d'un renflement dû aux bandages sous sa chemise, le Mexicain semblait en bonne forme. Knox et Leggett firent descendre le prévenu, signèrent les papiers de transfert et proposèrent café et doughnuts aux policiers de l'État. Piggy assista avec une rancune mal dissimulée à la livraison de « celui qui avait échappé » à sa tentative d'arrestation ratée, caressant nerveusement de l'extrémité de ses doigts boudinés la poignée en bois de cerf de son Magnum 357. On boucla Pacheco dans une des cellules refaites à neuf où il serait constamment sous la surveillance d'une caméra de télévision.

Pendant que les autres policiers partageaient doughnuts et histoires en bonne camaraderie, Piggy Slocum se rendit à la cellule d'une démarche arrogante, les pouces glissés sous sa ceinture de revolver, et fusilla Pacheco du regard. Il fut pris de fureur lorsque le Mexicain ne sembla nullement se préoccuper de son ombre gigantesque. Le policier s'approcha des barreaux et siffla loyalement entre ses dents :

— Essaye pas de faire le malin, sale petit dos-mouillé, ou je te boufferai tout cru pour le petit déjeuner !

Pacheco eut un mouvement de recul exprimant une

horreur feinte, le regard rivé sur l'ample tour de taille du policier, puis sur les cellules vides alentour.

— Oh, je vous crois sur parole, Señor Puerco. On dirait bien que vous avez déjà avalé une pleine prison de détenus !

La résistance de la femme-médecine finit par s'évanouir après deux nuits sans sommeil ; il était clair que la désagréable tâche ne pouvait être repoussée davantage. Daisy Perika abandonna le chaud confort de la caravane où elle vivait et emprunta de son pas traînant la piste des cerfs jusqu'à l'entrée du Cañon del Espiritu. Après avoir franchi l'étroite ouverture du canyon, la vieille femme abandonna la piste accidentée pour le lit asséché de la rivière des Esprits. Quand viendrait le printemps, le cours d'eau se changerait en un bouillonnement bruyant dû à la fonte des neiges sur les sommets ondoyants des monts San Juan. Même à la saison sèche, il y avait des trous d'eau isolés où filaient des truites saumonées. Le lit du torrent était parsemé de pierres polies de toutes formes. Quand elle était petite, sa grand-mère lui avait expliqué que ces pierres aux formes particulières étaient habitées par les esprits de l'eau, mais que ces esprits n'étaient pas aussi puissants que celui de Blaireau ou d'Ours. Daisy n'avait pas vraiment prêté foi à cette histoire de roches aux formes étranges abritant des esprits, mais elle avait toujours évité de poser le pied dessus. Il y avait tant de mystères... on ne pouvait jamais être sûr.

La chamane ute quitta le fond du torrent quand elle vit une arche gracile dans la paroi du canyon où les Ancêtres avaient gravé des représentations dans la pierre. Elle fit halte pour s'appuyer sur sa canne en chêne en attendant d'avoir repris son souffle, dirigea son regard vers les anciens pétroglyphes sur le grès beige de la paroi du canyon. Il y avait trois personnages-bâtons avec de grosses têtes en forme de bulbe et des oreilles pointues qui dépassaient. Des chamans portant des masques de bison. Il y avait un serpent cornu ; c'était le dieu cruel du sacrifice humain, apporté du Mexique par les peuples qui échangeaient les plumes d'ara colorées contre les peaux de cerf et de wapiti tannées.

Loin sur la droite par rapport aux personnages-bâtons et au serpent cornu, se dressait la petite représentation d'un homme dont une main était tendue vers la spirale qui symbolisait le soleil. Son autre main était refermée sur un bâton orné de plumes. C'était une représentation du *pitukupf* ; le nain était la force la plus puissante parmi les esprits fondamentaux de la terre.

Daisy se souvint de la première fois qu'elle avait vu le petit homme. Cela s'était produit lorsque étaient survenues ses premières règles. Comme il était de coutume, sa mère et ses tantes s'étaient hâtées d'ériger une hutte menstruelle. La *nakanipi* conique était composée de branches de saule vertes fichées en terre selon un cercle, leurs sommets ployés et maintenus en place par des lanières. Durant son séjour dans la hutte, elle avait scrupuleusement observé le tabou lié à la consommation de viande ou de sel. Elle avait mangé de la nourriture apportée dans des paniers spéciaux, et bu d'innombrables tasses d'eau chaude pour favoriser l'épanchement du flux de sang. Elle avait été avertie qu'elle ne devait toucher ni sa tête ni son visage avec ses mains ; ses longues mèches de cheveux noirs pourraient tomber si elle ne respectait pas ce tabou particulier. Pendant tout ce temps passé dans la hutte, ses pouvoirs latents avaient gagné en puissance. Elle avait rêvé du *pitukupf* qui lui avait offert ses pouvoirs guérisseurs en échange de certains services. Quand elle s'était éveillée, elle avait glissé un œil entre les tiges de saule et avait aperçu la petite créature qui disparaissait derrière un rocher.

Après cette expérience, Daisy avait prêté une attention plus grande que jamais à sa grand-mère et à son oncle, Oiseau-Mouche Vert, qui était également un homme-médecine respecté. De ces sages, la jeune fille avait appris que le nain revêtait son corps menu de vert vif ; il comptait sur des cadeaux de la part des Rêveurs parmi les Utes. Seul un Rêveur pouvait trouver la maison du nain, et seulement après que son emplacement lui eut été révélé dans une transe. Un autre promeneur croirait qu'il s'agissait du terrier d'un blaireau, mais le Rêveur décèlerait les fines volutes de fumée qui montaient du feu de pin pignon dans le foyer du *pitukupf*. Cette fumée était ordinairement invisible aux yeux des autres Utes, à plus forte raison à ceux des *matukach*, les hommes blancs.

Il y avait juste deux ans, ce *pitukupf*-là avait tué un cheval qui broutait trop près de sa maison souterraine. Le cousin de Daisy, Gorman Sweetwater, s'était vu accorder par le conseil tribal l'autorisation de faire paître son pinto dans le Cañon del Espiritu ; il avait l'intention d'y conduire un petit troupeau de vaches Hereford une fois qu'il aurait fait l'acquisition d'un beau taureau. La fille de Gorman, Benita, avait trouvé le pinto mort, mais la cause de cette mort était incertaine. Le malheureux cheval était immobilisé, les pattes de devant emprisonnées par des plantes grimpantes. C'était l'un des tours favoris du nain du Monde Inférieur, prendre ses victimes au piège à l'aide d'un lien composé de plantes tressées. Gorman ne prêtait pas foi aux croyances et aux coutumes anciennes ; il insistait stupidement pour dire que son crétin de cheval s'était pris lui-même dans la végétation et qu'il était mort de cause naturelle. Tôt ou tard, Gorman accèderait à un savoir supérieur.

La chamane se tourna d'abord vers le nord en murmurant « *Nitukwu* », et elle frappa légèrement la terre de son bâton. Elle se tourna dans la direction du soleil couchant. « *Nitukuwa tapai-yakwiniti.* » Elle répéta ce rituel pour les autres quartiers de l'univers. Elle fouilla dans ses poches de manteau d'où elle sortit un paquet de Lucky Strike et une petite ficelle où étaient enfilées des perles de verre multicolores. Elle les enveloppa dans une serviette en papier qu'elle avait gardée de son dernier repas dans un restaurant McDonald's de Durango et noua un fil de coton noir autour de cette offrande. Elle déposa le cadeau à quelques centimètres du trou dans la terre et se recula. Le *pitukupf* n'aurait pas besoin d'allumettes pour les cigarettes. Elle avait vu une fine colonne de fumée monter en volutes du trou dans la terre ; le nain avait sa propre source de feu pour enflammer les *sapatuti*.

Le chemin du retour était essentiellement en descente, mais il lui fallut vingt bonnes minutes pour regagner péniblement sa maison. Elle ferma la porte à clé derrière elle et appuya son bâton contre le poste de télévision. Quand elle fut sur son lit, elle ferma les yeux et attendit, prêtant l'oreille au bruit du tambour lakota. Au cours de l'un de ses rares voyages dans les Black Hills, son second mari avait échangé à un vieux Sioux deux peaux de cerf tannées contre le tambour-médecine. Le Lakota, Lawrence Short Hand, lui avait solennellement garanti que l'instrument détenait le Pouvoir. N'était-il pas décoré de la peinture rouge sacrée de Wovoka, le *Wanekia* paiute, le prophète de la danse des Esprits ? Sa promesse était exacte. La première fois que son mari avait frappé le *papu-ti* pour produire un rythme monotone, le roulement creux et sonore avait emporté Daisy dans une profonde transe. Elle avait quitté son corps et visité une contrée lumineuse où tous ses ancêtres vivaient dans le bonheur. Sa visite n'avait été que trop brève ; quoiqu'elle eût essayé à maintes reprises, elle n'avait jamais réussi à retourner dans ce lieu agréable.

Cela faisait de très nombreuses années que son mari était parti, mais le tambour était toujours accroché par sa lanière de cuir au-dessus de la table de la cuisine. Elle se concentra sur l'instrument, se remémorant sa voix basse et sourde. Elle l'entendit avec difficulté, très loin d'abord, puis plus proche. Bientôt, le tambour fit vibrer le cadre de son lit. Le rythme monotone emplit sa conscience jusqu'à ce qu'elle ne perçoive rien d'autre, pas même les soudaines rafales de vent qui ébranlaient sa fragile caravane. Elle sentit son corps spirituel flotter à travers une brume grise humide, puis pénétrer dans la terre à l'endroit du trou qui menait au repaire du *pitukupf.* Il ne s'arrêta pas dans la tanière du nain, mais continua à suivre les longues racines du genévrier jusqu'à ce qu'elles deviennent un tunnel brillant. Elle se sentit tomber à une vitesse toujours plus grande vers sa destination dans le Monde Inférieur, si vite qu'il lui fallait haleter pour parvenir à aspirer un peu d'air. Elle avait souvent fait ce voyage et n'avait pas peur, même s'il se terminait fréquemment dans une partie du Monde Inférieur qu'elle n'avait jamais vue. Elle émergea dans un univers humide de lumière jaune filtrée par des tourbillons de brume bleue. Des créatures reptiliennes se précipitaient sous des taillis luxuriants ; des oiseaux-mouches de la taille de rouges-gorges voletaient nerveusement parmi les fougères démesurées et les cyprès noueux.

Daisy était à nouveau jeune, mais elle n'était pas elle. C'était dérangeant ; elle était quelqu'un d'autre, à une époque antérieure. Elle suivit une piste d'animaux boueuse, écarta les fougères et trouva sa nouvelle présence près de la rive d'un large cours d'eau. Ce n'était assurément pas le Piños ni la Piedra, pas plus que les Animas familiers. C'était une grande rivière, dans une contrée inconnue qu'elle n'avait encore jamais vue lors de ses voyages dans le Monde Inférieur. Elle s'approcha de la berge, ses pieds nus se posant légèrement sur les pierres lisses en granite piqueté de mica. L'air était frais et humide, et elle en trouva l'effet étrangement plaisant. Sur la rive, sous un érable en forme de parasol, un radeau était attaché à un pieu planté dans l'argile bleue. Il était de style ute, et cette vue familière la réconforta. Trois longs troncs de trembles de Frémont en formaient la structure de base ; ils étaient renforcés par des troncs de section plus fine, posés en travers perpendiculairement. Le dessus du radeau était recouvert de branches de saule, et l'ensemble lié à l'aide d'écorces de saule. Une solide perche en chêne, décorée de fines bandes d'écorce de tremble, était appuyée contre l'érable.

Sans avertir, le *pitukupf*, paré de soie verte luminescente, apparut sur sa gauche et lui toucha la cuisse de son coude pour annoncer sa présence. Le nain, appuyé sur son bâton tordu avec sa touffe de plumes vertes, aspirait avec plaisir la fumée d'une Lucky Strike. Daisy sursauta et fit un pas en arrière, mais la petite créature sembla ne pas remarquer ce léger mouvement de crainte. Le *pitukupf* pointa un doigt court et épais sur le radeau. Elle observa les remous et les tourbillons qui se formaient sur la rivière ; c'étaient à coup sûr les signes de courants dangereux.

— Je pourrais me noyer, protesta-t-elle docilement. Elle a l'air profonde.

Le nain rejeta une bouffée de fumée grise au-dessus des eaux et appliqua de petits coups impatients sur le radeau à l'aide de son bâton orné de plumes. La chamane obéit sans plus de questions ; c'était une extrême folie que de ne pas se plier aux ordres du *pitukupf*. Si elle se montrait rétive, elle tomberait certainement malade, elle mourrait même peut-être. Daisy était une vieille femme et ses os la faisaient souffrir quand il pleuvait, mais elle n'était pas prête à entendre la chouette appeler son nom. Pas encore.

14

Parris lisait les doléances d'une habitante scandalisée par l'attitude de l'agent E.C. Slocum. On avait vu Piggy, relatait la vieille dame d'une écriture impeccable, « uriner sur mon groseillier à quatre heures et demie du matin ». Elle craignait que l'arbuste ne survive pas à cet affront ; ses baies n'orneraient probablement plus jamais de tarte. Slocum ne tentait pas de se soustraire à pareilles plaintes car il ne comprenait jamais pourquoi son attitude causait autant de remous. Il avait expliqué la raison du plus récent de ses écarts de conduite avec une franchise désarmante : « Ça m'a pris d'un seul coup, comme qui dirait. J'ai eu l'impression que j'allais exploser sur place. Où est-ce que vous iriez pisser en urgence, vous, si ça vous prenait au milieu d'une ronde une heure avant le lever du jour ? Dans votre chapeau ? »

L'interphone émit sa sonnerie. Parris appuya sur le bouton et parla dans l'appareil :

— Oui, Clara. Qu'y a-t-il ?

— Vous êtes occupé ? J'ai quelqu'un... une visiteuse.

— Je peux lui accorder une minute.

Clara, qui entra seule, paraissait mal à l'aise.

— C'est ma tante Daisy. Elle veut vous parler.

Tôt ou tard, tout le monde souhaitait s'entretenir avec la police.

— Pas de problème. Faites-la entrer.

Clara tirait nerveusement sur ses nattes.

— Ma tante est... une Indienne traditionaliste.

Elle hésita, puis cela sortit d'un coup :

— Elle est *piikati*, c'est quelqu'un qui possède des pouvoirs.

Parris haussa les sourcils.

— Quel genre de pouvoirs ?

— Les *piikati*, c'est un peu... ce que certains appellent des chamanes. Avant tout, ils soignent les malades. Ils sont associés à des esprits animaux puissants, comme l'ours ou le bison. Un animal particulier leur donne le pouvoir de guérir un certain type de maladie. Un pic donne celui d'arrêter les hémorragies ; un blaireau celui de soigner les problèmes aux pieds. Je voulais que vous le sachiez avant de rencontrer ma tante.

Parris résista à la tentation de demander quel était l'animal auquel était liée cette tante Daisy.

— Faites-la entrer.

Clara sortit et revint aussitôt, accompagnée d'une femme qui avançait avec les petits pas prudents de quelqu'un qui souffre d'arthrose. En escortant la visiteuse jusqu'à un siège, elle déclara :

— Je vous présente ma tante, Daisy Perika. Elle habite sur la réserve des Utes du Sud. Tante Daisy a un message à vous communiquer.

Elle eut un sourire empreint d'une affection sincère et appliqua une petite tape sur l'épaule de la vieille dame.

Daisy regardait à travers d'épais verres de lunettes qui grossissaient ses yeux à un point qui aurait pu paraître comique chez une personne d'une dignité moindre. Parris se leva de son fauteuil et sourit d'une manière qu'il voulait rassurante.

— Bonjour, madem... euh, madame Perika. Que puis-je faire pour vous ?

La vieille femme cligna des yeux, ce qui lui donna l'air d'un hibou.

— J'ai eu une vision, dit-elle simplement.

Elle n'avait aucune intention de parler du *pitukupf* à ce Blanc ; il ne comprendrait pas plus qu'il ne prêterait foi à ses paroles et ce serait gênant pour sa nièce.

— Je viens vous voir avec un message. Il y a de cela trois nuits, j'ai quitté mon corps.

Elle avait annoncé ce fait sans aucune emphase, comme quelqu'un d'autre dirait : « Hier, je suis allé à Farmington. » Elle fixait l'homme blanc, attendant patiemment une réaction.

Parris comprit que, s'il n'adoptait pas l'attitude souhaitée, il deviendrait impossible pour lui de travailler avec Clara Tavishuts. Il s'assit sur le bord de son bureau et fit comme s'il s'agissait d'une conversation banale.

— Que s'est-il passé quand vous avez... euh... quitté votre corps ?

Daisy se balançait doucement.

— J'étais jeune, dans une contrée lointaine. Sur un radeau de rondins de trembles de Frémont, recouverts de branches de saule, qui flottait sur une rivière profonde.

Après ces mots, elle demeura silencieuse, comme si le courant l'avait emportée au loin. Les yeux de la vieille femme parurent se ternir, on eût dit qu'elle avait oublié le but de sa venue.

— Oui, souffla Clara pour l'inciter à poursuivre, et qu'est-ce qui s'est passé alors, ma tante ?

Elle cligna à nouveau des yeux et s'éclaircit la voix.

— J'ai descendu longtemps au fil de l'eau sans voir personne. Je me sentais seule, mais je n'avais pas peur. Puis une jeune fille est apparue sur la rive. Elle avait de longs cheveux noirs et elle portait une robe jaune.

Parris se souvint de son rêve où Priscilla Song... avait une robe jaune. Elle portait également une robe jaune le soir où elle avait été assassinée. Assurément, Mme Perika tenait cette information de Clara.

— Pendant que je passais à sa hauteur, cette jeune fille tressait des fleurs. Elles ressemblaient à des asters violets ou peut-être à de la chicorée sauvage... je ne saurais pas dire. Elle a fait une guirlande de ces fleurs et elle l'a passée autour de son cou. Puis elle s'est avancée droit dans l'eau, vers mon radeau, et il s'est immobilisé comme si le courant avait cessé. Sa robe remontait jusqu'à sa taille mais elle n'a pas coulé. Quand elle est arrivée tout près, j'ai été certaine que l'*uru-ci* avait quelque chose à me dire.

— Le quoi ? l'interrompit Parris.

Clara fit l'interprète :

— Le fantôme.

Parris était maintenant suspendu à chacune de ses paroles.

— Est-ce qu'elle... le fantôme... est-ce qu'elle a essayé de vous parler ?

Daisy tenta de déchiffrer l'expression du visage de ce policier. Pourquoi disait-il « essayé de parler » ? Cet homme, qui semblait si ignorant, *savait quelque chose.* Ce policier *matukach* avait-il le don... entendait-il le murmure des esprits ?

— Oui, elle a essayé de dire quelque chose, mais je n'ai pas réussi à l'entendre.

Daisy reporta son attention sur Clara.

— Éloigne-toi maintenant. Je veux parler à cet homme en tête à tête.

Clara s'éclipsa sans protester.

Parris était abasourdi. Dans son rêve, la jeune femme en robe jaune avait essayé de parler, mais ses paroles s'étaient perdues. Cette vieille Ute avait peut-être perçu quelque chose dans la façon dont il avait posé sa question.

— Elle avait quatre pierres noires, poursuivit-elle. Elle les tenait dans sa main pour que je puisse les voir, comme cela.

Daisy tendit la main, la paume tournée vers le haut.

— Après, elle a dessiné un anneau sur l'eau, comme ça (elle traça un cercle dans l'air), et elle a laissé tomber une des pierres noires dans l'anneau ; elle a flotté au-dessus de l'eau. Après, elle a mangé les trois autres pierres.

— Elle a avalé les pierres ?

— Absolument, fit Daisy avec un hochement de tête. L'*uru-ci*, elle les a mangées toutes les trois. Elle a porté la main à sa gorge puis elle a toussé comme si elle s'étranglait.

Daisy illustra ses paroles en portant la main sur son cou puis sur ses lèvres.

— Après elle a vomi et deux des pierres sont sorties de sa bouche et puis elles ont disparu.

— À quoi ressemblaient-elles ? Je veux dire, est-ce qu'elles avaient une forme particulière ?

Daisy sembla prise de court, puis elle se souvint :

— Oui ! Comme des médicaments... vous savez, des petits comprimés noirs.

Parris s'apprêtait à dire : « Comme des pilules de drogue », mais se retint.

Daisy changea de position sur son siège et gémit ; le trajet pour venir à Granite Creek l'avait épuisée.

— C'est tout ce que le fantôme a fait. Mon radeau a recommencé à flotter avec le courant et j'ai disparu derrière un coude de la rivière. Petit à petit, je me suis réveillée et j'avais regagné mon corps. J'ai appris la mort de la jeune femme par le journal et j'ai parlé de mon rêve à Clara. Elle m'a dit de venir vous le raconter.

Elle se releva avec effort. Avant que Parris n'ait pu protester, elle avait placé avec délicatesse ses doigts sur les tempes du policier. Il perçut un bourdonnement à l'intérieur de sa tête, puis un battement lointain... sourd, qui résonnait. Comme des coups frappés sur un tambour. Il se dit que ce devait être les battements de son cœur.

— Vous faites des rêves..., dit-elle.

Ce n'était pas une question.

— ... Vous voyez des choses... vous savez des choses. Mais vous ne croyez pas à ce que vous savez.

Elle ôta ses doigts de ses tempes et le considéra d'un air perplexe. Un jour, peut-être, elle parlerait du *pitukupf* à cet homme-là.

Elle sortit de son sac un bout de papier qu'elle lui tendit.

— Je n'ai pas le téléphone. Ça, c'est pour savoir comment venir chez moi. Si vous voulez parler, vous avez qu'à passer me voir.

Le policier plia le papier et le rangea dans son portefeuille.

La chamane fit halte sur le seuil de la pièce.

— Vous savez ce que je pense ?

Il se frotta les tempes pour en chasser les battements.

— Je vous écoute.

Elle ferma les yeux.

— Cette rivière profonde que j'ai vue dans ma vision. C'est celle qui nous sépare de ceux qui sont morts.

— Ouais, fit-il d'une voix rauque, je connais cette rivière.

Daisy s'en alla aussi silencieusement qu'elle était arrivée. Il éteignit les lumières et observa le soleil qui descendait derrière la succession des sommets, à l'ouest. Qu'est-ce que cela signifiait ? Cette vieille femme possédait-elle un certain pouvoir ? Était-elle capable de communiquer avec... Il écarta cette pensée absurde. Il était temps de revenir dans le monde réel, de résoudre des problèmes réels.

15

L'air hargneux de Slocum révélait son mécontentement ; Piggy avait un sujet de plainte grave à communiquer au chef de la police. Le prisonnier mexicain, affirmait-il avec force, était « inobéissant ». Il était certain que Julio Pacheco prenait des libertés dans les propos qu'il tenait ; il continuait à faire des remarques désobligeantes sur la corpulence de l'agent Slocum et sur son appétit prodigieux. Certaines de ces observations avaient été répétées dans le vestiaire des policiers : « Hé, Piggy, j'ai lu dans le journal qu'il y a trois chèvres qui ont disparu du jardin, derrière chez Mme Snipes. Tu te les es boulottées pour le petit déjeuner ? »

Sa requête était simple et directe :

— 'coutez, chef. Je viens à minuit, je prends la place de Sonny pour le troisième tour de garde. J'ouvre la cellule de ce petit salopard et je lui fais passer l'envie de faire chier le monde pour un bon bout de temps à grands coups de latte. C'est le seul moyen de s'y prendre avec ces bouffeurs de chili qu'ont une grande gueule !

Il était impossible de lui faire entendre raison quand il était en colère. Scott Parris lui opposa un visage impassible.

— Agent Slocum, voilà sans aucun doute la demande la plus dérisoire qu'on m'ait jamais présentée.

Piggy exultait.

— Je savais bien que vous seriez de mon avis. Je vais appeler Sonny et on va échanger nos tours de garde.

— Pas si vite, l'interrompit Parris. Ces choses-là doivent obéir à la procédure normale. Vous avez le formulaire 1078 ?

La perplexité envahit les traits de Slocum ; c'était une configuration familière pour ses muscles faciaux parce qu'il était constamment plongé dans l'embarras par toutes sortes de situations nouvelles.

— Si j'ai un... mille quoi ?

— D'abord, vous remplissez un formulaire 1078, en signalant les paroles insultantes du prisonnier ; n'oubliez pas d'énumérer toutes ses insultes dans le détail. Vous en faites six copies pour distribution. Ça fera une pierre de plus sur sa tombe, à Pacheco !

— Euh... ben... je sais... je sais... je sais pas, bredouilla Piggy.

— Ensuite, poursuivit Parris imperturbablement, vous me soumettez en détail les grandes lignes de vos propositions pour remédier à la situation : où vous avez l'intention de lui coller vos coups de latte, combien de fois, avec quelle violence, ce genre de précisions. Le règlement stipule qu'on ne peut pas donner de coups de pied à un prisonnier à l'entrejambe ou à la figure ; dans les reins, je n'en suis pas sûr. Les côtes et les tibias ne devraient pas poser de problème. Il nous faut ce rapport en triple exemplaire. Un pour votre archivage personnel, un autre pour le fichier administratif. Je transmettrai le troisième à l'assistant du procureur pour accord. Une fois tous ces documents prêts, vous pourrez réduire Pacheco en bouillie. On pourrait tourner une vidéo pour la formation des jeunes policiers.

Piggy fronça les sourcils et marmonna plus ou moins qu'il allait réfléchir, sortit du bureau du chef à reculons et se heurta à Eddie Knox.

— Alors, Noureïev, en berne ? demanda innocemment celui-ci.

Piggy lui relata l'essentiel de son entrevue avec Parris.

— Je sais pas vraiment comment que ça se passe, dit-il après avoir achevé son récit. Je suppose qu'eux z'autres qui sont flics à la ville, il faut qu'ils fassent les choses autrement, à Chicago, mais le chef, c'est sûr qu'il a des drôles de façons de voir les choses.

— J'ai remarqué ça dès le jour de son arrivée ici, répondit Knox, la bouche pleine de jus de tabac Red Man. On ferait bien d'avoir l'œil sur ce sale enculé, autrement, on va tous se retrouver dans la merde jusqu'au cou.

Piggy était profondément absorbé par une bande dessinée de Batman quand il leva les yeux vers la rangée d'écrans de surveillance. Ça se passait dans la cellule sept. Le corps du détenu pendait au bout des fils électriques, tournant sur lui-même avec une extrême lenteur.

— Oh, Dieu du ciel, implora-t-il avec ferveur, je vous en supplie, faites qu'il soit pas mort !

Pour un homme de son poids, il s'élança précipitamment jusqu'à la porte de la cellule. Ses mains tremblaient tandis qu'il se battait contre l'anneau de clefs.

— Oh, Jésus, Marie, Joseph, le chef va me reprendre mon insigne avec un coup comme ça.

Il finit par sentir jouer le pêne et ouvrit la porte de la cellule juste assez pour se faufiler à l'intérieur. Il se dandina jusqu'aux pieds du corps suspendu, serra ses poings potelés et manifesta son impuissance en criant :

— Après tout, va-t'en au diable avec ta grande gueule, espèce de sale immigrant ! Si t'étais vraiment obligé de t'allonger le cou, tu pouvais pas aller faire ça ailleurs ?

Le corps suspendu réagit à cette interrogation en portant un coup de pied brutal à la tempe gauche du policier. Piggy effectua un petit pas en arrière ; ses yeux se révulsèrent jusqu'à ce que seul le blanc soit visible et il s'écroula sur le sol avec un bruit sourd en faisant vibrer les barreaux de la cellule sept. Julio se laissa tomber à terre, sortit le Magnum du policier d'un étui en cuir gravé et s'octroya une provision de balles prélevées dans sa cartouchière. Il trouva l'objet essentiel accroché par un anneau à la ceinture en cuir de Piggy : une clef qui correspondait à la voiture numéro trois.

Le policier, englouti dans des ténèbres totales, n'entendit pas l'adieu railleur du Mexicain :

— Salut, mon gros. J'espère que ça te coupera pas l'appétit.

Un hélicoptère transporta Piggy à l'hôpital de Boulder pour qu'il fasse un scanner. Quand Parris annonça à ses hommes que le cerveau de Slocum ne souffrait apparemment d'aucune séquelle à la suite du coup de pied reçu en pleine tête, le sergent « Rocks » Knox ricana et beugla :

— Comment ils peuvent le savoir ?

Parris dut consentir un effort surhumain pour ne pas se joindre à l'hilarité nerveuse qui s'ensuivit.

Les responsables de neuf États furent alertés pour participer aux recherches menées contre Julio Pacheco, mais Parris n'avait aucun doute sur la direction prise par le Mexicain. Le sud. Ils présumèrent que le fugitif, qui n'était pas un imbécile, avait déjà dû se débarrasser de la voiture numéro trois et l'avait remplacée par un véhicule volé moins repérable. Toute information relative à un vol de voiture était prioritaire.

À neuf heures du matin, Parris appela le bureau du procureur. Slayton Cobb était en congé, lui apprit la secrétaire.

— Mauvaise nouvelle, dit-il. Julio Pacheco s'est évadé cette nuit. On va probablement le rattraper, mais on ne peut pas en être absolument certain.

Elle lui répondit d'un ton glacial :

— J'en informerai l'adjoint du procureur à son retour.

Parris raccrocha, soulagé de ne pas avoir trouvé Cobb à son bureau. Il demeura l'œil vide fixé par la fenêtre sur un bosquet de pins. Pacheco avait disparu et il en était responsable. Le sergent « Rocks » Knox entra pour jeter le tableau de service sur le bureau de Parris et remarqua l'air découragé de son supérieur. L'expression d'ordinaire enjouée de Knox fit place à l'incertitude, voire même à un soupçon d'inquiétude.

— Ça va, chef ?

Jusqu'à cet instant, Parris n'avait pas remarqué sa présence.

— Si ça va ? Oui, je regardais juste la situation en face.

— La situation ? reprit Knox en inclinant la tête.

— Parfaitement. Je n'arrive pas à garder un truand minable dans cette prison ridicule. L'agent Slocum est toujours en vie et il est capable de dévaster la planète entière. Je me demande si je dois me tirer une balle ou sauter par la fenêtre.

Knox réfléchit.

— Y a pas plus de trois mètres de vide, de cette fenêtre. Vous auriez toutes les chances de vous casser que la jambe. Moi, je dirais que le flingue ça serait bien mieux, chef.

16

Silver Spring, Maryland

Waldo Thomson inséra la Town Car Lincoln de location sur l'un des emplacements de l'hôtel marqués VISITEURS, mit le levier de changement de vitesse au point mort et appuya sur le frein. Avant de débloquer la portière, il posa la main sur le léger renflement situé juste au-dessus de la boucle de sa ceinture. Depuis son départ de Denver, il avait répété ce rituel plus d'une douzaine de fois, comme si ce butin risquait de disparaître. Les précieux échantillons étaient bien là, enveloppés dans leur sac en plastique, en sécurité sous la fermeture à glissière de la ceinture de toile où il rangeait son argent. Il ne voulait pas s'exposer à être dévalisé, à abandonner ce trésor à un agresseur toxico en quête de quelques dollars pour se payer sa dose. Avant de quitter le refuge relatif offert par la Lincoln, le physicien sortit le pistolet de la valise et le glissa dans la poche intérieure de son manteau. Personne n'allait contrecarrer la stratégie qu'il avait élaborée. Absolument personne.

Dans l'avion qui volait vers l'obscurité croissante de la côte Est, Anne avait tenté de dissiper le sentiment absurde qu'elle était suivie. Après tout, Waldo Thomson était déjà à Washington ; c'était elle qui effectuait une filature ! Mais elle avait l'impression que des yeux perçants étaient rivés sur sa nuque. Elle se retourna et parcourut du regard les passagers derrière elle : une femme accompagnée d'un petit enfant ; deux religieuses en tout point identiques qui lisaient des romans de Tony Hillerman ; un cow-boy assoupi sous son Stetson. Elle repoussa cette manifestation de paranoïa et concentra ses pensées sur Thomson. Était-ce stupide de sa part de le suivre aussi loin, jusqu'à Washington, en se fiant à l'indication fournie par son informateur à l'agence de voyages ? Mais tout cela était étrange ; Thomson partait plusieurs jours à l'avance pour le congrès de la Société de physique d'Amérique du Nord qui allait se tenir à Silver Spring. Elle avait essayé d'en apprendre davantage au département de physique. Kristin Waters lui avait dit que Thomson avait pris quelques jours de congé avant le début du congrès. La secrétaire du département avait précisé avec fierté que Thomson et Arnold Dexter allaient faire une communication commune sur leurs recherches dans le domaine du blindage céramique. Anne avait demandé à s'entretenir avec le directeur du département au sujet de sa communication, mais le professeur Dexter était à son domicile où il se remettait d'une grippe intestinale. Kristin avait aimablement demandé à Anne si elle désirait parler à un autre membre de l'équipe qui devait se rendre au congrès de la SPAN. Le professeur Harry Presley était disponible. La journaliste, qui trouvait cet individu particulièrement répugnant, avait décliné l'offre.

Une tempête venue du Maine suivait la côte en direction du sud ; Thomson n'irait pas perdre de précieux jours de congé à affronter une tempête de neige à Washington. Non. Le physicien se rendait dans la capitale pour affaires et elle était fermement décidée à découvrir en quoi elles consistaient.

Elle venait de sortir de la douche quand quelqu'un frappa à sa porte. Elle enfila un peignoir souple en coton et ouvrit la porte autant que la chaîne de sécurité le permettait. C'était, comme elle s'y attendait, Freddie, le garçon d'étage. Elle considéra son visage flasque parsemé de taches de rousseur en affichant un air d'assurance forcé.

— Vous avez quelque chose pour moi, Freddie ?

Il sourit et lorgna vers l'endroit où le peignoir bâillait. Elle tira sur le vêtement, refermant les pans, et, à regret, il reporta son attention sur un bout de papier qu'il tenait dans sa main.

— C'est au sujet du type qui vous intéresse, Thomson. Celui qui occupe la chambre 1213.

— Alors ? Qu'avez-vous appris ?

— Arrivé hier après-midi à trois heures et quart. Date de départ non précisée, mais il pense rester une semaine au moins. Il est venu de l'aéroport national avec une voiture de location Hertz... une Town Car Lincoln. Il a demandé à être réveillé à sept heures demain matin. Il veut qu'on lui monte son petit déjeuner à huit heures précises. Jambon, œufs brouillés, pain de froment grillé, confiture d'oranges, café décaféiné.

Il avança une main boudinée.

— Vous l'avez, mon petit Andrew Jackson ?

Elle fouilla dans son portefeuille, trouva le billet de vingt dollars et le lui tendit en le tenant entre deux doigts, regimbant à la perspective d'un contact avec sa main.

— Il faut que je sache à qui il téléphone. Vous m'apportez les numéros dès qu'ils apparaissent sur l'écran du moniteur. Sans délai. Si je ne suis pas prévenue dans les vingt minutes qui suivent l'appel, pas de récompense.

Le chasseur glissa le billet dans la poche arrière de son pantalon et feignit l'incertitude.

— Hé, ma petite dame, je suis pas sûr, pour ça. Normalement, j'ai pas accès au terminal qui facture les communications. Ce genre d'histoire, ça pourrait me coûter mon boulot.

— Aucun problème. Si vous ne pouvez pas, j'ai d'autres possibilités.

C'était du bluff, mais Freddie n'en était pas certain. Il la considéra pensivement et décida de ne pas laisser échapper les dollars.

— Bon. Je vais essayer, mais je prends mon service qu'à midi. Je pourrais peut-être demander à un copain d'ouvrir l'œil pour moi demain matin. Un Andrew Jackson par numéro, ça marche ?

— Ça marche. Sauf si Thomson se fait livrer une pizza. N'essayez pas de me rouler. Je sais ce que fabrique ce type, qui il risque d'appeler. Ce que j'ignore, c'est à quel moment. Si vous me fournissez un numéro bidon, je le saurai. Ceux pour qui je travaille n'apprécieront pas du tout. Si vous faites l'idiot, nous vous livrons à la direction de l'hôtel.

Freddie en resta bouche bée ; sa pomme d'Adam frémit. Anne se demanda si elle n'en avait pas trop fait. Vas-y doucement. Si tu la joues trop méchante, il va avoir la trouille et laisser tomber.

— Soyez correct avec moi et je vous demanderai d'autres services.

Elle referma la porte avant qu'il ait pu répondre, et frissonna en repoussant le verrou de sécurité. Ce type, c'était un rebut de l'humanité. Elle avait hâte d'en avoir terminé et de rentrer au Colorado. Elle compta les billets qui restaient dans son portefeuille. Elle allait régler la plupart de ses dépenses avec sa carte de crédit, comme ça, elles pourraient être débitées dans un mois. Si le chasseur lui fournissait plus d'une demi-douzaine de numéros, tout son argent liquide allait y passer. Ce qui, décida-t-elle, serait un problème à affronter en temps voulu. Elle espérait ardemment que sa proie avait des intentions condamnables... suffisamment condamnables pour justifier un coup de téléphone que tous les journaux importants reprendraient. Si Thomson n'avait rien à se reprocher, il lui faudrait longtemps pour éponger les frais de cette petite équipée dispendieuse et plus longtemps encore pour l'oublier.

Le chasseur aux taches de rousseur bougonna une menace en appuyant sur le bouton de l'ascenseur :

— Sale garce prétentieuse. Je vais t'apprendre à traiter Freddie comme un con.

Il afficha un sourire de satisfaction. Il savait exactement ce qu'il allait faire.

Waldo Thomson dormit avec les échantillons sous son oreiller et le petit pistolet sur la table de nuit. Il ne dormit pas profondément ; il rêva de bruyantes scènes de violence, de mares de sang figé, de sombres antichambres d'horreurs inconnues. Il se releva à deux reprises pour vérifier que la porte était bien cadenassée. Plusieurs fois au cours de l'interminable nuit, il chercha anxieusement de la main sous l'oreiller le sac de plastique qui contenait les moitiés brisées d'un disque de la taille d'une pièce de dix *cents*. Lorsque le coup de téléphone programmé lui eut brutalement fait reprendre conscience, il remit les précieux échantillons dans sa ceinture porte-billets. Il la suspendit à la porte de la douche pendant qu'il se tenait sous le jet réglé fort. Il était totalement habillé quand son petit déjeuner arriva, mais ce ne fut qu'avec peu d'intérêt qu'il picora dans les œufs brouillés et il ne parvint à avaler que quelques bouchées de son « jambon fermier frais de Virginie », lequel était certainement arrivé au restaurant de l'hôtel dans une boîte de conserve.

À huit heures quarante le matin suivant, Anne entendit frapper à sa porte. Elle ouvrit en laissant la chaîne de sécurité en place jusqu'à ce qu'elle voie l'uniforme du chasseur. Celui-ci était un jeune Noir qui semblait se situer quelques crans au-dessus de Freddie dans la chaîne de l'évolution. Il arbora un air renfrogné en lui tendant une enveloppe bleue rehaussée de l'adresse en relief de l'hôtel.

— Freddie, il m'a dit que je devais vous apporter ça.

Elle trouva une petite feuille de papier de couleur bleu pâle dans l'enveloppe ; deux numéros de téléphone y avaient été inscrits au stylo à bille. Un de ces appels avait été passé à huit heures vingt-deux, l'autre à huit heures vingt-huit. Elle étudia le visage du jeune homme.

— Il vaudrait mieux que ça ne soit pas de l'arnaque. J'ai déjà expliqué à Freddie...

Il leva les mains en signe de protestation.

— Je sais pas c'que c'est, m'dame. Moi, j'ai rien demandé. Freddie me dit de vous l'apporter, je vous l'apporte.

Elle lui remit deux billets de vingt dollars en espérant qu'il ne s'agissait pas d'une escroquerie. Sinon, elle ne pourrait pas faire grand-chose. Quand la porte fut refermée, elle ôta un de ses clips d'oreilles et composa le premier numéro figurant sur la feuille. Au bout de trois sonneries, une voix féminine répondit :

— Société Zimmelhauf, bonjour. Puis-je vous être utile ?

Une hôtesse fit entrer Waldo Thomson dans le bureau du président. L'homme au front dégarni, entre deux âges, qui se tenait derrière son bureau se leva et tendit une main molle à son visiteur.

— Zimmelhauf, Fritz Zimmelhauf. Ravi de faire votre connaissance.

Thomson lâcha la main du directeur après l'avoir serrée pour la forme.

— Je n'ai pas beaucoup de temps. Venons-en tout de suite aux choses sérieuses.

— Absolument. À ce que j'ai compris, vous avez un travail à faire effectuer en urgence.

— Vous avez bien compris, répondit le physicien abruptement. Faites-moi savoir avec précision, sous quarante-huit heures, quels sont les composants de cette matière, et, en plus de vos honoraires habituels, vous recevrez une prime de dix mille dollars. En argent liquide. De la main à la main.

Zimmelhauf trancha d'un coup de dents son cigare gros

et court, puis s'en débarrassa. Il saisit la main de Thomson et la serra avec enthousiasme.

— Si nous ne vous transmettons pas ces renseignements dans les quarante-huit heures, vous pouvez me chasser jusqu'à Baltimore à coups de pied au cul.

— Baltimore, fit Thomson avec un sourire cruel, c'est vraiment beaucoup trop près.

Anne Foster était à l'affût derrière ses lunettes de soleil. Deux hommes finirent par apparaître à la porte d'entrée et échangèrent une poignée de main. Thomson se glissa au volant de la Lincoln pendant que son compagnon, plus petit, prononçait quelques paroles d'adieu. Elle attendit que la voiture de location se soit perdue dans la circulation avant d'oser s'approcher de l'entrée de la société Zimmelhauf. L'hôtesse d'accueil, qui semblait très occupée, n'en fut pas moins polie.

Anne quitta ses lunettes noires et présenta un sourire éblouissant qui n'eut absolument aucun effet.

— Je suis Anne... Forbes, dit-elle. Du *Post.*

Il fallut un moment pour que cette déclaration fasse son chemin.

— Vous êtes journaliste ? Au *Washington Post* ?

La réceptionniste remit de l'ordre dans ses cheveux, comme si sa visiteuse risquait de sortir un appareil photo d'un instant à l'autre.

— Veuillez m'excuser de faire irruption comme ça, à l'improviste. Je sais que j'aurais dû téléphoner pour prendre rendez-vous, mais j'interviewe tous les gens qui sont implantés dans ce parc technologique et j'ai terminé de bonne heure mon entretien de ce matin. J'ai pensé que j'avais le temps de vous caser avant le déjeuner. Nous préparons un article pour les pages économie de l'édition dominicale, à paraître dans quinze jours, nous étudions la gamme très variée d'entreprises de pointe installées sur le site. Y a-t-il quelqu'un de chez vous qui pourrait m'exposer en quoi consistent vos activités ? Je vous en serais très reconnaissante, et je serais vraiment désolée de ne pas inclure la société Zimmelhauf dans notre étude.

L'hôtesse se tordait littéralement les mains de désespoir.

— Oh, mademoiselle, pas aujourd'hui, j'en ai bien peur. Nous avons une commande importante et le patron fait faire des heures supplémentaires à presque tout le personnel. Je sais seulement que le docteur Zimmelhauf ne va pas avoir le temps de s'entretenir avec vous aujourd'hui. Peut-être si vous repassiez la semaine prochaine...

— Une commande importante ? Je pourrais peut-être ajouter un entrefilet. Vous pourriez me dire...

— Oh, Seigneur, non ! se récria la réceptionniste en blémissant. Je n'aurais pas dû en souffler mot. Nous effectuons beaucoup de travaux pour le *gouvernement*, vous savez, et certains sont ultra-secrets. Je vous en prie, n'allez surtout pas dire que j'en ai parlé. Le docteur Zimmelhauf serait fou de rage !

Anne eut un sourire de connivence.

— Je vous promets de ne pas révéler d'où je tiens cette information si vous acceptez de me dire une chose. Cette commande a-t-elle un rapport avec le monsieur qui est sorti il y a quelques minutes à peine ?

L'hôtesse se mordit la lèvre, jeta un coup d'œil à gauche et à droite, puis murmura :

— Oui. S'il vous plaît, maintenant, oubliez que nous en avons parlé.

17

Thomson fut introduit dans le somptueux bureau d'angle de l'homme de loi à quinze heures précises. Le jeune homme, svelte et athlétique dans un onéreux complet coupé sur mesure, lui serra la main avec un empressement soigneusement dosé. Un plateau présentant carafons en argent, tasses de porcelaine, crackers de luxe et petits cubes de fromage importé était posé sur une table de conférence. L'avocat versa à son visiteur un thé Red Zinger aux senteurs célestes dans une tasse décorée d'un envol de minuscules papillons bleus.

— J'ai gardé le souvenir, suite à notre conversation téléphonique, que vous êtes persuadé... qu'il s'agit, en l'occurrence, d'une découverte capitale.

Le physicien accepta la tasse fragile et en huma les odorants effluves.

— La demande de brevet doit être enregistrée immédiatement.

L'avocat se pencha en avant, joignit les mains et posa les coudes sur l'épaisse plaque de verre qui protégeait la surface vernie de son impeccable bureau en noyer.

— Vous comprenez, nous avons déjà beaucoup de dossiers en retard...

Le visiteur avala une petite gorgée du chaud breuvage rouge.

— Bien sûr. Mais vous allez faire passer ce dossier en priorité.

L'avocat s'éclaircit nerveusement la gorge.

— Je doute fort que cela soit possible.

Le physicien sortit de sa mallette une épaisse enveloppe en papier kraft qu'il lança sur le bureau. L'avocat la considéra en clignant des yeux ; une veine sombre se mit à battre à son front.

— Cette enveloppe, fit Thomson, est bourrée de billets de vingt dollars neufs. Cinq cents billets de vingt dollars.

Le jeune homme toucha l'enveloppe ; sa main tremblait.

— Normalement, nous ne recevons pas nos honoraires en liquide...

— Cette enveloppe, répliqua Thomson d'un ton sec, n'a rien à voir avec vos honoraires. Disons plutôt qu'il s'agit d'un bonus. Si quelqu'un aborde le sujet, je ne suis pas au courant.

— Il ne me serait peut-être pas impossible d'y travailler la nuit, dit l'avocat en rangeant l'enveloppe dans un des tiroirs de son bureau et en le fermant à clé.

— Je me disais bien que la logique des choses vous apparaîtrait, répondit le physicien sur un ton neutre.

Thomson venait à peine de tourner le verrou de sa chambre d'hôtel quand quelqu'un frappa à sa porte. Il ouvrit et se trouva face à un chasseur en uniforme au comble de l'agitation qui se tordait les mains.

— 'jour. Mon nom, c'est Freddie.

L'employé jeta un regard nerveux à droite et à gauche dans le couloir ; son visage blême était trempé de sueur.

— Est-ce que nous pouvons parler, monsieur ?

Thomson recula d'un pas.

— Parler ? Vous et moi ? Je me demande bien de quoi.

Le chasseur, sans attendre d'y être invité, entra en frôlant le scientifique et repoussa la porte.

La voix du professeur se fit perçante :

— Non mais dites donc... à quoi cela rime-t-il ?

— Peut-être, suggéra Freddie, qu'on va pouvoir s'entendre. J'ai certaines informations qui pourraient vous intéresser.

Thomson considéra avec circonspection l'impudent auteur de cette intrusion.

— Quel genre d'informations ?

Freddie afficha son sourire d'opossum tout en dents.

— C'est pour la rouquine du deuxième. Une jolie petite renarde. Elle a pas arrêté de me poser plein de questions sur vous. Si j'y trouve mon compte, je vous dirai ce que je sais sur elle.

Thomson prit à peine conscience du départ silencieux de son visiteur. Il fixait sans comprendre le nom inscrit sur le papier. Anne Foster, 211 Copper Lane, Granite Creek, Colorado. Ce nom lui était vaguement familier ; son cerveau s'efforça de trouver en mémoire le fichier lui permettant de l'associer à une personne. La batterie de neurones adéquats s'activa. Tout s'enclencha. Bien sûr. Anne Foster. Le nom qui figurait au-dessus de la chronique dominicale du *Granite Creek Adviser*. La rousse sexy qui avait interviewé tout le monde dans le département de physique sur la mort prématurée de Priscilla Song.

Il avait suivi les instructions ; tout, jusqu'ici, avait fonctionné à la perfection. Il s'assit lourdement sur le lit et regarda avec colère le papier, comme si, par quelque magie due à la concentration, il pouvait le contraindre à lui fournir davantage de renseignements. Que faisait à Washington une reporter travaillant pour le journal d'une petite ville ? La photocopie du registre des arrivées indiquait qu'elle s'était présentée vingt-quatre heures après lui. Était-ce une coïncidence incroyable qu'elle se trouve en ce lieu, dans le même hôtel, à la même date ? Il se calma et envisagea les différentes possibilités. Cette jeune femme était probablement venue ici pour couvrir quelque événement ; c'était assurément une coïncidence. Elle l'avait aperçu dans le hall de l'hôtel, sa curiosité professionnelle en avait été éveillée et elle avait soudoyé le chasseur pour obtenir des informations. Mais pourquoi ? Elle ne pouvait vraiment pas se douter du but véritable de sa présence à Washington ; elle devait donc en être réduite aux suppositions. Et si, malgré tout, elle réussissait à apprendre quelque chose sur ce qu'il faisait ici ? Bientôt, de toute façon, cela serait connu de tous. Quelques jours après l'enregistrement de la demande de brevet, il n'y aurait plus aucune raison de se cacher ainsi. Le moment serait venu de la grande révélation ! Mais, en dépit de ces raisonnements, il avait le sentiment qu'il se passait quelque chose de très grave.

Quand il pénétra dans la salle à manger de l'établissement, il fut ravi de voir le petit contingent venu du Rocky Mountain Polytechnic déjà attablé. Arnold Dexter dominait la conversation ; Harry Presley essayait de briser la carapace d'un homard. Thomson avait été tellement obnubilé par l'urgence de ses préoccupations qu'il en avait oublié le congrès de la Société de physique d'Amérique du Nord. Le guichet d'inscription des participants enregistrait déjà l'arrivée de plusieurs personnes et la séance plénière devait débuter à huit heures précises le lendemain matin. Au moment où il s'approchait de leur table, Presley leva les yeux et esquissa son sourire de cadavre. Arnold Dexter se mit debout, prononça une phrase banale et lui tendit la main. Presley avala une gorgée de vin rouge et lui adressa un petit salut de sa main jaune et maigre.

— Content de te voir, Waldo. Comment ça se passe ?

— Ça se passe bien, répondit Thomson sans conviction.

La journée avait été très calme. Parris était en chaussettes. Il avait ouvert une nouvelle boîte de cirage pour selles et appliquait généreusement le produit crémeux sur le cuir raide de ses bottes neuves. C'était un plaisir simple que de faire pénétrer la cire jaune en profondeur, ce qui assouplirait la botte et permettrait au cuir de se dilater pour s'adapter aux contours de son pied démesuré.

— Chef !

Il leva un regard consterné pour découvrir la silhouette corpulente de E.C. « Piggy » Slocum qui bloquait toute l'entrée de son bureau.

— Qu'y a-t-il ?

Piggy marmonna quelque chose au sujet d'un coup de fil et sortit en claquant la porte derrière lui. Slocum remplissait les fonctions de standardiste, et il préférait venir dans le bureau de son chef plutôt que d'utiliser l'interphone parce qu'il éprouvait des difficultés avec toutes ces touches.

Parris appuya sur le voyant lumineux du clavier de son téléphone et colla le récepteur contre son oreille.

— Ouais ? fit-il.

— Ouais ? En voilà un accueil. J'espérais mieux.

Au son de cette voix, son corps tout entier fut parcouru d'étincelles fulgurantes.

— Anne ! Je n'arrête pas de laisser des messages sur ton répondeur...

— Je suis à Washington. Enfin, pas exactement. C'est le Maryland, mais en deçà de la ceinture périphérique.

Parris s'adossa et posa ses pieds déchaussés sur son bureau.

— Washington ? Qu'est-ce qui a bien pu t'attirer dans ce lieu de perdition ?

Il y eut un silence lourd de sens avant qu'elle réponde. Parris sentit que quelque chose était imminent. Quelque chose qui n'allait pas lui plaire. Est-ce qu'elle avait un nouvel emploi ? Un travail qui allait les séparer presque aussi totalement qu'il l'était de Helen ? Était-ce le baiser qui tue ?

— Je suis ici pour mon travail.

— Ah, bon. Pour le travail, hein ? Tu t'es trouvé un boulot plus intéressant ?

Il essayait de donner l'impression que cela n'avait pas d'importance.

— Un nouveau travail ? Ne dis pas de bêtises.

Elle rit, et il sentit le soulagement déferler en lui comme une cascade.

— Je suis venue ici avec l'intention de suivre Waldo Thomson, je me suis dit qu'il jouait peut-être un rôle dans cette histoire de drogue à l'université.

Elle poursuivit sur le ton de la plaisanterie :

— J'espérais un rendez-vous clandestin avec un Colombien patibulaire, mais rien d'aussi passionnant. Il s'est rendu dans deux entreprises locales et il a rencontré des citoyens sans histoires. C'est sans doute une quête illusoire, mais je vais pousser encore un peu mes recherches avant de reprendre le chemin de l'Ouest.

Il le sentit, le signe avant-coureur de l'Effroi. Ces doigts froids, ces doigts décharnés qui lui frôlaient la nuque.

— Écoute, ma chérie, ce n'est pas à toi de suivre quelqu'un qui est susceptible de jouer un rôle dans un trafic de drogue international. Laisse ce genre d'âneries aux professionnels.

La remarque entraîna une pointe d'irritation dans la voix de la journaliste :

— Mais je suis une professionnelle. De toute façon, il semble être ici pour des raisons tout à fait banales. Je t'expliquerai tout ça quand on se verra.

L'Effroi se logea dans son abdomen. Il refoula l'envie de hurler dans le combiné, mais sa voix avait la dureté du silex quand il répondit :

— Tu n'as pas l'air de comprendre. Si Thomson est réellement impliqué dans une quelconque affaire de drogue, tu pourrais te...

— Ne te tracasse pas pour moi. Je suis la prudence même. Je vais me livrer à quelques vérifications supplémentaires et je rentre.

Il était debout maintenant. Oubliant qu'il était pieds nus, il expédia un coup dans son bureau, et poussa un glapissement de douleur.

Anne s'inquiéta :

— Qu'est-ce qu'il y a ? Que s'est-il passé ? Tu es blessé ?

Il s'assit et se massa le gros orteil.

— Une vieille blessure que je me suis faite au foot, grommela-t-il d'une voix sinistre, rien de comparable avec ce qui va t'arriver quand je vais te mettre la main dessus.

— Ah bon, répondit-elle dans un murmure de feinte provocation, tu as l'intention de me fesser ?

Malgré sa colère et la douleur lancinante de son orteil tordu, il sourit.

— Tu es folle. Tu le sais, ça ? Je veux un rapport détaillé à ton retour, mais sois prudente...

— Écoute, éternel inquiet, maintenant, je sais que ce n'est pas toi que je dois appeler quand j'ai besoin d'un mot d'encouragement. Tu t'y connais pour mettre le moral de quelqu'un à zéro.

Il ferma les yeux et tenta de se représenter son visage.

— Rentre. On fera un bon repas, on sera ensemble.

Elle baissa la voix et murmura :

— Tu sais... je ne pense qu'à ça. À dans deux ou trois jours.

Il approcha la flamme d'une nouvelle cigarette et aspira profondément. Il faisait un froid âpre et mordant. Il boutonnait son manteau jusqu'au cou lorsqu'il sentit sa présence. La Voix, d'ordinaire, était dans sa tête, mais cette fois elle semblait prendre naissance près de son épaule gauche, comme si cette entité immatérielle se déplaçait en même temps que lui. Il jeta un coup d'œil sur sa gauche et crut entrevoir une silhouette floue, mais cette apparition disparut aussitôt dans les cristaux de neige qui tourbillonnaient en flocons. Il n'interrompit pas sa progression rapide dans la rue glaciale ; il lui tardait d'arriver à l'hôtel.

— Elle est là, dit-il à la Voix. Je l'ai vue.

La présence malfaisante lui conseilla exactement ce qu'il devait faire pour Anne Foster.

Maintenant qu'il s'était approprié la précieuse découverte de sa victime, il ne voulait pas prendre de risques superflus. Il souffla une bouffée de fumée.

— Et si je me fais prendre ?

La Voix lui rappela qu'il avait connu le doute avant de tuer Priscilla mais que la police recherchait actuellement le Mexicain. C'était vrai. La Voix ne lui avait-elle pas indiqué sur quel manche de tournevis se trouvaient les empreintes de Pacheco et comment voler l'outil dans sa boîte pendant que l'attention du réparateur était détournée ?

— La découverte qu'elle a faite m'appartient désormais, dit-il. Je ne veux pas courir de risques supplémentaires, et peut-être finir en prison.

Il laissa tomber son mégot de cigarette sur le trottoir verglacé et l'écrasa sous son talon. Une fois que toute cette histoire serait définitivement réglée, il se promettait d'arrêter à nouveau de fumer ; pour de bon, cette fois.

La Voix adopta un rythme apaisant, lui proposa de lui fournir la preuve de sa capacité à le protéger.

— La preuve, se dit-il tout bas, voilà qui serait bien.

La journée avait été longue. L'employée de la Boutique Minute espérait partir de bonne heure et avoir un temps d'avance sur la tempête qui n'allait pas tarder à transformer la capitale en patinoire. Il n'y avait plus guère de clients et c'était bon signe. Si le magasin se vidait dans les vingt prochaines minutes, elle pourrait fermer en avance. La jeune Noire, que ce travail morne ennuyait, exerçait son esprit vif à étudier tous ses clients. Elle s'efforçait de deviner à quoi ils destinaient leurs achats, tentait d'imaginer de quelle façon chacun de ces objets pourrait servir à leur survie quotidienne dans la ville. Elle observa le dernier venu. Il avait visiblement du temps à tuer. Il allait et venait entre les rayons, choisissant un article ici, un autre là. Il avait moins d'une douzaine de marchandises dans son panier en plastique rouge quand il le poussa devant elle sur le comptoir de la caisse. Le contenu ne ressemblait à aucun assortiment ordinaire. Elle fit passer tous ses achats devant le rayon laser qui déchiffrait les codes-barres, calculait le prix et rectifiait les données pour l'inventaire. Des cigarettes. Une boîte de noix de cajou premier choix. Un rouleau de cordon en nylon. Une carte de la ville de Washington et de l'État du Maryland. Il n'y avait rien de surprenant à ce qu'il soit un touriste ; sa veste avait une coupe qui rappelait bien l'ouest du pays. Sans oublier, bien sûr, la cravate-lacet.

Elle marqua une pause en arrivant au dernier article et adressa un sourire timide au client.

— Ah, tiens. On en vend surtout à la saison des piqueniques, je ne savais pas qu'il en restait encore en rayon.

Les lèvres du client se crispèrent. L'employée détourna le regard de son visage en plaçant le dernier achat dans le sac en plastique. Elle avait appris que les réactions de certains étaient difficiles à prévoir. Pour rien au monde ils n'ouvriraient la bouche afin de prononcer une parole amicale ; ils ne lèveraient pas le petit doigt pour vous venir en aide en cas de danger. Et le genre de trucs qu'ils allaient acheter ! Elle se demanda quelle raison quelqu'un pouvait bien avoir d'acheter un pic à glace en cette saison.

18

La jeune femme, lasse, enfila son imperméable de toile fine sur son pull de ski en laine et passa un lourd sac à main sur son bras. Quand elle ferma à clé la porte de la Boutique Minute et fit face à la rue déserte, un vent glacial lui coupa le souffle. Elle boutonna le col de son imperméable et prit vers le sud en direction de la station de métro Takoma. La neige fondue et froide s'insinua dans ses chaussures rouges imitation cuir et investit l'espace entre ses orteils qui devinrent immédiatement douloureux. Nullement prise au dépourvu par les rudes automnes de Washington, elle poursuivit stoïquement son chemin ; le poteau marron qui signalait la station de métro de la Ligne Rouge n'était qu'à cinq rues de là. Dans une demi-heure, elle serait chez elle. Elle imagina un bol fumant de bouillon de poulet au vermicelle, le bien-être d'un bain chaud. Mais elle avait surtout envie de dormir. D'un sommeil sans rêves.

Elle l'aurait entendu approcher s'il n'y avait pas eu de vent. La tempête hurlait et poussait des cris déchirants tel un chœur de démons, couvrant les bruits habituels de la ville. Elle sentit le solide cordon de nylon au moment où il passait devant son visage, et crut qu'il s'était détaché du capuchon de son imperméable. Elle tenta de l'écarter avec sa main gantée. Quand il se resserra autour de son cou, elle voulut crier, mais n'y parvint pas. Cela n'aurait rien changé ; le vent aurait englouti ses cris.

Pendant qu'elle se débattait, un policier à moto apparut au croisement suivant, à quelques mètres à peine. L'agent freina aux feux et tourna la tête vers elle tout en réglant la sangle de son casque. Il semblait aveugle, totalement inconscient du fait qu'une administrée était victime d'une agression à un jet de pierre de lui. Dans son esprit, elle hurla : *Pourquoi vous ne me voyez pas ? Je suis dans la lumière, ici, sous le lampadaire !* Le feu passa au vert. Le policier actionna calmement l'accélérateur au guidon, souleva sa botte noire qui reposait sur la chaussée et s'éloigna rapidement dans un tourbillon de flocons de neige. La femme terrifiée décrivit un arc de cercle avec son sac au-dessus de sa tête, dans une vaine tentative pour frapper son agresseur, et le contenu s'éparpilla au bord du trottoir.

Le cordon se resserra si fort qu'il lui devint impossible de respirer ; elle sentit des cartilages qui cédaient dans sa gorge. Elle perdit connaissance en quelques secondes, ce qui fut une chance pour elle. Elle n'eut pas conscience qu'un fin cylindre d'acier s'enfonçait entre ses côtes et perforait la paroi de son cœur affolé.

À présent, la femme fatiguée dormait. D'un sommeil sans rêves.

Le possédé demeura debout à jubiler au-dessus du corps torturé, tel un artiste sans grand talent qui aurait finalement réussi un chef-d'œuvre. Égaré en pleine extase, il n'avait pas conscience des larmes qui laissaient des traces mouillées sur ses joues. Le policier avait regardé tout droit dans sa direction pendant qu'il étranglait sa victime, mais il n'avait rien vu. Désormais, il en était convaincu : la Voix n'était pas un symptôme de folie. La Voix était source de puissance... d'une puissance immense.

Il ne nourrissait plus la moindre crainte d'être appréhendé. Avec des gestes d'un calme absolu, il s'accroupit et dégagea le cordon en nylon qui entourait le cou frêle de la jeune femme. La tête bascula sur le côté, comme celle d'une poupée ; les yeux sans expression fixaient les ténèbres. Il roula soigneusement en boule le cordon, l'enfonça dans la poche de son manteau. Il retira le pic à glace planté dans la poitrine de sa victime, l'essuya sur le visage du cadavre pour en faire disparaître le sang. Il répéta le même geste à plusieurs reprises, laissant sur ses joues des traînées qui lui firent penser à des peintures de guerre indiennes. Ce qui lui sembla tout à coup extrêmement amusant. Il gloussa, silencieusement d'abord, puis, au fur et à mesure qu'il prenait conscience du comique de la situation, il se prit à rire tout fort.

C'était pour lui un immense soulagement de savoir que la Voix était une réalité objective. De savoir avec certitude qu'il n'était pas fou.

Elle n'avait plus rien à faire à Washington, mais il ne lui avait pas été possible d'obtenir avant le lendemain matin une place sur un vol avec correspondance pour Denver. Anne avait retenu une table pour dîner dans un restaurant italien quatre étoiles d'Arlington. Dès l'instant où elle avait quitté le garage de l'hôtel, tandis qu'elle traversait le Potomac par le pont Teddy Roosevelt, et même alors qu'elle garait la voiture de location au restaurant, elle l'avait senti. Quelqu'un l'épiait. Quelqu'un la suivait.

Elle resta assise dans la voiture à surveiller les alentours. Et à attendre. De temps à autre, un véhicule creusait son sillon dans la gadoue de la rue mais personne ne s'engagea sur le parking après elle. Elle ferma les yeux et s'efforça de brider son imagination débordante. Ce n'était qu'un accès de nervosité. Pourquoi la suivrait-on ? Thomson n'avait assurément pas la moindre idée qu'elle était à Washington. Elle retira la clef de contact, la mit dans son sac, ouvrit la portière et posa prudemment le pied sur l'asphalte. Elle était, se dit-elle, en totale sécurité. À moins qu'elle ne glisse sur cette répugnante couche de glace imprégnée d'huile !

Anne n'entendit pas l'homme qui surgissait de l'ombre

et s'approchait d'elle. Tout fut terminé le temps de quelques battements de cœur.

Parris dormait ; il rêvait aussi. Il était assis dans une petite barque munie de rames sur un lac dont la surface réfléchissante ressemblait à un miroir vert. Pas une ride. Pas un souci. Le soleil lui chauffait le visage tandis qu'il lançait sa ligne près de feuilles de nénuphar géantes. La canne se courba pour dessiner un U. Le moulinet bourdonna au moment où le poisson entraîna dans les profondeurs de l'eau immobile le Rapala orange flottant. Il essaya d'actionner la manivelle, mais la ligne continua à se dérouler. La truite avait saisi l'appât mais le moulinet ne fonctionnait pas. Il commença à émettre des sonneries intermittentes. Pourquoi, s'interrogea Parris avec détachement, un moulinet faisait-il des sons aussi étranges ? Les moulinets de pêche bourdonnent ou cliquettent, mais ils ne sonnent pas. Ce sont les téléphones qui sonnent.

Il roula sur le dos. Saloperie d'appareil ! Demain, il allait appeler Mountain Bell pour demander à être sur liste rouge. Non, cela ne serait pas très opportun, pas pour le chef de la police. Il y avait d'autres solutions. Il débrancherait cet engin infernal quand il se mettrait au lit. S'ils avaient besoin de lui au poste de police, ils n'auraient qu'à prendre un véhicule et venir frapper à sa porte, bordel ! Il plissa les yeux pour regarder les chiffres rouges du radio-réveil et gémit. Presque deux heures du matin. Il appliqua le combiné contre son oreille et poussa un grognement.

— C'est vous, chef ? Knox, à l'appareil. Désolé d'appeler si tard, mais...

Parris fut aussitôt en éveil. Même cet insolent de Knox ne l'appellerait pas à une heure pareille pour bavarder sans raison particulière. Il se redressa sur un coude.

— Qu'est-ce qui se passe ?

— Un flic de là-bas, dans l'Est, qui est en ligne. J'ai pensé qu'il valait mieux qu'il vous parle à vous, alors je l'ai branché sur « conférence ».

Le ton de Knox était très professionnel par rapport à d'habitude.

Parris s'assit dans le lit et posa les pieds sur la moquette.

— Allez-y, Knox.

— Bien reçu.

Il y eut un cliquetis quand le sergent appuya sur les boutons. La main de Parris tremblait légèrement en serrant l'appareil.

— Allô ! Il y a quelqu'un sur la ligne ?

La liaison était parfaite, la voix aurait pu venir de la pièce voisine.

— Allô ! Chef Parris ? Agent Jerome Sloan, police du district de Columbia.

Parris sentit ses mains se glacer, tandis que le sang fuyait l'extrémité de ses doigts.

— Vous appelez... de Washington ?

— Affirmatif. Écoutez, une de vos administrées a été conduite à l'hôpital, au Centre médical universitaire Howard. Mauvaises nouvelles. Étranglée et poignardée.

C'était la procédure réglementaire que de contacter la police du lieu de résidence afin qu'elle puisse prévenir la famille de la victime. Parris savait pourquoi Knox lui avait transmis l'appel. Il le savait, mais il devait poser la question :

— Quelle est l'identité de la victime ?

— Euh... fit Sloan en se raclant nerveusement la gorge, ce qu'il y a de sûr, c'est qu'elle n'est pas en état de s'exprimer, mais ses papiers d'identité sont au nom d'Anne Foster. L'agent Knox me dit que... euh... que vous la connaissez.

Le téléphone faillit lui échapper ; il dut faire un effort pour parler sans tremblement dans la voix :

— Ouais.

Un vide glacial envahit ses entrailles.

— Je la connais.

L'homme qui était empli de ténèbres leva le pied de l'accélérateur et le posa légèrement sur le frein. La voiture ralentit progressivement et avança au pas. Il freina à nouveau et actionna une commande sur la portière pour abaisser la vitre avant droite. Il leva le regard vers son rétroviseur. Aucun phare n'était visible dans le tourbillon de neige derrière lui ; un camion arriva en sens opposé et le dépassa.

Il était en plein milieu du pont du Mémorial d'Arlington. Il dégrafa sa ceinture de sécurité, saisit le pic à glace par sa pointe métallique et le jeta au loin, par la vitre ouverte, dans les eaux noires du Potomac. Ce petit exercice physique lui procura un intense plaisir. L'air froid qui s'engouffrait dans le véhicule chaud était stimulant. Il ne s'était jamais senti aussi maître de lui. Il sortit de la poche de son manteau le cordon en nylon roulé en boule et le lança par la vitre.

Il n'avait pas entendu la Voix depuis qu'il avait plongé le pic à glace dans la poitrine d'Anne Foster. Ce n'était pas un problème. Il avait la sensation de contrôler parfaitement sa vie ; dans l'immédiat, il n'avait pas besoin de sa conseillère. Quand il en aurait besoin, il savait que la Voix serait là.

Le policier plein de compassion attendait Parris à l'aéroport national et il le conduisit à l'hôpital de l'université Howard. Ils avaient effectué la moitié du parcours et ni l'un ni l'autre n'avait encore prononcé une parole.

Le sergent Sloan, les yeux rivés sur les rues envahies de neige fondue, rompit le silence :

— Le sergent Knox, il m'a dit que vous et cette femme...

Sa voix se tut, se fondant dans le murmure de la circulation de fin de soirée.

— Ouais.

Parris ferma les poings. Il avait envie de casser quelque chose. N'importe quoi.

— Désolé, mon vieux. C'est dur.

— On a une idée sur son agresseur ?

Parris avait ses idées à lui, mais il valait mieux découvrir comment la police locale voyait les choses.

Le sergent fut soulagé de voir la conversation dévier vers l'enquête.

— Aucun suspect. Nous pensons qu'il s'agit d'une attaque due au hasard. Même façon de procéder que pour une autre agression, le même soir, à Silver Spring. La première victime était une Noire approchant de la trentaine, employée dans un magasin d'articles bon marché. Larynx écrasé, ventricule gauche perforé. Décédée presque instantanément.

— Vous êtes sûr que c'était le même...

— Aussi sûr que la mort existe et que les impôts augmentent. Les deux victimes ont été étranglées avec des cordons en nylon. Nous disposons d'échantillons de fibres, pour chacune de ces agressions, qui proviennent vraisemblablement du pardessus du criminel. Ils correspondent parfaitement. Les deux victimes ont été frappées à la poitrine avec un pic à glace ou un objet qui y ressemble fort. Aucune tentative de vol ou de viol. Il ne s'est pas écoulé plus de deux heures entre les deux attaques.

Après quelques instants de silence, le policier ajouta :

— Mon capitaine s'inquiète. Si les journaux établissent un lien entre les deux, ils vont se mettre à proclamer : « Tueur en série dans l'enceinte de la capitale ». Fils de Sam, sectes diaboliques..., vous connaissez ce genre de choses. On n'en verra jamais la fin.

C'était un appel indirect à Parris pour qu'il évite toute déclaration publique susceptible de déclencher un mouvement de panique ; il ne se donna pas la peine de répondre. Les soucis du capitaine de la police du district de Columbia quant à une publicité néfaste étaient dérisoires en regard du poids qui pesait lourdement sur sa poitrine.

Parris essayait de réfléchir, mais il n'avait pas dormi trois heures durant les dernières quarante-huit heures. Deux femmes. Étranglées et poignardées. Comme Priscilla Song. Mais ce n'était pas exactement pareil. L'assassin de Priscilla l'avait étranglée de ses mains, pas avec un cordon. Priscilla avait reçu un coup de poignard dans l'œil. La vendeuse... et Anne... avaient été poignardées à la poitrine. De grandes similitudes apparaissaient et pourtant, que penserait Sloan s'il insinuait qu'un professeur de physique actuellement en déplacement à Washington était coupable de ces actes criminels ? Mais pourquoi le chercheur irait-il tuer une femme qui travaillait dans un commerce de proximité ? Seul un dément tuerait sans raison une personne qui lui était inconnue. Thomson se faisait peut-être quelques dollars grâce au trafic de drogue, mais il n'était pas fou. Le sergent Sloan devait avoir raison. Il s'agissait d'un hasard. C'était par pure coïncidence qu'Anne, lancée à la poursuite d'un individu soupçonné de trafic de stupéfiants, avait croisé la route d'un tueur fou. La capitale fédérale n'était certes pas en manque d'assassins. Anne était simplement la dernière victime en date.

Parris suivit le sergent Sloan dans les profondeurs de l'hôpital du Centre médical universitaire Howard. La majorité du personnel, des étudiants aux infirmières et aux médecins, était composée de Noirs. Le médecin qui avait rédigé pour la police le rapport concernant Anne était un petit Portoricain grassouillet qui avait un très léger défaut de prononciation. Avec l'indifférence du praticien, il décrivit les traces imprimées par le cordon sur le cou de la victime et l'orifice minuscule par lequel la poitrine avait été perforée sur une douzaine de centimètres de profondeur au moins. Après avoir achevé son rapport, le médecin passa à l'aspect administratif :

— Nous avons établi provisoirement l'identité de la victime en nous basant sur son permis de conduire. Vous pourriez peut-être nous permettre d'obtenir confirmation...

Parris acquiesça sans prononcer un mot. Cette entrevue,

les inflexions de la voix de cet homme... tout cela paraissait aussi faux qu'un rêve. Un mauvais rêve.

Les policiers laissèrent le médecin s'occuper de la victime d'un accident et s'arrêtèrent finalement devant une lourde porte verte. Le sergent Jerome Sloan s'écarta, les yeux fixés sur le linoléum craquelé.

— Si ça ne vous fait rien, je préférerais attendre ici. (Il frissonna.) Je n'ai jamais aimé ce genre d'endroit.

Parris ne répondit pas. Il poussa la porte verte. Quand ses yeux se furent habitués à l'éclairage diffus, il aperçut la silhouette qui gisait, enveloppée dans un drap bleu clair, tout au fond de cette salle sans fenêtre. Les talons de ses bottes firent un bruit caverneux tandis qu'il s'approchait de la forme immobile. Il se força à tendre la main et se saisit du drap qu'il rabattit juste en dessous des épaules. Elle lui apparut pratiquement telle qu'il se l'était représentée ; les yeux clos comme dans un sommeil sans rêves. Une longue meurtrissure courbe entourait la tendre blancheur de son cou comme un collier d'un bleu foncé. Il toucha son visage, lui caressant la joue avec deux doigts.

Les paupières d'Anne frémirent, puis se soulevèrent.

— Salut, flicard, murmura-t-elle.

Il serra sa main pâle.

— Le docteur m'a dit que tu étais sous sédatifs et que tu ne te réveillerais sans doute pas avant demain matin. Je me suis dit que j'allais rester dans les parages et veiller sur toi.

— Tais-toi, prononça-t-elle d'une voix faible, et embrasse-moi. Sur la bouche.

Il s'exécuta.

Le médecin portoricain entra à pas silencieux dans la pièce. Il toussota pour annoncer sa présence et sourit.

— Je ne suis que son médecin, mais je crois que notre patiente a besoin de repos.

Parris posa un baiser léger sur le front d'Anne et suivit le docteur vers la porte.

— Si j'ai bien compris, il s'en est fallu de peu.

— Elle a de la chance d'être au nombre des vivants. La perforation a manqué le cœur de moins d'un centimètre.

Il plaça son index juste au-dessus de l'extrémité de son pouce pour illustrer son propos.

— On peut s'estimer heureux que ce salaud ait mal visé.

Le médecin sourit avec fierté, tel un petit garçon qui connaît un secret merveilleux.

— Ce n'est pas qu'il ait mal visé, il était en plein sur le cœur.

Il sortit un objet de sa poche, le déposa dans la paume de Parris.

— Elle portait ça autour du cou. Vous voyez cette petite trace métallique, sur la pierre ? Elle a fait dévier l'arme juste assez...

Parris inclina le pendentif de quartz rose pour obtenir le reflet voulu à la lumière des tubes fluorescents. Effectivement, il la vit... une marque laissée par l'acier, fine comme un cheveu, à l'endroit où le pic à glace avait ripé sur la surface polie du quartz dur. La survie d'Anne n'était pas un hasard. Sa vie était un don du vieil Indien qui avait eu un problème de radiateur ; de cet homme, prophète mineur, qui s'était volatilisé dans l'air raréfié du désert sur la Route 64.

19

Claude Potter-Evans était mentalement épuisé ; il s'appuya au dossier de son fauteuil à bascule et se frotta les yeux. Il avait travaillé sur l'ordinateur de la bibliothèque du comté, l'avait programmé pour essayer des dizaines de mots-clés potentiels. Il avait étudié le message « z f r c y r t » avec des systèmes de transposition, de substitution, des digrammes, des trigrammes, des tableaux carrés Vigenère et des codes Playfair. Chacune de ses tentatives avait échoué. Toute cette recherche représentait une perte d'heures précieuses. Il avait bien dit au policier que c'était absurde. On ne peut pas décrypter un code digne de ce nom en ne disposant que de sept lettres. À son âge surtout, il y avait de bien meilleures façons d'occuper son temps : marcher dans la forêt, préparer un civet de lièvre, lire un livre intéressant. Aller rendre une visite nocturne à Madeline dans son appartement. Mais pas de temps à perdre dans des entreprises condamnées d'avance. Le vieil homme s'extirpa péniblement de son fauteuil et écarta le rideau d'une petite fenêtre pour observer sa « propriété ». Une brise légère bruissait dans les branches de l'épicéa ; un geai bleu s'en prenait à un écureuil roux aux oreilles coiffées d'une touffe ; des nuages qui ressemblaient à de la guimauve restaient empalés au sommet de Salt Mountain. Mais il ne parvenait pas à chasser ce message de son esprit. Si la jeune femme l'avait codé alors qu'elle se trouvait dans un état de tension extrême, ça devait être quelque chose de simple. Quelque chose de *très* simple. Elle était soumise à une pression monstrueuse, elle savait peut-être que sa fin était proche. Comment aurait-elle pu rester calme dans des circonstances pareilles, suffisamment calme pour coder son ultime message à ceux qui allaient s'interroger sur son destin cruel ?

Cette énigme l'avait obsédé, privé de sommeil, lui avait fait perdre son solide appétit habituel. C'était comme pendant la guerre, où il avait été à deux doigts de la solution mais incapable de la voir. Il baissa la tête sous le coup de la déception. « Je suis un imbécile... C'était vraiment une erreur totale de me laisser embringuer dans cette histoire absurde, par saint George. Si seulement je pouvais mettre le doigt dessus... » Il s'arrêta et regarda ses mains. Erreur... le doigt dessus. Il se souvint d'un détail apparemment sans importance dans le cursus de la jeune femme. Priscilla Song avait suivi des cours de dactylographie pendant deux semestres. La victime savait taper à la machine. Une vraie dactylo ne regarde pas le clavier comme les gens qui frappent avec deux doigts. Ces derniers peuvent commettre une erreur de lettre par-ci, par-là, mais une dactylo entraînée tapera plusieurs mots complètement incompréhensibles avant de s'apercevoir que ses doigts ne sont pas positionnés correctement sur le clavier. Potter-Evans en resta bouche bée et s'écria : « Oh, ce n'est pas possible... comment ai-je pu passer à côté de quelque chose d'aussi simple ! » Et s'il n'y avait jamais eu de code ?... Si c'était juste une *erreur*, par saint George !

Le vieil homme se hâta de regagner son établi. Intentionnellement, il plaça ses mains une rangée trop haut sur le clavier de sa machine à écrire antédiluvienne, ferma les yeux et tapa « z f r c y r t », comme si ses doigts se trouvaient dans la position correcte. Ce qui produisit une série de lettres indéchiffrable, de même que ses deuxième, troisième et quatrième essais. À la cinquième tentative, il démarra sur la position orthodoxe, puis décala ses doigts d'une touche sur la droite ; le z devint un x. S'ensuivit un nouveau charabia. À l'essai suivant, il se décala d'une touche à gauche. De cette manière, il pourrait « décoder » le message mystérieux si, accidentellement ou intentionnellement, la victime avait placé ses doigts un cran trop loin sur la droite. Il tapa « z f r c y r t ». Le z fut remplacé par une pression sur la touche des majuscules. Bien sûr... pour taper la première lettre d'un nom propre en majuscule ! Ce serait le réflexe normal de quelqu'un qui a reçu une formation de dactylo, quand bien même il se trouverait dans un état de tension extrême. Au lieu des sept lettres du « message codé », seules six lettres apparurent. Un nom. Inutile de consulter la longue liste ; c'était un nom très familier.

— Ha, ha... Ha, ha ! Par tous les dieux de l'Olympe ! rugit le vieil homme en dansant sur les lattes de bois de son plancher.

Ses exclamations de triomphe se répercutèrent dans la forêt :

— J'ai réussi ! Par Jupiter, j'ai *réussi* !

Ils étaient arrivés à Granite Creek au coucher du soleil. Le teint d'Anne était plus pâle qu'à l'accoutumée, mais, à part une impression de faiblesse généralisée et un manque de souffle, son rétablissement était remarquable. Elle avait fait arrêter Parris au supermarché où elle avait choisi deux steaks, des pommes de terre de l'Idaho et un exemplaire du journal qui l'employait. Ils se trouvaient maintenant dans sa cuisine, les steaks étaient dans le four et Parris venait de le régler sur gril lorsqu'elle commença à feuilleter le journal. Au bas de la une, elle repéra une annonce brève.

— Scotty ! s'exclama-t-elle. Regarde ça !

Parris sentit un picotement lui parcourir la nuque en lisant l'unique paragraphe :

DES BRUITS QUI COURENT...

Bien que l'*Adviser* n'ait pas pour coutume de publier des informations non vérifiées, nous avons décidé de nous faire l'écho d'une rumeur qui est déjà de notoriété publique sur le campus du Rocky Mountain Polytechnic. Selon nos sources, un membre du département de physique a procédé à une extraordinaire découverte. Si la nature exacte de cette avancée décisive demeure un secret bien gardé, il paraîtrait que cette soudaine agitation ait pour origine un progrès important dans le domaine de la supraconductivité. À suivre !

Parris ferma les yeux et se concentra.

— Ça me rappelle vraiment quelque chose. Attends une minute ! Dans cette boîte d'objets qui venaient de son appartement... ça me revient maintenant. Elle comptait parmi les auteurs de plusieurs publications, avant de venir au RMP. Il était question de magnétisme... et de *supraconducteurs.*

Anne semblait réfléchir intensément.

— C'est bien possible, dit-elle. Ce départ anticipé de Thomson pour Washington n'était pas lié à la drogue, tout compte fait.

— Tu penses que la jeune Priscilla Song avait réussi à découvrir quelque chose... et que Thomson a sauté sur l'occasion pour s'emparer de sa découverte sur les supraconducteurs après que Pacheco l'ait tuée ?

Ça lui paraissait affreusement tiré par les cheveux. Anne faisait nerveusement tourner entre ses doigts le pendentif de quartz rose.

— Je croyais que la visite de Thomson à la société Zimmelhauf avait pour but de faire analyser la composition d'une drogue, mais si cette crapule y était allé avec un échantillon de supraconducteur ? (Elle se frappa le front de la main.) Je m'interrogeais sur la visite au cabinet d'avocats. Quand j'ai téléphoné, on m'a répondu qu'ils étaient spécialisés dans le domaine de la propriété intellectuelle.

Parris avait un métro de retard.

— La propriété intellectuelle... ?

— Il va déposer une demande de brevet sur les supraconducteurs. Quelle vermine ! Il va faire breveter la découverte de cette jeune femme comme si c'était la sienne.

— Mais, commença-t-il avec un certain malaise en remarquant l'éclat dur de son regard, nous ne savons absolument pas si Thomson va revendiquer quelque chose qui ne lui appartient pas. Il l'a peut-être découvert tout seul, ce supertruc !

Anne prit un épais portefeuille dans son sac et en sortit un billet de vingt dollars craquant neuf. Elle le tint avec élégance entre deux ongles écarlates, l'agita devant son visage puis le laissa tomber sur la table.

— Je te parie mon Jackson contre un Hamilton* que le professeur Thomson va annoncer une découverte sur les supraconducteurs et qu'on le retrouvera au tribunal d'ici, disons, douze mois, à tenter de prouver qu'il n'a pas volé la découverte à la jeune femme assassinée. Fais voir ton fric ou couche-toi.

Parris sourit et repoussa le billet.

— Un policier assermenté ne peut pas s'adonner à ce genre de vice.

Un autre point le rongeait. Le dossier d'accusation à l'encontre de Pacheco était si complet, si solidement étayé. Quel profit un habile avocat de la défense pourrait-il tirer s'il insinuait que la mort de Priscilla Song profitait à Thomson ? Il n'avait toujours pas déterminé de mobile pour le Mexicain ; un crime d'origine sexuelle avait semblé plausible, mais le rapport définitif de Simpson stipulait que la

* Andrew Jackson (1767-1845), septième président des États-Unis dont l'effigie figure sur les billets de vingt dollars ; Alexander Hamilton (1757-1804), premier ministre du Trésor du pays, représenté sur ceux de dix dollars. *(N.d.T.)*

jeune femme n'avait pas été violée. Une transaction liée à la drogue qui aurait mal tourné : cela constituait une autre piste envisageable, mais tous leurs efforts pour établir une relation entre Pacheco ou Priscilla et le trafic de drogue n'avaient abouti à rien. Ce qui semblait nécessaire pour faire capoter les accusations de trafic de drogue, c'était un tournant inattendu de l'enquête. Un professeur d'université cupide qui saisissait l'occasion de ce décès prématuré pour voler conviendrait parfaitement. Parris ferma les yeux et laissa tomber sa tête entre ses mains. Pourquoi les choses ne pouvaient-elles pas, pour une fois, être simples ? Anne était à ses côtés et lui caressait les cheveux de ses longs doigts.

— Qu'est-ce que tu as ?

— Ça va passer.

20

Scott Parris buvait à petites gorgées une tasse fumante de café âcre en regardant par la baie vitrée le canyon parsemé de pins qui séparait la ville de Los Alamos de l'enceinte du Laboratoire national. C'était le milieu de la matinée et la cafétéria du laboratoire était calme ; le policier était persuadé d'être absolument seul lorsqu'un homme de haute taille surgit à ses côtés.

Il eut un geste brusque instinctif et renversa du café bouillant sur sa main.

— Vous devez être notre visiteur, fit le nouveau venu.

— Ouille, murmura Parris en s'essuyant le poignet avec une serviette en papier, comment vous êtes arrivé là ?

L'homme esquissa un mouvement ondulant de la main rappelant celui d'un diable de mer.

— Comme le quanton dans l'effet tunnel, gazouilla-t-il gaiement.

Quand il remarqua l'air perplexe de Parris, il s'excusa :

— Désolé. C'est une expression chez les initiés du cru.

Le policier détailla la haute silhouette émaciée vêtue d'un short kaki fripé qui, malencontreusement, ne descendait pas assez bas pour dissimuler deux genoux cagneux. Son tee-shirt noir était rehaussé d'une inscription orange fluo qui proclamait MA VIE, C'EST LA DANSE. Le scientifique le dominait de toute sa taille, dans l'attente de quelque chose, regardant le policier comme s'il représentait un spécimen prometteur.

— Je suis Scott Parris. Et vous... ?

— Otto D. Proctor. On m'a prévenu de votre visite. Le service des relations extérieures. J'ai cru comprendre que vous aviez des questions à poser sur je ne sais quel sujet.

Le physicien déposa un plateau en plastique sur la table et tendit une main que Parris serra. Le plateau présentait un assortiment varié qui, pensa Parris en raison de l'heure, devait constituer son petit déjeuner.

— Je suis le chef de la police de Granite Creek, Colorado. Une ville des Rocheuses, petites mines d'argent, un peu de tourisme. La principale activité est le Rocky Mountain Polytechnic.

Proctor s'assit, étala de la salsa mexicaine pimentée sur son petit pain en couronne et hocha la tête.

— J'y suis allé deux ou trois fois. Gentille petite ville.

Le policier joignit l'extrémité de ses doigts comme pour une prière et observa Proctor tout en parlant.

— Ce dont je souhaite vous entretenir est... délicat. Je peux considérer que vous ne verrez pas d'inconvénient à garder le silence sur notre conversation ?

Proctor avala une gorgée de Coca sans sucre.

— Aucune inquiétude à avoir ; il n'y a pas plus discret que moi.

— Est-ce que vous avez entendu parler du meurtre qui a eu lieu chez nous il y a une quinzaine de jours ?

Le chercheur expédia dans sa bouche une olive fourrée de piment.

— Je ne risque pas...

Il mâcha l'olive puis l'engloutit.

— ... Je ne lis pas les journaux très souvent ; je ne regarde jamais la télé. Qui a été assassiné ?

Parris lui fit un compte rendu éclair du meurtre de Priscilla Song, sans omettre le fait essentiel que les empreintes de Pacheco se trouvaient sur le tournevis Phillips. Le physicien étala une cuillerée de piment vert sur un petit pain.

— Elle semble toute bouclée, votre affaire. Qu'est-ce qui vous amène à Los Alamos ?

— J'ai besoin de quelques renseignements complémentaires. La victime effectuait peut-être des recherches sur la supraconductivité. J'ai diverses choses à apprendre.

— Ah, la supraconductivité. Ça explique pourquoi le service des relations extérieures m'a demandé à moi de venir discuter avec vous. C'est ma spécialité.

— Parlez-moi des supraconducteurs. Qu'est-ce qu'ils ont de si particulier ?

— Il vous suffit de connaître quelques principes fondamentaux. (Il était clair que Proctor appréciait le rôle de professeur.) Pour commencer, plusieurs conducteurs électriques communs, tels le plomb ou le mercure, sont également des supraconducteurs. Mais seulement lorsqu'on les refroidit à des températures extraordinairement basses. Près du zéro absolu, les électrons libres à l'intérieur du métal s'organisent en paires. Ces paires d'électrons dansent dans le matériau sans rencontrer d'obstacle...

Il ferma les yeux et se balança comme s'il valsait avec une partenaire invisible.

— ... Quand ces conditions sont réunies, la résistance électrique au sein du matériau devient nulle.

— Et c'est important ?

— Si c'est important ? fit Proctor, dont le ton révélait la stupéfaction devant pareille question. Pas qu'un peu. Quand on élimine la résistance dans les circuits électriques, il se produit des choses remarquables. Les circuits des ordinateurs et des communications tournent plus vite, l'économie d'énergie est considérable. Mais ce n'est pas tout. Les champs magnétiques ne peuvent pénétrer dans les supraconducteurs ; mes copains appellent ça l'effet Meissner. Si vous placez un petit aimant au-dessus d'un supraconducteur, celui-ci repousse le champ magnétique et, devinez quoi, l'aimant flotte dans les airs !

— Et c'est utile pour...

— En principe, et au minimum, pour toutes sortes de

choses. Pour fabriquer des super-chemins de fer avec le train qui vole littéralement au-dessus des rails. Ni bruit, ni frottement, et la locomotive fonce à cinq cents kilomètres à l'heure. Le problème, c'est que ça revient extrêmement cher de refroidir les supraconducteurs, donc, faire léviter un train, ça coûte un sacré paquet de mégadollars.

Il s'essuya le menton avec une serviette et demanda :

— Quel rapport y a-t-il entre les recherches de cette jeune femme sur les supraconducteurs et son meurtre ?

— Sans doute aucun, mais il y a un bruit qui court selon lequel un membre du département de physique du RMP va rendre publique une découverte sensationnelle dans le domaine de la supraconductivité.

— Le RMP possède un département de physique assez honorable pour une petite université, déclara Proctor avec un léger haussement de sourcils, mais j'ignorais même que quelqu'un travaillait là-bas sur la supraconductivité.

— Dans la limite de ce que nous avons pu établir, Priscilla Song était la seule personne du RMP à avoir jamais travaillé dans ce domaine. Curieuse coïncidence, cette rumeur si peu de temps après sa mort.

— Les coïncidences, fit Proctor, sont le moyen qu'utilise la nature pour nous dire : « Méfiez-vous ! »

— Si quelqu'un a profité du crime pour s'approprier ses recherches, notre procureur pourrait avoir des difficultés à poursuivre devant la justice l'individu dont les empreintes se trouvent sur l'arme du crime. Déjà, nous n'avons trouvé aucun mobile pour M. Pacheco. La défense soutiendra la thèse que quiconque a volé le résultat des recherches a également tué cette étudiante.

Proctor secoua la tête.

— Cela n'a strictement aucun sens. Aucune personne douée de raison ne tuerait pour s'approprier les résultats de recherches sur la supraconductivité... à moins... (Il rougit légèrement.) Non, laissons tomber, c'est du pur délire.

— À quel délire pensez-vous ?

— Oubliez ce que je viens de dire.

— Écoutez, insista Parris avec détermination, j'ai fait plus de trois cents kilomètres pour mettre vos lumières à contribution, alors, ne me dissimulez rien.

Le physicien ne pensait même plus à manger.

— Dans le domaine des supraconducteurs, il n'y a qu'une seule découverte qui vaudrait vraiment la peine qu'on *tue* pour se l'approprier. Je veux parler de celle qui aurait une incidence immense sur pratiquement toutes les applications de l'électricité... qui créerait un monde nouveau. L'inventeur amasserait une fortune qui dépasserait les rêves les plus fous. Le pays qui posséderait les brevets d'origine serait aux commandes, aux niveaux économique et technologique. Les structures économiques de nations entières seraient chamboulées.

— On croirait entendre un récit de science-fiction, commenta Parris d'un ton sceptique.

— C'est parce que en fait, *c'est* de la science-fiction... jusqu'à ce que quelqu'un découvre, tombe, par hasard peut-être, sur... le Saint Graal.

Parris était penché au-dessus de la table.

— De quelle sorte de découverte sur les supraconducteurs parlons-nous exactement ?

— D'un matériau, répondit Proctor dont le regard était perdu dans le lointain, qui permet la supraconductivité à des températures normales. Si des cryogènes coûteux n'étaient pas nécessaires à leur fonctionnement, on utiliserait les supraconducteurs dans pratiquement tous les circuits électriques du monde. Les implications technologiques et sociales sont absolument renversantes.

— Et, compléta Parris, un réparateur comme Pacheco ne comprendrait pas ce genre de découverte. Alors qu'un physicien ne manquerait pas de le faire.

— Tout à fait, ou un chimiste, un ingénieur électronicien, un...

— Quelle probabilité y a-t-il que Priscilla Song ou un autre chercheur du RMP ait déjà réussi ?

Proctor eut un large sourire ; il dessina un O avec le pouce et l'index et regarda Parris à travers ce cercle.

— Le zéro absolu, ni plus ni moins, affirma-t-il.

Parris était déjà loin, mais la réponse de Proctor tournait dans sa tête comme un jingle publicitaire dont on ne parvient pas à se débarrasser. « Une découverte sur la supraconductivité... qui vaudrait la peine de tuer ! » Était-il possible que Thomson fût pire qu'un voleur ? La partie rationnelle de son cerveau, celle qui évaluait et soupesait les données, lui répondait *« non »*. Les empreintes de Pacheco étaient sur le tournevis, par conséquent, Pacheco était on ne peut plus coupable. Mais si quelqu'un avait payé le Mexicain pour qu'il se charge du sale boulot ?

Claude Potter-Evans adressa un clin d'œil à la femme d'âge mûr qui se tenait devant lui ; elle était venue au poste de police payer une contravention pour stationnement interdit.

— Alors comme ça, jeunesse, on a trouvé moyen de se mettre en travers de la loi, n'est-il pas vrai ?

Il fut récompensé par une légère rougeur des joues, qui suffit à illuminer sa journée. Mais le départ de la visiteuse l'interrompit dans ses travaux d'approche, et Piggy clama :

— Suivant !

Le gros policier parvint à esquisser une grimace qui avait valeur de sourire officiel lorsque Potter-Evans s'avança en tête de file.

— Qu'est-ce que je peux faire pour vous ?

— Potter-Evans au rapport. Je souhaite être reçu par le responsable des forces de l'ordre. Je dispose de renseignements d'une portée certaine à l'usage de votre supérieur.

Slocum plissa ses yeux porcins en regardant le vieil homme.

— Vous parlez du patron, là... vous voulez dire le chef Parris ?

— Certes. Lui-même, en personne. Mantenant, si vous voulez bien daigner l'appeler de ma part.

— Désolé, mon pote, je peux pas. Le grand chef, il est pas en ville aujourd'hui. Il est au Nouveau-Mexique. Qu'est-ce que vous voulez... j'peux vous aider ?

Potter-Evans soupira, exaspéré.

— Je crains que non. Dites-lui que je suis passé. Et dites-lui...

Il se pencha au-dessus du comptoir et ajouta d'une voix presque hargneuse :

— ...qu'il a sacrément intérêt à être présent lors de ma prochaine visite, sinon je lui jetterai un sort, ainsi qu'à tous ses descendants jusqu'à la septième génération !

Ne saisissant pas l'intention humoristique, Piggy fronça les sourcils d'un air soupçonneux et se recula précipitamment de deux centimètres.

— Informez-le de même que j'ai résolu sa petite énigme, j'ai déchiffré l'ultime message de la victime du meurtre et j'ai un nom à lui communiquer. Maintenant, il faut que je m'en aille. Je dois déguster des vins fins, satisfaire de jeunes et souples personnes, cuisiner un savoureux civet de lièvre dans ma cocotte en fonte. Mais pas obligatoirement dans l'ordre susdit, ajouta-t-il d'un ton facétieux.

Piggy mit la main sur un bloc-notes et un stylo à bille.

— Donnez-moi un numéro de téléphone.

Mais l'étrange visiteur s'en était allé. Slocum inscrivit l'heure, puis griffonna quelques mots à peine lisibles sur son registre :

Parris. Un vieux schnoque. Pottie-machin-chose.
Veut voir chef pour civet de lièvre, biture, femmes.

Piggy tourna son attention vers le grand gaillard extrêmement maigre qui attendait qu'on s'occupe de lui.

— Et pour vous, qu'est-ce que je peux faire ?

— J'ai fait un saut pour payer un P.V. de stationnement.

Je n'ai pas pu m'empêcher d'entendre ce qu'a dit le type qui vient de sortir. Il collabore vraiment à l'enquête sur le meurtre de la jeune Song ?

— Lui et la moitié du comté, mon gars. Vu que vous êtes pas dans l'administration, vous seriez surpris du nombre de gens qu'ont une case en moins et qui nous rendent dingues quand y a un crime important qu'a eu lieu.

Il tapota sa tempe du bout de son doigt avant de poursuivre :

— Y en a qui croient qu'ils savent lire l'avenir dans les feuilles de thé et nous dire qui c'est qui l'a fait. Même la tante Daisy de Clara elle s'en mêle. Tout le monde sait que c'est le Mexicain qu'est coupable, alors, pourquoi ils viennent nous embêter ?

L'homme parut impressionné.

— La tante Daisy de Clara ?

Piggy désigna du pouce le compartiment vitré de la jeune femme.

— Clara Tavishuts, notre standardiste. C'est une des Utes qu'ont quitté la réserve. Eh ben, sa tante Daisy, y paraît qu'elle lit dans les lignes de la main ou tout comme. Elle s'est pointée ici avec une histoire dingue de sorcier guérisseur à raconter au chef.

Il ajouta :

— J'espère que le chef y croit pas un mot à ces histoires d'Indiens à dormir debout.

— Non, dit l'homme maigre avec un réel intérêt, j'espère bien que non.

— Bon, alors on disait, marmonna Piggy en regardant la contravention du visiteur. C'est un petit stationnement interdit que vous avez là ; l'amende, c'est trente-deux dollars, à moins que vous vouliez vous expliquer avec le juge.

Le professeur fit glisser sur le comptoir un chèque indiquant son nom.

Piggy jeta un coup d'œil sur le patronyme imprimé sur le chèque.

— Ben ça alors, fit-il en regardant le visiteur avec un

regain d'intérêt. Vous auriez pas un lien de parenté avec le King ?

— Pardon ?

— Elvis. Y paraît qu'on l'a aperçu à Aspen le mois dernier, au volant d'un camion Mayflower. Il était routier, vous savez, avant qu'il devienne célèbre. Je me disais que lui et vous, vous étiez peut-être cousins ou quelque chose comme ça.

— J'en doute, fit l'homme avec une moue méprisante. Dans ma famille, nous avons tous quarante-six chromosomes.

— C'est pas rien, dites donc !

Piggy se pencha et chuchota d'une voix rauque :

— On raconte que mon arrière-grand-père Slocum, il avait sept orteils. À chaque pied. Ceux qu'étaient en trop, ils avaient des petites membranes entre.

Il écarta ses doigts boudinés en guise de démonstration et poursuivit :

— Comment vous croyez que ça se produit, des choses comme ça ?

— Vos ancêtres, répondit l'autre d'un ton glacial, ont probablement partagé un patrimoine génétique familial trop lourd.

— Oh, je crois pas, fit Piggy d'un air dubitatif, mes incestes, c'étaient surtout des paysans, des éleveurs et des gens comme ça. J'crois pas qu'y z'avaient du patrimoine à eux.

21

L'annonce de la conférence de presse avait mis la petite université en effervescence. Des journalistes scientifiques de journaux importants avaient commencé à arriver au cours de la matinée. Dès midi, trois chaînes de télévision avaient fait installer des projecteurs et des caméras dans l'auditorium du Hatfield Memorial. Le doyen eut le souffle coupé en jaugeant ceux qui allaient l'écouter à travers une fente du rideau de scène. Ils avaient vraiment l'air peu avenants, ces journalistes, rendus cyniques par des désillusions en série. L'administrateur se rassura en se disant qu'ils n'allaient pas être déçus en l'occurrence. Il se tourna pour regarder le physicien qui se tenait à côté de lui, l'homme dont le nom serait connu de tous avant le soir.

Ce dernier, entre deux gorgées d'eau glacée, jetait lui aussi de brefs coups d'œil par une petite fente du rideau afin d'observer l'auditoire. Au début, il ne fit guère attention à la femme qui entrait par le fond de l'auditorium. Elle portait un chapeau à large bord qui dissimulait en partie son visage. Tandis qu'elle s'avançait dans l'allée, progressant à travers la foule des techniciens, Anne Foster lui donna l'impression de le regarder droit dans les yeux. Le verre d'eau lui échappa et rebondit sur le parquet. Le doyen le ramassa.

— Ça fait une belle participation, dit-il. Ils sentent l'article à sensation.

La voix du physicien était à peine audible.

— Je n'y vais pas.

Le doyen inclina la tête et leva un sourcil.

— Comment ?

— Je regrette, Francis. Je ne me sens pas bien.

— Un petit accès de trac ? Aucune importance. Ils vont être enthousiastes. Vraiment.

Il se détourna pour éviter de rencontrer le regard du doyen.

— Je ne peux pas... Je ne veux pas y aller. Vous pouvez leur montrer l'échantillon, mais ne citez pas mon nom, sans quoi notre accord est rompu. Je m'en vais.

Sur ce, il tourna les talons et quitta la scène.

Le doyen avait pris l'habitude de parler tout seul quand il était nerveux. Il se redressa de toute sa taille et rejeta la tête en arrière dans un geste de défi hérité d'une inébranlable confiance en lui. « Francis Butterworth, grommela-t-il, tout commence à ficher le camp dans tous les sens et tu es seul à la barre. Mais ce n'est pas un problème pour toi ; c'est pour ça que tu es doyen de cette université. Maintenant, c'est parti. Alors *mens comme un virtuose* ! »

Le doyen s'avança sur la scène d'un pas ferme. Il tapota le micro ; il y eut un effet Larsen strident, tandis qu'un technicien se précipitait pour régler l'amplificateur.

— Nous tenons à vous exprimer notre reconnaissance à tous, déclara Francis Butterworth avec une évidente bonne humeur, d'être venus jusque dans notre village de montagne isolé afin d'assister à cette communication.

Il observa un temps d'arrêt pendant que le bruit assourdissant des conversations s'atténuait dans le public.

— L'un de nos éminents professeurs m'a chargé de faire devant la presse une révélation qui, si j'ose m'exprimer de la sorte, est sans précédent.

Les journalistes les plus chevronnés se demandèrent pourquoi le physicien ne s'en chargeait pas lui-même. Quelqu'un lança la question évidente :

— Où il est, ce professeur ?

Francis Butterworth avait préparé sa réponse. Il était temps de manipuler cette racaille. Il arbora un sourire artificiel.

— Nous avons eu un léger contretemps ; il semble qu'il faille auparavant achever de régler certains problèmes juridiques, des questions de brevet, ce genre de choses ; vous n'ignorez pas à quel point les juristes peuvent se montrer tatillons quand il s'agit d'inventions.

Il espérait que cette explication paraîtrait vraisemblable. C'était préférable que de leur avouer que le scientifique faisait une dépression nerveuse.

— Notre inventeur est très désireux de débattre de tous les aspects de son travail avec la presse. Quand il a eu connaissance des difficultés légales qui allaient lui interdire de vous dévoiler totalement sa découverte, il a refusé d'apparaître à cette réunion. J'ai tenté de le faire revenir sur sa décision, mais il est resté inébranlable. Fondamentalement, il s'agit d'un problème d'éthique ; il ne vous rencontrera que lorsqu'il lui sera possible de vous répondre en toute franchise.

La révélation que la star ne serait pas visible provoqua un concert de grognements désapprobateurs chez les journalistes.

— Qui c'est, ce type ? cria quelqu'un.

— Je regrette. Il désire préserver sa vie privée, il ne veut pas être assiégé par les médias avant de pouvoir répondre à leurs questions. En conséquence, je ne suis pas, pour l'heure, autorisé à vous révéler son identité.

Butterworth sentait son col lui serrer la gorge. L'envoyé de CNN demanda :

— Êtes-vous le seul à connaître l'identité de ce physicien mystérieux ?

Le physicien mystérieux ! Tout de suite les gros titres ! Soixante-quatre journalistes s'empressaient de noter l'expression sur leur bloc-notes.

Le doyen tira sur son col.

— Non, bien sûr que non. L'identité de l'inventeur est

connue d'un groupe restreint de personnes, qui comprend le conseiller juridique de l'université et le directeur du département de physique.

Voilà, pensa-t-il, qui devrait les occuper un bon moment.

— Pourriez-vous nous donner leurs noms, ou s'agit-il aussi d'un secret d'État ?

— Paul McConnell est l'avocat du RMP. Le professeur Arnold Dexter est le directeur du département de physique. Mais j'espère que vous n'irez pas ennuyer ces messieurs ; je suis persuadé que d'ici quelques jours à peine...

— Nous pouvons donc considérer sans risque de nous tromper que l'inventeur est l'un des enseignants qui travaillent au département de physique ?

— Je ne me permettrais pas d'influer, en quelque manière que ce soit, sur vos déductions.

Déclaration qui fut suivie de rires appréciateurs.

— Si tout est tellement secret, qu'est-ce que nous faisons là ? s'enquit l'envoyée de *Time*.

— Je vais vous révéler la nature de la découverte, annonça le doyen.

L'assemblée observait maintenant un silence absolu. Qu'il s'agisse d'une découverte scientifique majeure ou de la manifestation d'un fantasme individuel, dans un cas comme dans l'autre, ils tiendraient une nouvelle sensationnelle pour les informations du soir.

— En 1911, commença le doyen d'un ton professoral, en Hollande, un chercheur découvrit le phénomène de la supraconductivité. Ce transfert d'électricité sans enregistrement de perte valut le prix Nobel à celui qui l'avait découvert, le professeur Onnes, et d'autres Nobel récompensèrent des découvertes ultérieures dans ce domaine.

Un murmure se propagea dans l'assemblée. Au minimum, le chercheur anonyme visait le prix Nobel.

Le doyen poursuivit :

— Néanmoins, les applications de la supraconductivité sont demeurées limitées car il est nécessaire d'abaisser les supraconducteurs connus à des températures fantastiquement basses avant qu'ils montrent une résistance nulle. Je sais, embraya-t-il avec un air de certitude absolue, que ceux d'entre vous qui couvrent les domaines de la science et de la technologie sont parfaitement au courant des derniers progrès marquants réalisés en supraconductivité. Le travail effectué par les chercheurs de Zurich leur a également valu un prix Nobel de physique. La température de fonctionnement des supraconducteurs a finalement été relevée d'un facteur de cinq environ et elle est demeurée inchangée ces dernières années. Même avec ces découvertes, dont je ne minimise nullement l'importance, il est encore nécessaire d'utiliser des cryogènes, comme de l'azote liquide, pour refroidir les supraconducteurs. Ce qui signifie que leurs applications restent limitées et relativement onéreuses. Ce à quoi aspirent les scientifiques depuis toujours, c'est un supraconducteur qui fonctionnerait à des températures courantes, ou, comme ils disent, un supraconducteur « à température ambiante ». Et justement, un de nos chercheurs... (il s'interrompit pour souligner son effet)... a mis au point une formule qui permet d'obtenir un supraconducteur à température ambiante.

Tumulte. Chaos. Les journalistes se bousculaient, jouaient des coudes pour s'approcher de la scène. Des flashes d'appareils photo explosaient comme des pétards. Le doyen était rayonnant.

— Cela vous intéressera peut-être d'apprendre que le nouveau matériau effectue sa transition supraconductrice à la température de soixante et un degrés Celsius.

Un jeune journaliste de l'*Albuquerque Journal* cria :

— Combien ça fait en Fahrenheit ?

Le doyen approcha le micro de ses lèvres. Les murs renvoyèrent ses paroles en écho :

— Cela correspond à peu de chose près à cent quarante et un degrés sur l'échelle Fahrenheit, mesdames et messieurs.

Les rares journalistes qui comprirent la signification de ce chiffre furent momentanément frappés de stupeur.

Anne Foster leva la main et reçut en réponse un signe de tête amical du doyen. Il jugeait de bonne politique d'encourager la presse locale. Au sein de l'assistance, personne ne la connaissait et cela piqua la curiosité de ses confrères. Elle se présenta en tant que correspondante du *Granite Creek Adviser*. L'équipe de CNN braqua un de ses projecteurs sur cette silhouette féminine élancée. Elle ôta son chapeau, libérant sur ses épaules une cascade de cheveux d'un roux presque rouge.

— Mon journal aimerait en savoir davantage sur l'historique de l'invention. Je suppose que ces recherches ont été parrainées par l'université ?

— Eh bien..., répondit le doyen, en fait, non. C'est-à-dire que les recherches ont eu lieu dans le laboratoire personnel de l'inventeur, dans son sous-sol.

Les journalistes imaginaient déjà les titres à la une : UN PHYSICIEN MYSTÉRIEUX... UNE DÉCOUVERTE CAPITALE DANS UN LABORATOIRE EN SOUS-SOL !

— En ce cas, reprit-elle d'un ton égal, nous pouvons conclure que ce chercheur anonyme a mené ce travail absolument seul. Quand, exactement, a-t-il mis au point le premier spécimen réussi ?

Le doyen esquissa un sourire contraint en s'adressant à la superbe rousse.

— J'ai bien peur de ne pouvoir répondre à votre question sur la chronologie de la découverte puisqu'elle est liée au problème du brevet d'invention.

En vérité, il n'avait aucune idée du moment où le professeur avait pour la première fois mis au point le supraconducteur ; le physicien était resté muet sur ce sujet.

— Cependant, je peux vous assurer que l'inventeur a conservé des notes précises ; les dates auxquelles ont été menés les essais sur les différents échantillons ont été attestées et certifiées par la présence d'un autre membre de notre université.

Le doyen pria tout bas pour que cela fût tout à fait conforme à la réalité. Si le brevet tombait à l'eau, il en irait de même pour l'arrangement juteux conclu entre l'inventeur et l'université.

Le doyen poursuivit, écartant de la main les autres questions :

— Même si les recherches ne se sont pas déroulées dans les locaux de l'université, ni avec du matériel appartenant au RMP, il a aimablement informé l'administration que lorsque l'argent provenant des royalties sera versé, il sponsorisera un nouveau centre de physique de matière condensée au RMP. Un accord est en cours. Il s'agira d'installations de niveau international.

L'inventeur, cela avait été établi tacitement, deviendrait le chef de ce nouveau centre, et probablement le prochain directeur du RMP. À condition qu'il ne soit pas recruté sauvagement par UC Berkeley, Harvard, ou encore l'une ou l'autre de la douzaine d'universités les plus prestigieuses du pays.

22

Les laboratoires de pointe travaillèrent vingt-quatre heures sur vingt-quatre pour reproduire l'incroyable découverte annoncée à la conférence de presse du RMP. Des rumeurs circulaient déjà selon lesquelles IBM-Zurich avait atteint des résultats probants avec une formule utilisant des molécules sphériques de carbone 60 et des éléments secrets non communiqués. Une jeune chercheuse en physique de la matière de Pékin découvrit la preuve d'une transition supraconductrice juste en dessous de vingt-deux degrés Celsius avec une formule basée sur le thallium, l'arsenic et le cuivre. Des dizaines de scientifiques observèrent des phénomènes inattendus à hautes températures, mais rien de concret ne semblait se dégager, en dépit des milliers de photocopies de comptes rendus préliminaires qui avaient été faxées. IBM gardait le silence et la chercheuse chinoise annula sa propre conférence de presse lorsque l'effet remarquable disparut aussi mystérieusement qu'il était apparu.

La déception d'Anne augmentait en proportion de l'agitation provoquée par le supraconducteur à température ambiante. Des nuées d'individus appartenant au monde des médias traînaient sur le campus, probablement à l'affût d'informations. La plus grande partie du personnel de l'université ne savait rien ou, du moins, affirmait ne rien savoir. Les trois personnes qui connaissaient l'identité de l'« inventeur » étaient injoignables. Le doyen se cachait quelque part à Boulder, le bruit courait que Paul McConnell hantait les tables de roulette à Atlantic City. De ce « trio des initiés », comme la presse les avait surnommés, seul Arnold Dexter, le directeur du département de physique, était resté en ville, mais il n'acceptait ni appels ni visites. Un membre des forces de police de Granite Falls était posté devant sa maison pour éloigner les éléments les plus agressifs du régiment des journalistes. Et, point éloquent entre tous, Waldo Thomson avait disparu. La rumeur disait qu'il se dorait au soleil des îles Vierges.

Thomson était devenu une obsession. Anne s'était endormie en combinant des stratagèmes pour trouver des preuves irréfutables de ses méfaits. Elle se réveilla en se demandant à quel moment il reconnaîtrait être l'inventeur du supraconducteur à température ambiante. En mangeant les corn flakes et les pêches au sirop de son petit déjeuner, alors qu'elle écrivait le nom de Thomson sur son bloc-notes, un frisson se propagea telle une onde le long de sa colonne vertébrale et se termina par un picotement sur sa nuque. Le mystérieux « mot » découvert sur le fichier d'ordinateur de Priscilla était écrit sur la même page du carnet. Anne relia les lettres qui se répétaient à l'aide de lignes verticales. Elle resta assise à fixer les lettres majuscules. Est-ce qu'elle avait été aveugle ? Est-ce que Scott Parris avait remarqué ce rapport si simple ?

Z F R C Y R T
T H O M S O N

Sa première impulsion fut de se précipiter sur le téléphone et d'appeler Parris. Mais quelle serait la réaction du chef de la police ? Elle imagina sa réponse : « Intéressant, mon amour, mais présomption de preuve seulement. Rien que le procureur puisse présenter devant le tribunal. Priscilla pouvait très bien avoir une centaine de raisons innocentes de taper son nom. À moins que Thomson commette une erreur, je ne peux rien faire. »

Mais pourquoi Priscilla Song aurait-elle consacré l'ultime minute de son existence à taper le nom de Thomson sur son ordinateur ? Pourquoi donc ? Ça laissait entrevoir des possibilités effrayantes. Mais que faire ?

— Bon, dit-elle tout haut, je vais lui mettre un cactus sous sa selle. On verra bien s'il reste sur son cheval.

Dexter était la clef de tout. En fait, il était l'unique gibier présent dans la ville. Il ne servirait à rien de foncer au département de physique pour exiger de rencontrer le directeur. Il faudrait, pour y parvenir, enjamber une douzaine de reporters au moins, plantés devant sa porte, et, de toute façon, cela ne marcherait sans doute pas. Anne composa le numéro à cinq reprises et tomba à chaque fois sur le signal « occupé ». À la sixième tentative, le téléphone sonna et Kristin Waters décrocha aussitôt.

— Oh, Anne, je suis tellement contente d'entendre ta voix ! Ces gens me rendent folle. Ils utilisent toutes les ruses que tu peux imaginer pour connaître l'identité du « physicien mystérieux ». Ils m'invitent à déjeuner, me supplient d'accepter des interviews à la télé... tu ne peux pas t'imaginer.

— Ça doit être épouvantable. Est-ce que tu arrives à tenir le coup ?

— Je n'ai pas le choix. Mais en quoi est-ce que je peux t'aider, ma chérie ?

— Il faut absolument que je voie le directeur.

Kristin soupira.

— C'est comme si tu voulais voir le pape. Le professeur Dexter est quelqu'un d'assez fragile et il est tout simplement incapable de supporter toute cette agitation qui nous tombe dessus. Même si tu parvenais à le voir, il refuse de parler de cette histoire de supraconducteurs avec quiconque. Entre nous, je ne suis pas certaine qu'il soit vraiment au courant.

— Voilà ce que tu vas faire. Dis à Dexter que je connais déjà l'identité du physicien mystérieux.

— Vrai, Anne, tu la connais ?

La journaliste sentit son pouls s'accélérer.

— Je la connais et je connais plein d'autres choses encore. Dis à ton patron qu'il est dans son intérêt de me rencontrer avant que je publie ce que je sais sur ce qui s'est passé au département de physique.

Bon. Voilà qui devrait marcher. Arnold Dexter était un peu lourd, mais laisser entendre que son cher département pourrait se retrouver dans une situation inconfortable provoquerait certainement une réaction de sa part.

Kristin avait le souffle coupé.

— Je vais le prévenir. Ne t'éloigne pas du téléphone.

Moins de trois minutes plus tard, l'appareil sonna. Anne reconnut la voix d'Arnold Dexter. Il acceptait de la voir.

Lorsqu'elle se gara sur le parking gravillonné, près des courts de tennis de North Park, Arnold Dexter l'attendait. Il portait un pardessus gris et un bonnet de laine noir rabattu sur les oreilles. Le directeur du département de physique paraissait vieux, malheureux et abandonné. Anne éprouva une pointe de remords, puis elle se força à repousser les regrets qu'elle pouvait avoir à le manipuler. C'était sa seule chance d'arriver jusqu'à Thomson. Elle descendit de voiture et lança :

— Je vous remercie d'accepter de me rencontrer. Je sais que vous êtes très occupé ces temps-ci.

Ceci ne lui valut pour toute réponse qu'un signe de tête et un grognement. Elle le sentit irrité, et même en colère. Ce n'était pas surprenant ; il devait être soumis à une tension extrême. Elle marcha à côté de lui tandis qu'ils se dirigeaient vers un épais bois de pins situé à la fois dans le parc de la ville et sur le versant de la montagne.

— En quoi était-ce si important que vous me voyiez, mademoiselle Foster ?

Il fallait qu'elle choisisse chaque mot avec grand soin. Qu'elle en dise juste assez pour le mettre en porte-à-faux.

— Je suppose que Kristin vous a transmis mon message ? Dans son intégralité ?

— Oui, confirma-t-il. Vous prétendez connaître l'identité de la personne qui a découvert le supraconducteur à température ambiante. Pourquoi tenez-vous absolument à me parler ?

— Parce que nous avons quelque chose en commun. Nous connaissons tous les deux l'identité du soi-disant physicien mystérieux.

Dexter s'arrêta net et parut scruter attentivement les vestiges tout recroquevillés d'une herbe datant de l'été précédent. Sa lèvre inférieure fut agitée d'un tremblement à peine perceptible ; malgré la froideur de l'air, des gouttes de sueur apparurent sous ses narines.

— Je suis assez exténué. Venez-en au fait.

Elle décida de courir le risque. Un directeur, même aussi réservé que Dexter, ne devait rien ignorer de ce qui se passait dans son département. Assurément, il avait ses propres doutes sur la « découverte » de Thomson. Ce qui expliquerait son humeur sombre. Anne respira à fond.

— Nous savons tous les deux, dit-elle, que le soi-disant physicien mystérieux est un imposteur.

Il leva la tête et la regarda en face pour la première fois. Ses traits exprimaient en même temps la stupéfaction et l'inquiétude.

— Un imposteur ? Mais qu'est-ce qui peut bien vous pousser à formuler...

— C'est Priscilla Song qui a découvert le nouveau supraconducteur. Je le sais depuis un petit moment.

— C'est vraiment la plus absurde...

Il enfouit ses mains au fond des poches de son pardessus. Il s'arrêta de marcher et leva les yeux vers les nuages foncés qui semblaient se déverser au sommet de Salt Mountain. Il aurait voulu être ailleurs. Dans une vallée paisible. Loin, très loin.

— Je ne comprends pas où vous voulez en venir. Pourquoi me racontez-vous cela ?

— Simple question d'honnêteté. Si quelqu'un s'approprie la découverte de la morte, je suis prête à le dénoncer devant tout le monde. Je suis certaine que nous nous comprenons.

Bouche bée, livide, Dexter se tourna alors et lui fit face.

— Qu'est-ce que... qu'est-ce que vous attendez de moi ?

— Vous êtes quelqu'un d'intelligent. Je laisse à votre imagination le soin de trouver la réponse.

Il semblait réellement décontenancé.

— Mais je ne comprends pas...

— Présentons les choses de la façon suivante, l'interrompit-elle. Si le professeur Thomson avoue la vérité, les choses en resteront là.

Elle était stupéfaite par sa propre audace. Il était évident, à en juger par l'expression crispée de Dexter, qu'elle s'était clairement fait comprendre. Il n'allait pas manquer d'avertir Thomson et cette crapule allait sûrement paniquer. S'il paniquait vraiment, il était même possible qu'il renonce à ses prétentions sur le supraconducteur à température ambiante. Anne était satisfaite de l'effet produit.

Dexter scrutait les nuages ; ils semblaient bouillonner en se répandant lentement sur la pente. Le physicien tourna son attention vers le bois de pins comme s'il aspirait à la protection de son ombre dense. Un muscle se contractait dans sa mâchoire ; il ouvrit la bouche, puis la referma et serra les lèvres. Deux joggers, indifférents à la présence d'Anne et du directeur, passèrent à quelques mètres d'eux. Elle se détourna pour partir.

— Je suis désolée, dit-elle, mais je vais publier ce que je sais.

Elle se hâta de s'éloigner, terrifiée à l'idée de voir ce type désespéré fondre en larmes.

23

Parris songeait à la « vision » de Daisy lorsque le rapport avec la situation présente jaillit de son inconscient. Il courut presque vers sa voiture de patrouille et, moins de dix minutes plus tard, il frappait à la porte de Walter Simpson.

Le médecin légiste, les yeux tout embués, lui ouvrit. À voix basse, il marmonna quelque chose du genre : « Jamais un moment de tranquillité » ; il fit signe à son visiteur d'entrer sans prononcer un mot de bienvenue et désigna un fauteuil vert rembourré. Parris dédaigna le siège.

— Qu'est-ce qu'il y a, Doc ? J'ai interrompu votre sieste ?

— Ce qu'il y a, répondit le vieil homme d'un ton bourru, c'est que je me fais vieux. Et que je suis fatigué. Quel malheur vous conduit à ma porte ?

— Je veux vous parler. Du cadavre.

Simpson eut un geste impatient de la main.

— J'ai quatre corps au frais, en bas. Lequel vous intéresse ?

— Vous le savez très bien, lequel...

Parris ne parvenait pas à prononcer son nom : le fantôme de Priscilla jetait déjà son ombre sur son sommeil.

— ... Au sujet de certaines de vos observations...

— L'étudiante ?

Le médecin légiste s'assit lourdement dans un antique fauteuil à bascule. Parris fut surpris qu'il ne se brise pas.

— Quelles observations ?

Le policier le dominait de toute sa taille.

— Vous avez trouvé des traces d'adhésif entre ses seins. Comme si quelque chose avait été collé sur sa peau.

— C'est exact. Sur le derme, au-dessus de la pointe du sternum.

— Vous avez dit que vous aviez trouvé des traces bizarres au niveau du palais.

Simpson se réveillait petit à petit et commençait à manifester de l'intérêt.

— Des petites écorchures sur le *palatum mole.* Le voile du palais.

— Par ailleurs, il y a eu ces mutilations sans raison. Elles n'ont peut-être pas été faites sans raison, après tout.

Le vieux médecin releva la tête et cligna de l'œil.

— Continuez.

— Considérons les faits de cette manière. La jeune femme a été assassinée par quelqu'un qui voulait s'emparer de ce qu'elle avait collé sur sa poitrine. Il pouvait s'agir d'un petit étui renfermant peut-être trois échantillons de supraconducteur.

L'esquisse d'un sourire soupçonneux dessina de petites fronces aux commissures des lèvres du praticien.

— Pourquoi trois ?

— J'ai mes sources.

Il ne voulait pas parler du rêve de Daisy ; Simpson ferait de lui la risée de la ville. Il ajouta :

— De toute façon, elle était prête à tout pour que son meurtrier ne s'en empare pas.

— Donc, l'interrompit Simpson, elle n'a fait ni une ni deux et elle a avalé la chose en question ?

— Exactement. Elle a essayé de tous les avaler. Nous savons qu'elle a été étranglée. Supposons qu'en hoquetant elle en ait rejeté deux, mais que son assassin ait su, ou du moins qu'il se soit douté, qu'elle ne les avait pas tous recrachés.

Doc se balançait tout en contemplant pensivement la lampe Tiffany sur la table proche de son fauteuil.

— Alors, conclut-il, il l'a éventrée avec un couteau pour trouver ce qu'elle avait pu avaler.

— Je pense que c'est ce qui s'est passé.

— Vous ne faites pas que le penser. Vous savez quelque chose que vous dissimulez à votre médecin légiste préféré.

— Vous en ririez aux larmes, ce qui serait idiot de votre part. Je vous le dirai plus tard. Un jour où nous irons pêcher ensemble et où je serai d'assez bonne humeur pour supporter vos moqueries.

— D'accord. Mais je dois vous rappeler que j'ai déjà examiné le contenu de l'estomac. Il n'y avait à l'intérieur rien que de très normal.

Simpson vit les traits de Parris s'affaisser.

— Alors, il n'y avait rien...

— Oh, je n'ai pas à proprement parler dit qu'il n'y avait rien. Rien dans son estomac ou son gros intestin, c'est tout. La procédure classique consiste à examiner l'appareil digestif. Ce qui révèle à votre fidèle médecin légiste quantité de choses importantes que vous autres flics, vous tenez à connaître, comme l'heure à laquelle la victime a pris son dernier repas, ce qu'elle a mangé, peut-être même où elle a mangé.

— Alors où...

— C'est un long voyage entre la bouche et l'estomac. Le trajet emprunte le *pars oralis pharyngis*, puis le...

— Essayez de parler comme tout le monde.

Le médecin légiste prit l'air offensé.

— Si vous insistez, mais cela gâche tout le côté ésotérique. Disons que ce qu'elle a avalé, si elle a avalé quelque chose, a pu rester coincé dans sa gorge ou dans son œsophage.

— Et le meurtrier n'a pas cherché à ces endroits-là ?

— Les meurtriers, au même titre, à peu de chose près,

que le fonctionnaire moyen des forces de l'ordre, ne possèdent pas de grandes connaissances en anatomie. Pratiquement comme les enfants, en fait.

— Mais vous allez regarder ? Vous avez encore le corps, hein ?

Simpson s'arracha au fauteuil à bascule.

— Personne n'a pris de dispositions pour l'enterrement. Elle est encore dans la chambre froide. Je vais m'en occuper tout de suite. Vous voulez venir avec moi ?

— Non, merci. Je préfère rester ici à regarder le papier peint. Merveilleux motif. Toutes ces petites fleurs jaunes.

Des yeux, Parris suivit la grande aiguille sur l'horloge. Il s'écoula presque une demi-heure avant le retour de Simpson qui s'essuyait les mains sur une serviette verte.

— Alors, vous avez trouvé quelque chose ?

Simpson avait l'œil qui pétillait de malice.

— Oh, pas grand-chose. À part ceci.

Il fit sauter le disque en l'air, comme s'il s'agissait d'une pièce de monnaie, et Scott Parris s'en saisit. C'était la réplique exacte de l'échantillon de supraconducteur du physicien mystérieux que le magazine *Time* avait publié en photo. Simpson observait son visiteur avec un vif intérêt.

— Bon, pourquoi le Mexicain irait-il éviscérer sa victime dans le but de s'emparer d'un truc comme ça ?

Parris était fasciné par le petit disque noir dans sa main.

— Pourquoi, en effet ?

Eddie « Rocks » Knox eut une intuition. Cela suffit pour qu'il se retrouve bien loin de l'itinéraire de patrouille qui lui avait été attribué, sur une route forestière défoncée destinée à lutter contre les incendies, à l'est de la ville. Cette route permettait aussi de rejoindre quelques cabanes occupées en saison par des chasseurs de cerfs et de wapitis. Cette voie n'offrait guère d'intérêt pour le Mexicain, dans sa fuite, puisqu'elle se terminait en cul-de-sac après avoir à demi contourné la montagne. Il semblait logique que Pacheco, qui connaissait bien la région, ne se laisse pas prendre au piège de la sorte. Mais Knox avait son idée. Elle le travaillait, faisait monter l'adrénaline, l'empêchait de dormir. C'était comme une démangeaison qu'il lui fallait gratter. Il s'arrêtait à tous les chemins poussiéreux qui menaient à une cabane, descendait de voiture et s'agenouillait pour étudier ces accès en terre sèche et durcie afin d'y découvrir des indices établissant qu'un conducteur était passé par là au cours des derniers jours. Ses reins protestaient et ses genoux étaient douloureux lorsque, enfin, il découvrit des empreintes peu visibles sur un chemin qui menait à une cabane de rondins neuve que dissimulait aux regards un épais rideau d'épicéas du Colorado. Au début, il ne remarqua qu'un seul caillou qui avait été retourné. La terre où avait reposé la pierre était humide, il n'y avait pas moyen de s'y tromper. Il suivit lentement le chemin jusqu'à ce qu'il trouve un endroit poussiéreux. Des traces de pneus ! Le policier sentit son pouls s'accélérer, les veines battre dans son cou. C'était l'empreinte des pneus radiaux tout-terrain utilisés sur toutes les voitures de patrouille du secteur de Granite Creek sans exception. Le Mexicain ne s'était pas encore débarrassé de la voiture de police volée. En s'approchant de la cabane, le sergent Knox perçut l'odeur caractéristique de la fumée de feu de bois. Il décrivit un vaste cercle autour de l'habitation, prenant grand soin de ne pas être visible des trois fenêtres. Il faisait tellement attention à ne pas quitter la cabane des yeux qu'il faillit se cogner dans la voiture de police cachée au fond d'une petite ravine. Elle était partiellement dissimulée sous des branches d'épicéa. Il eut l'idée de la rendre inutilisable, puis hésita. Un autre plan prenait forme dans sa tête, un plan aux implications considérables.

Le Mexicain s'était terré dans la cabane et cela requérait une manière d'agir spécifique. Le spectre de la procédure réglementaire s'imposa brièvement à sa conscience. La marche correcte à suivre consistait à appeler sa base pour l'informer de ce qu'il avait découvert, à demander des renforts, puis à attendre tranquillement sur la grand-route. La ville ferait appel à la milice de l'État afin de renforcer les forces de police de Granite Creek. En une heure de temps, ils auraient encerclé la cabane ; le Mexicain n'aurait aucune issue. Knox repoussa cette idée. Ça lui gâcherait tout son plaisir, raisonna-t-il. Il y avait une meilleure manière. Eddie « Rocks » retourna à sa voiture de patrouille, ouvrit silencieusement la portière et appuya sur la touche de son micro.

— Voiture Sept. Vous me recevez bien ?

— Je te reçois cinq sur cinq, répondit Clara. Tu fais la pause-déjeuner ?

— Non. Je suis presque au bout de Twelve-Mile Road. Il y a peut-être eu une effraction dans la nouvelle cabane de rondins, celle qui est près de l'ancienne mine d'argent. Je vais y jeter un coup d'œil.

— Je t'envoie des renforts. Leggett est libre.

— C'est pas la peine. On dirait que la personne qui s'est introduite à l'intérieur a fichu le camp depuis longtemps. Juste la routine. Je rappellerai dans à peu près une demi-heure.

Elle marqua un léger temps d'hésitation avant de mettre un terme à la conversation.

Knox prit une enveloppe dans la poche intérieure de son manteau, en sortit pour la dixième fois le rapport officiel, le lut attentivement. Non, pas d'erreur. Mais ils avaient tort, tous. Il en existait un, de remède. Il sortit le fusil calibre 12 du coffre, inséra cinq balles dans le chargeur. Il ne s'était pas senti aussi heureux, aussi intrinsèquement *vivant,* depuis que le médecin lui avait fait part de ses sinistres conclusions.

Le policier vérifia aussi les cartouches de son automatique. Il retira les balles réglementaires de neuf millimètres, les remplaça par des charges creuses illégales qu'il gardait en cachette dans la poche intérieure de sa veste. Il prendrait bien soin de laisser sa chance au Mexicain, mais il n'avait pas l'intention de ramener l'évadé vivant. S'il se rendait purement et simplement, ce serait une déception, une occasion en or gâchée. L'individu qui se trouvait dans la cabane disposait du 357 Magnum de Piggy. Ça allait donner un affrontement mémorable. Pour l'un des deux. Knox se sentit gagné par un sentiment d'extase mystique ; des larmes coulèrent sur ses joues tandis qu'il remerciait silencieusement Dieu de lui offrir cette merveilleuse occasion. Personne, au poste de police, ne connaissait cet aspect de sa personnalité : Eddie Knox était un incorrigible romantique.

24

Clara fixait intensément le micro, comme si elle pouvait voir Eddie Knox, seul dans une sombre forêt d'épicéas et de pins, au cœur de la montagne. Il était déjà allé inspecter ces cabanes le vendredi précédent. La ronde jusqu'à ces petites constructions était prévue une fois par mois. L'histoire d'Eddie semblait... euh... suspecte. Elle se tourna vers Leggett :

— Tu as entendu la conversation avec Knox ?

Il ne leva pas les yeux de ses dossiers.

— Hum, ouais. Très routine, j'ai trouvé.

— Tu ferais bien d'aller voir. Il est en train de piéger quelqu'un.

Ce n'était pas une suggestion. Le lieutenant Leggett, bien plus haut placé dans la hiérarchie que la standardiste, considéra pensivement l'expression inquiète de la jeune femme. Il mit son chapeau sur sa tête, enfila sa veste et sortit sans un mot.

Quand il entendit la voix, Julio Pacheco mangeait son petit déjeuner qui se composait d'une boîte de soupe de haricots accompagnée de biscuits salés moisis.

— Ohé, dans la cabane !

Le Mexicain laissa échapper la cuillère et tira le revolver de sa ceinture.

— Hé, le Mex ! Je sais que t'es à l'intérieur. Maintenant, écoute-moi bien, parce que je vais pas répéter. J'ai transmis mes coordonnées au poste, mais je leur ai pas dit que t'es planqué là. Là-bas, ils croient que je viens simplement jeter un œil sur les lieux d'un cambriolage, mais si je les rappelle pas dans, disons trente ou quarante minutes, ils vont essayer de me contacter sur ma radio. Si je réponds pas, ils enverront quelqu'un pour voir ce qui se passe. À ce moment-là, pour sûr que tu seras dans la merde. Je dirais que t'as une heure pour foutre le camp d'ici, peut-être un peu plus.

Le doigt de Pacheco jouait avec la détente ; il regarda à travers le rideau pour repérer celui qui le défiait. Il ne le voyait pas, mais sa voix lui était familière. C'était le type bizarre que les autres flics appelaient « Rocks ».

La voix désincarnée se fit à nouveau tonitruante :

— Alors voilà comment ça se présente, chili de contrebande. T'as le choix entre trois choses. Pour commencer, tu peux attendre à l'intérieur jusqu'à ce que le gros de la troupe se pointe. Tu te rends et on te reconduit en prison. Tu peux aussi t'esquiver par-derrière. Si je te vois pas et si je te colle pas une balle dans le cul, on te lâchera les chiens dessus. Avec leur aide, je pense qu'on t'aura rattrapé avant qu'il fasse nuit.

Pacheco imagina les chiens... leurs longues dents jaunes dans leurs gueules béantes. Il eut froid dans le dos et réprima un frisson.

— Autrement, il te reste la troisième possibilité...

Il y eut une petite pause.

— ...Celle-là, la troisième, c'est celle que je préfère. Tu sors par la porte de devant, toi et moi on se retrouve entre quat'z'yeux. Si t'es assez fort pour me descendre, tu fiches le camp en voiture avant qu'ils commencent à avoir des soupçons au poste. Si j'étais toi, je prendrais la troisième.

Une nouvelle pause.

— Sauf que tu m'arrives pas à la cheville, sale petit cafard !

Pacheco eut un sourire de regret. Cet homme était à la hauteur de sa réputation : il ne connaissait pas la peur. Quelqu'un de stupide, peut-être, mais digne de respect. Il mit sa main en porte-voix :

— Hé, connard de *gringo.* Il paraît que t'as pas baisé depuis que ta petite sœur s'est tirée de la maison !

Eddie « Rocks » libéra le cran de sûreté de son fusil à pompe et éclata de rire.

— Allez, hurla-t-il, montre-toi, espèce de pet d'âne, que je te prépare pour le croque-mort !

Sur ces mots, Knox sortit de derrière le gros bloc de grès qui lui servait de protection et se présenta complètement à découvert. Il se campa, jambes bien écartées, au milieu du chemin. Pacheco s'humecta les lèvres. Un peu plus de cinquante mètres de distance. Pas vraiment dur, comme tir, mais assurément pas du tout cuit, quelles que soient les circonstances. Il était absolument certain que le policier fou disait la vérité. Knox était seul. Si les autres flics avaient été dans le coin, ils ne l'auraient jamais laissé s'exposer de la sorte. Ça allait être un combat loyal. Un affrontement entre deux hommes prêts à risquer leur vie pour avoir le privilège de se mesurer dans les règles. Pacheco eut le sentiment que, d'un certain point de vue mystique, cet homme était son frère.

Il ouvrit la porte de la cabane et s'avança sur les planches mal équarries du perron. Eddie Knox leva le canon de son fusil à hauteur de sa taille. Pacheco tendit son revolver à bout de bras et cligna de l'œil en ajustant le policier.

— T'es vraiment bête comme tes pieds, mec. Tu peux pas me tuer à cette distance avec un fusil de chasse.

— Chargé à balles, répondit Knox très calme.

Pacheco sentit son estomac se contracter. Ce genre de projectile pouvait vous faire des trous dans le bide assez gros pour y faire passer un poteau de clôture sans qu'il touche les bords.

— C'est quand même pas gagné d'avance, cria Pacheco

en s'efforçant d'adopter un ton de voix aussi confiant que son adversaire.

— Bordel, le Mex, la vie est pas gagnée d'avance non plus. Mais je vais te dire, comme je pense que tu serais pas capable de toucher un baquet de quarante litres avec une batte de base-ball, je vais te laisser tirer en premier si tu te rapproches pas trop. Après, je t'en collerai une dans le foie et tu pourras aller rejoindre tes bons à rien d'ancêtres. Bon, si c'est pas une proposition honnête, ça, tu peux porter plainte contre moi.

Pacheco descendit du perron, calculant, échafaudant un plan.

— Jusqu'où je peux me rapprocher pour mon premier tir, monsieur Rocks ?

— Continue à avancer, stupide salopard. Si tu fais un pas de trop, je te le ferai savoir. (Knox gloussa.) Allez... reconnais-le ! C'est pas plus sympa que de monter sur le grand manège de montagnes russes qu'ils ont, à Denver ?

— C'est sûr que je m'amuse bien.

Pacheco avança d'une demi-douzaine de pas prudents en direction de son adversaire ; il crut voir les muscles du visage d'Eddie se crisper. Il se jeta sur le ventre et tira une balle au moment où il toucha le sol... loin de sa cible. Le policier fou souriait mais il ne changea pas de position au milieu du chemin quand il appuya sur la détente. Il y eut une détonation assourdissante ; la balle projeta de la terre dans la figure de Pacheco. Celui-ci tira une deuxième fois. Il vit Knox tourbillonner sur lui-même et s'effondrer lorsque la balle du Magnum lui fracassa la jambe.

Knox était à terre. Sa jambe droite lui donnait l'impression qu'un puissant joueur de base-ball lui avait décoché un coup de batte phénoménal dans la cuisse. La douleur était intense mais supportable. Il observa le sang qui giclait et retombait au milieu du chemin poussiéreux après avoir décrit un arc de cercle écarlate. Artère sectionnée. Il lui restait peu de temps. Peut-être quelques minutes au maximum avant que sa tension chute à un niveau où son cerveau sombrerait dans un demi-sommeil, avant de glisser définitivement dans les ténèbres. Il ne parvenait pas à voir le fusil, puis il prit conscience qu'il était sous son corps. Aux confins de son champ de vision, il vit Pacheco s'approcher. Le policier sortit de son étui l'automatique Glock neuf millimètres presque entièrement en plastique et roula sur lui-même. Une nouvelle balle de 44 Magnum creusa une tranchée dans le chemin à quelques centimètres de son visage. Il plissa les yeux pour fixer sa cible, mais le Mexicain était flou. Ensuite, il y eut trois Mexicains. Le sergent Knox visa celui du milieu et tira à trois reprises. Puis il s'enfonça dans un néant sombre et silencieux. Il se dit que, s'il pouvait recommencer sa vie, il ne se remettrait pas à chiquer. Il priserait, peut-être.

Parris leva les yeux et vit Clara Tavishuts debout dans l'encadrement de la porte. Il n'avait jamais vu le visage de la jeune femme exprimer une telle douleur.

— Leggett vient d'appeler de Twelve Mile Road. Knox est touché par balle.

Il retrouva Leggett à l'entrée des urgences de l'hôpital presbytérien. Le jeune policier était bouleversé. Sans regarder Parris, il faisait tourner son couvre-chef entre ses mains.

— Eddie... il a perdu beaucoup de sang. C'est tout juste s'ils ont trouvé son pouls. Il va perdre sa jambe, c'est sûr.

— Merde, merde, murmura Parris.

Leggett avança la main.

— Regardez ce que j'ai trouvé dans sa poche.

Parris lut le résultat des analyses effectuées par le laboratoire de Granite Creek. Un long moment s'écoula avant qu'ils échangent un regard. Parris s'éclaircit la voix.

— Ils disent que Knox avait un truc qu'ils appellent un mélanome, là-dessus.

Leggett s'essuya rapidement les yeux.

— Eddie a dû perdre les pédales en apprenant qu'il

avait un cancer. C'est pour ça qu'il n'a pas demandé de renforts. Il voulait mourir là-haut, dans la montagne.

Cela faisait trop de choses à encaisser d'un seul coup. L'essentiel d'abord. Parris referma la main sur l'épaule de Leggett.

— Une idée de qui lui a tiré dessus ?

— C'était Pacheco, sans doute avec l'arme qu'il a prise à Piggy. Il a abandonné la voiture Trois quand il est tombé en panne d'essence à trois ou quatre kilomètres du lieu de la fusillade, mais on va l'avoir, c'est sûr.

Cette déclaration surprit Parris ; Leggett était habituellement prudent dans ses pronostics.

— Comment peux-tu en être aussi sûr ?

Le visage du lieutenant était de marbre.

— Rocks a tiré plusieurs balles, dont une au moins a fait mouche. On a trouvé du sang à l'endroit où Pacheco a abandonné la voiture. Il est blessé ; il n'ira pas loin, avec le relief qu'on a par ici.

Parris secoua la tête d'un air de doute.

— Julio Pacheco est plein de ressources. Nous ne pouvons pas prendre le risque, cette fois, qu'il nous échappe, pas après avoir tiré sur un policier. Appelle le vieux type de Pagosa qu'a les chiens de chasse. Tu lui loues toute sa meute, ceux qu'ont l'odorat et ceux qui sont méchants et qu'aiment dévorer tout ce qui leur tombe sous la dent. On va lui lâcher ces foutus chiens aux trousses.

À cet instant précis, tout au fond d'une ravine dans la montagne, Julio Pacheco s'arrêta, examina la blessure à l'endroit où la balle de Knox lui avait perforé l'abdomen et lança un regard par-dessus son épaule. Pour la première fois depuis son enfance, et pour des raisons qui échappaient à son entendement, il fut ébranlé par une peur panique, animale.

Parris appuyait le combiné du téléphone si fort contre son oreille que cela lui faisait mal.

— Vous avez bien reçu l'échantillon trouvé dans l'œsophage de la victime ? Le messager nous a juré qu'il allait vous le remettre en mains propres avant dix heures ce matin.

Il attendit la réponse d'Otto Proctor.

— Oui, je l'ai bien reçu. Je suis désolé. Il n'y a aucun signe de supraconductivité à température ambiante. Pas même à zéro degré Celsius. Je peux faire des essais à des températures cryogéniques, mais cela prendra un peu de temps. Le programme d'utilisation du mesureur de susceptibilité magnétique est établi par plusieurs types de la section P et je n'ai pas beaucoup d'influence sur eux.

Parris avait envie de grincer des dents.

— Vous en êtes absolument sûr ? Je veux dire, cela ressemble exactement au truc autour duquel l'université est en train de faire tout un battage.

Proctor semblait considérer les résultats avec son optimisme habituel.

— Peut-être que le truc de l'université, c'est de la cochonnerie aussi. Ou peut-être que...

— Peut-être que quoi ?

— Les nouveaux supraconducteurs sont comme des fleurs délicates dont les bourgeons viennent de s'ouvrir. Ils sont fragiles, s'abîment aisément. C'est parce que nous ignorons encore la meilleure façon de les préserver. S'ils sont mouillés, s'ils entrent en contact avec une substance acide, comme les sucs présents dans l'œsophage, *bing*, ils sont foutus. Mais il reste un espoir.

— Parlez-m'en avant que je sombre dans une dépression noire.

— J'ai soumis l'échantillon dans sa totalité à des tests, comme s'il s'agissait d'un tout indissociable. Ce que je n'ai pas fait, c'est le briser en deux, pour trouver un fragment interne qui n'a peut-être pas été exposé aux sucs gastriques. Quand je l'aurai fait, qui sait ce que je découvrirai ?

Parris enroulait machinalement le cordon du téléphone autour de ses doigts.

— Je ne suis pas certain que je puisse vous donner l'autorisation de le casser en morceaux. C'est une pièce à conviction et...

Proctor ne tint aucun compte de cette mise en garde.

— Oui, mais l'avantage, même si le disque est complètement foutu, c'est qu'on pourra quand même en analyser la composition chimique, découvrir les ingrédients que Priscilla Song a utilisés dans sa recette. Donnez-moi quelques jours et j'en connaîtrai la composition exacte.

— Ce n'est pas seulement un problème de pièce à conviction. Cet objet fait partie de l'héritage de Priscilla Song, et elle a tout légué au fils Thorpe.

— Du calme. Je vous promets d'en prendre grand soin.

Clara Tavishuts posa une note sur son bureau.

— Ne quittez pas, Proctor, j'ai un autre appel.

Il appuya sur la touche ATTENTE, puis sur la 7.

— Parris à l'appareil. C'est vous, Thorpe ?

— Oui. J'essaie de vous joindre depuis ce matin. J'ai entendu parler de la conférence de presse au RMP. Qui c'est, ce type... celui qui ne veut pas se faire connaître pour sa découverte de supraconducteur ?

— Là, je ne peux pas vous aider.

— C'est forcément le directeur de recherches de Priscilla, ce type, là, Thomson.

— Quelle que soit son identité, on peut s'attendre à ce qu'il fasse une déclaration quand le moment lui paraîtra opportun. Cela pourrait se produire n'importe quand, maintenant.

— Vous vous souvenez de la bague que Priscilla m'a envoyée pour mon anniversaire ?

— Oui. Vraiment jolie. Une turquoise, non ?

— Je pense que ça pourrait être important.

Brusquement, quelque chose s'éveilla dans les profondeurs de l'inconscient de Parris. Une bague ? Un rêve. Priscilla Song, vêtue d'une robe jaune. Portant également à son pouce une bague qui était trop grande pour ses autres doigts. Une bague d'homme ?

— Alors, fit-il d'un ton insistant, qu'est-ce qu'elle a cette bague ? Pourquoi pensez-vous qu'elle est importante ?

— Eh bien, quand j'ai vu une photo de ce supra-bidule dans un magazine, ça m'a rappelé quelque chose. Et puis je me suis souvenu. Sur la bague qu'elle m'a envoyée, la turquoise est enchâssée dans une sorte de pierre noire.

— Une pierre noire ?

Parris sentait son pouls battre plus vite.

— C'est une pierre bizarre, plutôt gris-noir, avec plein de petits trous comme du gruyère. Je me suis dit que c'était une variété de lave solidifiée. Je me suis demandé pourquoi Priscilla avait voulu, pour cette bague, que le bijoutier utilise quelque chose... euh... d'assez laid. Ça ne lui ressemblait pas. Le fait est que c'est le portrait craché de cette pierre supraconductrice qu'on voit sur la photo du magazine.

— Quand pouvez-vous m'apporter la bague ici, à mon bureau, au plus tôt ?

— Demain matin, si la rivière ne monte pas.

— Passez-la à gué, cette foutue rivière... mais arrangez-vous pour me l'apporter.

Il reprit sa communication avec Proctor.

— Là, vous n'allez pas me croire, commença-t-il.

Le cow-boy gara son pick-up boueux sur un emplacement marqué DÉFENSE DE STATIONNER, juste devant le poste de police de Granite Creek, et adressa un regard furieux au policier à moto, qui était sur le point de dire quelque chose mais y renonça. Buster Thorpe n'était pas d'humeur à plaisanter ; le policier s'en rendit compte et s'éloigna dans un grondement de moteur en quête d'une proie moins belliqueuse.

Thorpe fut introduit dans le bureau de Parris, où il salua Anne Foster avec gaucherie, et fut présenté à Otto Proctor.

— J'ai apporté autre chose, dit-il. C'est arrivé au courrier après notre conversation d'hier. Le cachet de la poste correspond au jour de sa mort.

Parris prit le paquet et sortit de l'emballage un agenda relié.

— Pourquoi ça a pris aussi longtemps pour vous parvenir ?

Buster eut un rictus.

— Pris était économe. Elle l'a envoyé au tarif livre.

Proctor prit l'agenda des mains de Parris et commença à examiner les dernières pages.

— C'est la cerise sur le gâteau, dit-il. Son journal de bord du labo. Il y a *tout* dedans.

Buster sortit la bague de la poche de sa veste et la tendit à Proctor, qui s'en empara comme s'il se jetait sur l'anneau doré d'un manège de chevaux de bois. Le chercheur vissa une loupe oculaire à son orbite et scruta la pierre noire sous la turquoise.

— Il y a quelqu'un qui aurait un canif ?

Buster prit dans sa poche un couteau à tout faire d'aspect inquiétant. Sans demander la permission à quiconque, Proctor fit sauter la turquoise de sa monture et la laissa tomber sans aucun égard sur le bureau de Parris. Comparé à ce qui l'intéressait, la turquoise n'avait pas plus de valeur qu'un vulgaire bout de caillou.

Il leva les yeux vers Anne.

— Je me suis muni d'un aimant, au cas où, mais votre copain numéro un (il eut un geste de la main vers Parris) a insisté pour que l'honneur vous revienne. Vous avez le chien ?

La question fit naître une expression perplexe sur les traits du cow-boy. Anne sortit de son sac un petit scottish-terrier en plastique noir qu'elle tendit au scientifique. Il était monté sur un aimant.

— J'espère que tout ça en vaut vraiment la peine, dit-elle. Je l'ai depuis mon enfance, ce petit chien.

— Ce qui, commenta Proctor avec un clin d'œil espiègle, ne peut pas remonter à bien longtemps.

À l'aide du couteau de Buster, il sépara le chien en plastique de l'aimant de vingt-cinq millimètres de long.

— Passez-moi la pince.

Parris lui tendit une pince à long bec. Proctor trancha adroitement un bout de l'aimant puis l'écrasa en tout petits fragments. Il enfila la bague à son doigt. Elle avait du jeu. Il fit tourner le chaton de telle sorte que la pierre noire se trouve côté paume. On eût dit un dessus de table miniature en céramique, criblé de petits trous.

Il attrapa un infime fragment de l'aimant brisé avec une pince à épiler et sourit en observant ses spectateurs captivés.

— Bien, voici l'épreuve de vérité. N'ayez pas trop d'espoir.

Un silence tendu lui répondit. Anne avait les mains jointes comme dans une prière. Parris passa le bras autour de sa taille. Buster Thorpe tirait nerveusement sur sa moustache.

Proctor approcha la pince à épiler d'un point où le minuscule fragment d'Inconel se trouvait juste au-dessus de la monture de la bague. Lorsqu'il fut exactement à la verticale, il libéra le minuscule aimant. Celui-ci tomba, oscilla, puis demeura en suspens au-dessus de la céramique sombre comme s'il était pendu au bout d'un fil invisible. Parris se remémora la vision de Daisy Perika. L'un des disques noirs était resté en suspens au-dessus de l'eau.

Otto Proctor respira à fond. Une larme coula sur sa joue. Il attendit que la boule qui lui obstruait la gorge s'en aille, qu'il puisse parler.

D'un ton d'une grande révérence, il déclara :

— Spectacle merveilleux : vous contemplez le Saint Graal.

25

À nouveau, Pacheco se mit à trembler, mais désormais, il savait pourquoi. Même s'ils étaient encore loin, il les entendait donner de la voix. Il percevait des aboiements assourdis et lugubres tandis que ces démons aux oreilles molles fonçaient à travers les fourrés, suivant son sang à la trace. Il compta les balles qu'il lui restait ; cela ne suffisait pas pour affronter les chiens. Il savait ce qu'il lui restait à faire. Le Mexicain descendit en boitillant une pente couverte d'épicéas jusqu'au bord d'une falaise rocheuse, puis suivit la crête jusqu'à ce qu'il trouve l'endroit voulu. Il s'agenouilla, la main plaquée sur la blessure qui saignait, et murmura ses ultimes prières à Dieu et à tous les saints. Il rendit grâce d'avoir vécu une bonne vie, une vie d'homme. Il ne se repentit pas de sa multitude de péchés auprès des saints, mais il n'omit pas de mentionner qu'il était sincèrement reconnaissant de ne pas finir ses jours dans une prison *yanquí* ou, pire encore, de ne pas avoir le corps déchiqueté par une meute de chiens. Il sortit ses maigres possessions de ses poches et les déposa sur les aiguilles de pin, en dessous du ponderosa géant qui surplombait le précipice. Les chiens étaient tout près à présent, et leurs cris aigus, au comble de l'excitation, révélaient qu'ils en étaient bien conscients.

Il rassembla les dernières forces qu'il lui restait. Il

s'avança à la limite de la falaise, écarta les bras et se jeta dans le vide. Au moment où il perdait toute notion de pesanteur, il entendit un hurlement d'épouvante. C'était sa propre voix.

Leggett et un sergent de la police de l'État avaient suivi l'infatigable propriétaire des chiens. Maintenant, ils étaient assis sous un immense pin qui déployait ses branches au-dessus du précipice, et ils considéraient les vestiges divers, soigneusement réunis en tas, qui attestaient de la vie de Pacheco : l'arme de Slocum, trois balles de 357 Magnum, un foulard rouge, un paquet de cigarettes mentholées à moitié vide et la photographie froissée d'une femme âgée qu'ils supposèrent être la mère de Pacheco. Les chiens étaient déroutés ; la piste du Mexicain disparaissait quelque part dans le bouquet d'épicéas qui longeait le bord de la falaise dominant Badger Creek. Le propriétaire rassembla ses bêtes, leur distribua des morceaux de viande de cheval à l'odeur forte et secoua sa tête grise aux cheveux crépus avec étonnement.

— Je veux bien êt' pendu si j'peux vous expliquer c'qui s'est passé, les gars. Je crois ben qu'on a couvert chaque pouce de terrain entre ici et là-bas et retour. Quelqu'un qui saigne peut pas empêcher mes chiens de sentir son odeur, et il est nulle part sur cette falaise. C't'à croire que c't'oiseau de Mexicain, il a ouvert ses ailes et y s'est envolé.

À deux mille cinq cents kilomètres de là, à Tuxtepec, Prudencia Pacheco releva brusquement la tête ; son missel glissa entre ses doigts et tomba à terre. Elle essuyait ses yeux remplis de larmes quand elle dit à son mari :

— C'est Julio. Je viens de voir notre fils.

— Ah, comme ça, tu l'as vu, répondit-il d'un ton aigre. Et comment va mon fils prodigue ? Il a encore des ennuis ? Il est en taule ?

Les mains de Prudencia tremblaient tandis qu'elle embrassait son rosaire.

— Il est dans un arbre. Mon petit Julio est suspendu aux branches d'un arbre immense.

Elle avait essayé de téléphoner à Parris, mais ses appels étaient restés sans réponse. Anne était très impatiente de publier son article. Les renseignements fournis par ses informateurs sur le campus étaient plus que convaincants. D'abord, cela faisait des jours qu'on n'avait pas aperçu Thomson. Par ailleurs, son contact au service des relations publiques avait confirmé la rumeur selon laquelle la révélation de l'identité du physicien mystérieux était reportée sans qu'aucune date n'ait été avancée. Un communiqué était en préparation à l'usage des médias, et l'essentiel lui en fut lu dans un murmure, au téléphone :

> Des difficultés imprévues concernant le contrat entre le RMP et l'inventeur du nouveau supraconducteur ont placé l'université dans une situation telle qu'aucune déclaration publique ne sera faite en l'état actuel des choses. Nous sommes au regret de devoir adopter cette procédure mais y sommes contraints par des nécessités juridiques...

Les antennes d'Anne étaient dressées dans les airs. Les autres journalistes n'étaient pas idiots. Certains d'entre eux étaient à l'affût d'informations depuis des semaines, posant des questions gênantes. Qui pouvait savoir ce qu'ils avaient réussi à dénicher sur Thomson, avec les ressources considérables dont ils disposaient ? Si elle ne remettait pas un article au journal dans les heures à venir, les reporters venus de l'extérieur pourraient la priver de son scoop. La chance de sa vie serait perdue. Elle appela son rédacteur en chef qui abonda dans son sens. Une seule consigne, insista-t-il : ne citer aucun nom. L'*Adviser* était un petit quotidien, son assurance serait réduite à néant s'il écopait d'une condamnation excédant deux millions de dollars ; un seul procès perdu en diffamation pouvait provoquer sa faillite définitive. Ça allait lui rendre la tâche plus difficile, mais elle n'avait pas le choix. Elle était capable de marcher sur la corde raide. Elle parlerait de Thomson en disant « un professeur du RMP qui était en contact avec la jeune femme assassinée ».

L'édition spéciale du *Granite Creek Adviser* parut le samedi, tard dans l'après-midi. Elle fit sensation. Les téléscripteurs des agences de presse reçurent l'article une heure avant la mise en vente du journal. Les responsables des informations sur CBS amputèrent de trois minutes l'émission de Charles Kuralt, « Dimanche matin », supprimant un reportage sur un jeune pianiste de jazz de Saint Louis. Kuralt s'éleva contre cette ingérence jusqu'à ce qu'il ait lu un condensé de la nouvelle en provenance de Granite Creek.

Le physicien occupait la cabane d'un ami dans les montagnes. Après un petit déjeuner léger composé de toasts et de café, il alluma la télévision à huit heures précises. « Dimanche matin » débuta comme à l'accoutumée, par l'annonce d'une série de reportages intéressants qui suivraient les informations. Charles Kuralt déclara alors, d'un ton quelque peu morose, pensa le scientifique, qu'il y aurait une intervention spéciale relative à une information de dernière minute liée à « la découverte d'un supraconducteur à température ambiante qui aurait été faite dans le Colorado ». Mais, pour commencer, les nouvelles du jour.

Le physicien tambourina des doigts sur la table tout au long des cinq minutes que dura la litanie sur les nouveaux actes de violence inqualifiables dans la bande de Gaza, la famine persistante au Soudan et l'assassinat d'un parlementaire ukrainien. Rien de tout cela ne présentait le moindre intérêt pour lui.

Aussitôt après la publicité qui concluait les informations, Kuralt apparut, perché sur un tabouret de bois devant un grand panneau qui disait : « Qui est le véritable inventeur ? » Le commentateur affable se tourna vers un collègue maigre au teint pâle.

— Fred, que pensez-vous des bruits qui courent sur un scandale potentiel lié à cette affaire à multiples rebondissements concernant la découverte d'un supraconducteur à température ambiante ?

Le personnage au teint pâle donnait l'impression de ne pas s'être couché de la nuit.

— Eh bien, Charles, c'est exactement ce qui semble devoir se passer. La nouvelle est tombée hier dans la soirée, lorsque les téléscripteurs ont retransmis un article signé d'une journaliste de la presse écrite de Granite Creek, dans le Colorado. On se souvient qu'il s'agit de la pittoresque bourgade des montagnes Rocheuses où un physicien mystérieux a été présenté comme l'inventeur à part entière d'un supraconducteur à température ambiante. Cette découverte devrait révolutionner notre vie quotidienne. La journaliste qui est l'auteur de ce stupéfiant article, Anne Foster, se trouve aux côtés de notre correspondant à Denver.

Les deux commentateurs de CBS se tournèrent pour regarder un écran de télévision géant qui projetait l'image d'Anne Foster. Kuralt eut un sourire accueillant.

— Bonjour, Ms Foster, et merci de vous être levée de si bon matin pour nous rejoindre à « Dimanche matin ».

ANNE : C'est moi qui vous remercie, Charles. Je suis heureuse d'être ici.

KURALT : Votre article, qui va paraître aujourd'hui dans les journaux, fait véritablement sensation. Pourriez-vous nous dire, brièvement, sur quels faits il repose ?

Anne triturait avec nervosité son pendentif en quartz rose.

— Certainement. Il y a quelques semaines à peine, Priscilla Song, une étudiante de troisième cycle du RMP, a été sauvagement assassinée. Des éléments de preuve montrent que les résultats de ses recherches ont peut-être été dérobés à la suite de ce meurtre.

Le visage de la journaliste fut un court instant remplacé par une photo en noir et blanc représentant Priscilla.

KURALT : Et le sujet de ses recherches était... ?

ANNE : La supraconductivité.

KURALT : Ses recherches avaient-elles abouti ?

ANNE : Elle avait mis au point un supraconducteur à température ambiante.

KURALT : C'est... stupéfiant. En êtes-vous certaine ?

ANNE : J'ai personnellement vu les échantillons. Un expert du laboratoire national de Los Alamos les a contrôlés et soumis à des tests.

KURALT : Cette étudiante de troisième cycle... dites-nous... quels étaient ses rapports avec le scientifique anonyme, celui que l'université présente comme l'inventeur à part entière de ce remarquable nouveau supraconducteur ?

ANNE : Ce soi-disant physicien mystérieux avait des rapports de travail étroits avec Priscilla Song.

Kuralt sourit à l'image d'Anne.

— Je suis persuadé que vous connaissez le nom de cet universitaire discret. Pourquoi ne pas nous faire partager ce savoir ?

Elle rit et lui répondit par son éblouissant sourire.

— J'en serais très heureuse, mais c'est encore trop tôt. Quand le moment sera venu, vous serez le premier informé.

Le physicien avait l'impression de n'être plus relié à son corps que de très loin. Tout en regardant ces têtes qui parlaient, il se sentait curieusement détaché, comme le simple spectateur d'une catastrophe.

HOMME PÂLE : Il semblerait que ce chercheur mystérieux ait déposé une demande de brevet.

ANNE : Cette demande de brevet provoquera à n'en pas douter un âpre litige.

KURALT : Apparemment, le problème de l'identité de l'inventeur du supraconducteur n'est pas réglé, mais il appartient aux tribunaux et non aux journalistes de trancher, en l'occurrence. Ce qui nous intéresse, c'est une question plus urgente. Les copies de votre article parvenues par téléscripteur suggèrent que la mort de l'étudiante est peut-être liée à ses recherches. Pouvez-vous nous éclairer à ce sujet ?

ANNE : Comprenez bien que je ne porte aucune accusation d'aucune sorte, je ne fais que rapporter des faits qui peuvent être vérifiés. Priscilla Song a laissé derrière elle deux échantillons de supraconducteur à température ambiante. Elle en a avalé un ; le médecin légiste du comté l'a récemment retrouvé dans son corps. Le chef de la police pense que la victime a avalé cet échantillon pour empêcher son meurtrier de s'en emparer.

Cette déclaration entraîna un haussement de sourcils de la part de Kuralt.

ANNE : Le deuxième échantillon a été envoyé à un ami intime afin qu'il soit en sécurité, mais on vient de le récupérer.

KURALT : Nous ne manquerons pas de suivre de près cette histoire qui va de rebondissements en rebondissements. Merci d'avoir participé à notre émission de ce matin.

Kuralt fit pivoter son tabouret pour observer l'homme au teint pâle d'un air interrogateur.

— Qu'en pensez-vous, Fred ? Une tempête dans un verre d'eau, ou peut-on s'attendre à un ouragan sérieux ?

Fred flairait l'événement sensationnel.

— Anne Foster n'est pas très connue, mais elle a une réputation de journaliste sérieuse et digne de confiance. CBS a utilisé plusieurs de ses enquêtes par le passé ; elle a joué un rôle déterminant dans la révélation du grand scandale immobilier près de Colorado Springs l'été dernier. Le journal qui l'emploie soutient son article. Je crois que nous n'avons pas fini d'entendre parler de cette affaire.

Le décor céda la place à une publicité vantant les mérites d'ordinateurs de bureau.

Parris fit halte au Corner Drugstore pour acheter un exemplaire du *Denver Post.* Il émit un grognement en voyant le titre en première page :

LE PHYSICIEN MYSTÉRIEUX DU RMP
IMPLIQUÉ DANS LE MEURTRE DE L'ÉTUDIANTE ?

C'était l'article d'Anne. Plusieurs phrases lui sautèrent à la figure :

... l'étudiante a offert à son petit ami un échantillon du supraconducteur... en a avalé un autre tout en luttant pour rester en vie...

...un chercheur de Los Alamos contrôle les échantillons de supraconducteur à température ambiante...

... le procureur ne fait pour l'heure aucun commentaire...

... une femme ute a prêté son concours à la police locale durant l'enquête...

Il s'était attendu à un article classique, traitant du problème de l'identité de l'inventeur du supraconducteur. Il n'avait pas imaginé qu'Anne allait révéler pratiquement tout ce qu'elle savait, ou croyait savoir, sur le meurtre de Priscilla. Il lui était reconnaissant sur un point. Elle n'avait pas mentionné le nom de Waldo Thomson.

Il prit sa voiture pour se rendre chez elle et trouva un message scotché sur sa porte d'entrée :

Désolée, Scott. Il est quatre heures du matin, pas voulu te réveiller. Ai été appelée à Denver pour interview sur CBS. Si tu trouves ce mot à temps, tu me verras papoter avec Charles Kuralt à huit heures ! Ne t'en fais pas si tu rates l'émission ; j'ai programmé le magnétoscope.

Tu me manques,
Anne.

Le policier arracha la note à son support et la fourra dans sa poche de chemise. Tout à coup, il ne se sentait plus si bien que ça. Il s'était habitué à l'idée qu'Anne, la merveilleuse Anne, était disponible pour lui. Maintenant, elle allait devoir faire face à quantité de déplacements. À d'innombrables interviews pour la télévision. La journaliste qui avait démasqué le « meurtrier de l'étudiante » se verrait sûrement proposer un contrat pour un livre. Des journaux célèbres lui proposeraient de la prendre sous contrat. Peut-être également la télévision. Elle avait assurément la personnalité et le physique requis. Et, du jour au lendemain, elle aurait disparu. *Disparu.* Il détestait ce mot. Helen avait disparu, Priscilla avait disparu. Désormais, ce serait le tour d'Anne. Helen, au moins, avait disparu sans qu'il y contribue en rien ; mais il avait contribué à l'inéluctable départ d'Anne. S'il l'avait tenue à l'écart durant son enquête, elle continuerait peut-être à rédiger des articles sur les contrats d'assainissement des égouts et la question des droits de nos amies les bêtes. Le policier boutonna son imperméable et regretta de ne pas avoir mis un pull dessous. Il se sentait frigorifié. Trop vieux. Et seul.

Le possédé vomit dans les toilettes. Il essaya de vomir encore. Sa poitrine se souleva mais son estomac était vide. Il se remit debout et tira la chasse d'eau, appliqua un tissu-éponge mouillé sur son front et s'appuya au mur en attendant que la nausée s'éloigne et que ses forces lui reviennent.

La Voix était de retour, et il y avait autre chose : une odeur de chair putréfiée. Le physicien posa le tissu-éponge sur son nez, espérant que la présence n'en serait pas offusquée. La Voix lui parla de ceux qui avaient ruiné tous ses plans. La rage le gagna à mesure qu'il prenait conscience de l'injustice de cette ingérence.

— Je les méprise, déclara-t-il, mais que puis-je faire ?

La Voix le lui dit.

Parris appuya sur la sonnette et attendit. La femme corpulente qui lui ouvrit fronça les sourcils en voyant le chef de la police sur le pas de sa porte.

— Quelque chose qui ne va pas ?

Il porta poliment la main à son feutre.

— Non... je suis désolé de me présenter comme ça à l'improviste. Je me suis juste dit que vous étiez peut-être là. Est-ce que nous pouvons parler ?

Kristin Waters ouvrit sa porte et désigna un tapis-brosse où Parris essuya consciencieusement ses semelles mouillées. Elle lui prit son imperméable et l'étendit sur le dossier d'une chaise, puis lui fit signe de s'asseoir. Il s'exécuta, le dos bien droit, les mains croisées sur les genoux. Elle leva les sourcils pour lui indiquer qu'il pouvait commencer. Il ouvrit le petit carnet qu'il rangeait dans sa poche.

— Juste quelques questions. Pour préciser des points de détail. Vous comprenez ?

— Oui, bien sûr. Je comprends que vous soyez obligé de poser des questions puis de noter les réponses dans votre calepin.

Elle jeta un regard sur la grosse montre d'homme

qu'elle portait au poignet, laissant entendre qu'elle n'avait pas beaucoup de temps à lui accorder.

— Le jour du meurtre, Julio Pacheco se trouvait dans le laboratoire avec Priscilla Song.

Elle se pencha en avant et parla bas, comme si quelqu'un pouvait entendre leur conversation.

— M. Pacheco avait été appelé pour chercher une fuite de gaz. Le gaz peut être très dangereux, vous savez.

— Oui. Est-ce qu'il l'a trouvée, cette fuite ?

Le visage sans expression de Kristin Waters était indéchiffrable.

— Je ne sais pas. Je ne l'ai pas vu après ses vérifications. Vous voulez que je sois certaine avant de vous répondre, n'est-ce pas ?

— Bien sûr. On m'a dit que c'était vous qui aviez fait venir Pacheco.

— Absolument. Je lui ai dit de tout laisser en plan et de venir tout de suite. Si j'avais senti le gaz moi-même, j'aurais ordonné l'évacuation du bâtiment.

— Donc ce n'est pas vous qui avez senti le gaz ? Qui vous a demandé d'appeler Pacheco ?

Parris était certain de connaître la réponse.

Elle la lui donna.

26

Claude Potter-Evans avait passé la matinée à ramasser du bois mort et des pommes de pin séchées dans les profondeurs de la forêt. Il avait déversé un panier rempli de pommes de pin, qu'il utiliserait pour allumer ses feux et comme décorations de Noël, dans un coffre de bois rudimentaire à côté de la cheminée de pierre. Le vieil homme avait avalé un déjeuner frugal composé de pain noir, d'un œuf à la coque et de pêches en conserve. Il décida de renoncer à sa sieste postprandiale et de scier des morceaux de bois de soixante-cinq centimètres de long correspondant aux dimensions de l'âtre. L'Anglais était absorbé dans ce travail lorsqu'il entendit le véhicule approcher. Il prit plaisir à entendre ce bruit. Ce devait être la femme qui lui apportait le courrier. Elle en déposait la majeure partie, constituée de prospectus ou de factures, dans la boîte aux lettres qu'il avait fabriquée lui-même, à l'endroit où la route gravillonnée se transformait en un chemin de terre envahi par les herbes. Quand il y avait quelque chose de spécial, comme son chèque de retraite ou un paquet expédié par l'une des sociétés de vente par correspondance, elle venait jusqu'à sa cabane au volant de son pick-up à quatre roues motrices. Un peu maigrichonne pour son goût, elle restait néanmoins une femme séduisante dont le sourire innocent et la svelte silhouette promettaient de rares délices. Il y avait, force est de reconnaître la vérité, peu de femmes, jeunes ou vieilles, dont le sourire innocent et la silhouette (svelte ou non) ne suscitaient pas semblables fantasmes chez Potter-Evans. Tel Moïse dans son grand âge, son « énergie vitale ne l'avait pas quitté ». Depuis des mois, le vieil ermite imaginait divers moyens de retarder le départ de la demoiselle des postes ; il brûlait d'envie de recevoir la visite, aussi brève fût-elle, de cette gente damoiselle. Comme tant d'autres qui font ce métier où il faut se montrer infatigable, elle ne s'attardait guère, généralement. Toutefois, il était la patience personnifiée et affichait un incurable optimisme en ce qui concernait le charme qu'il pouvait exercer sur le sexe faible. Elle aimait bien les histoires qu'il racontait et, plaquant parfois sa blanche main sur ses lèvres, elle pouffait en écoutant ses plaisanteries obscures. Aujourd'hui, décida-t-il, je vais lui raconter la fois où j'ai chassé le buffle en Ouganda.

Il répétait sa prestation, nourrissant l'espoir de lui faire accepter son invitation à boire une tasse de thé, lorsqu'il vit le pick-up. La couleur n'était pas la bonne et ce véhicule était bien neuf, comparé au petit camion poussif de la demoiselle des postes. Son front se plissa sous l'effet de la perplexité. Avait-elle fait l'acquisition d'un véhicule neuf ? L'esprit de Potter-Evans, d'ordinaire aussi vif que les pattes d'une jeune antilope, était momentanément obnubilé par l'une des femmes objets de ses désirs. Le pick-up n'était qu'à quelques mètres, assez près pour qu'il puisse reconnaître le conducteur, quand il prit conscience de sa négligence. De son impardonnable négligence. Son esprit repoussa instantanément l'image de la jeune femme qui apportait le courrier. Où était son fusil ? Appuyé contre le tas de bois. Trop loin ? Oui. La fuite ? Sa seule chance.

Il reculait pour s'enfoncer dans les taillis quand il aperçut la main prolongée du revolver dépasser par la fenêtre ouverte du véhicule. En même temps, il vit l'éclair, entendit la détonation et éprouva une douleur fulgurante à l'abdomen. Il n'eut pas le sentiment qu'il tombait ; c'était comme si la terre humide lui avait expédié une ruade qui avait vidé ses poumons de tout l'air qu'ils contenaient. Il leva les yeux et fut à demi aveuglé par le soleil.

Maintenant, l'intrus au revolver s'adressait à lui :

— Tu n'es que le premier.

Le blessé, en se vidant de son sang, entendit chaque mot, mais ses pensées ne se tournaient pas vers son assaillant, qui semblait désormais dénué de toute signification. Son cerveau bondissait d'un de ses sujets de prédilection à un autre. Madeline, la bibliothécaire ; ses lèvres rouges pulpeuses, l'arôme piquant à base de kérosène de son parfum bon marché. Un nouveau bond en pensée. Il vit Winnie Churchill avec précision ; le Premier ministre appliquait de petites touches de peinture à l'huile à l'aide d'un pinceau sur un tableau représentant un mur de briques rouges, dans le jardin de sa maison de campagne ; de longues tiges grimpantes couvertes de roses jaunes décoraient l'édifice. L'extraordinaire homme d'État se tourna vers Potter-Evans et lui fit signe d'approcher. Il ne le pouvait pas ; il était de nouveau sur le territoire américain ; il ferma les yeux pour se protéger du soleil. Puis, encore une fois, de retour en Angleterre. 1943 ? Il se tenait près de l'entrée de la propriété de son père, dans le Yorkshire. Il distinguait la vieille bâtisse, construite en pierres grises taillées grossièrement ; il était certain de pouvoir humer l'odeur du pain frais et du thé noir brûlant. Puis, retour sur le sol du Colorado, les yeux fixés sur le soleil. Son visiteur continuait à crier comme un enfant gâté, parlant de ceux qui allaient payer et être punis de leur ingérence. L'agresseur tira alors un second coup de feu, cette fois en pleine poitrine. Potter-Evans sentit la balle percuter avec violence sa cage thoracique, mais il souffrit moins qu'à la première blessure. Il se dit qu'il devait être en train de perdre ses dernières forces, qu'il n'avait plus la faculté de ressentir la souffrance. Il entendit claquer la portière du pick-up. Le bruit du moteur s'atténua lentement dans le lointain. Une obscurité froide l'enveloppa, annihilant la douleur. Cette obscurité était la bienvenue. Il avait la sensation que, exactement comme le bruit du moteur, il s'éloignait progressivement... laissant derrière lui son enveloppe charnelle.

Parris espérait que Potter-Evans avait décodé l'inscription mystérieuse laissée par Priscilla Song. Comme à son habitude, Piggy n'avait transmis qu'un message confus. D'après Slocum, le vieil ermite avait parlé de femmes et d'alcool, et jeté un sort sur les petits-enfants du chef ! Parris, qui n'avait pas de descendance, ne se sentait nullement concerné.

Anne était assise près de lui, la tête reposant légèrement sur son épaule, ses doigts graciles posés sur son bras droit. Cela rendait malcommodes les changements de vitesse, mais il ne s'en plaignait nullement. Il aurait dû se concentrer sur les virages de la route gravillonnée, mais préférait tourner la tête et emplir ses poumons du parfum de ses cheveux roux. L'odeur du chèvrefeuille ? Était-ce un parfum artificiel, ou bien cette senteur merveilleuse émanait-elle de ses pores ? Il se comportait comme un imbécile devant cette femme en tout point remarquable. Il le savait et s'en moquait complètement.

Peu à peu, l'excitation d'Anne était retombée. Il n'avait pas l'intention de faire de commentaires négatifs sur son article. Peu importait que la personne visée puisse être un assassin machiavélique, susceptible d'attenter (peut-être pour la seconde fois) à sa vie. Thomson devait être très loin à l'heure qu'il était. Elle, en revanche, était là. Tout près de lui. Elle n'avait pas prononcé une seule parole relative à un autre travail, et il n'avait pas l'intention d'aborder ce sujet. Même si elle partait vraiment pour un autre État, peut-être la suivrait-il. Si elle le voulait bien. Il ne devait pas être si difficile que ça de trouver un autre emploi dans la police d'une autre petite ville.

— Comment va le sergent Knox ? s'enquit-elle.

— La blessure était vraiment très laide ; ils ont dû l'amputer de sa jambe. Il semble qu'il va s'en sortir.

— J'ai appris qu'il avait un cancer...

— Oui, fit Parris. Il était localisé sur la jambe.

— Tu ne veux pas dire...

— Eh si, fit-il avec un large sourire, celle qu'ils lui ont coupée. Je suppose que d'ici quelques mois il va revenir en clopinant sur son moignon en bois et exiger d'être envoyé en patrouille.

— Et Julio Pacheco ?

Parris ne répondit pas tout de suite.

— Volatilisé. Nous continuons à fouiller l'endroit où les chiens ont perdu sa trace, mais on n'a retrouvé aucune piste. C'est comme s'il lui avait poussé des ailes et qu'il s'était envolé.

Le pick-up surgit au moment où il négociait un virage serré ; Parris braqua brusquement afin d'éviter une collision frontale. Il avait le soleil de face ; il entrevit à peine le conducteur si pressé.

— Cinglé ! Quel chauffard ! Je devrais faire demi-tour, l'obliger à s'arrêter.

— Oublie de temps en temps de jouer au policier, dit Anne. Il ne l'a pas fait volontairement.

Lorsqu'ils quittèrent la section gravillonnée, le chemin devint cahoteux. Anne retira sa tête de l'épaule de Parris et ses longs cils battirent avec appréhension en regardant les ombres amassées sous les pins. C'était une forêt sombre avec de gros rochers couverts de mousse, le genre de lieu où les monstres des contes de Grimm se repaissent d'enfants innocents.

— Est-ce qu'on est bientôt arrivés ?

Cette femme parfois cynique, désormais au sommet de sa carrière professionnelle, possédait des côtés presque enfantins. Il se pencha pour lui embrasser l'oreille et fut récompensé par un sourire radieux.

— Presque. Un jour froid comme ça, il aura fait du feu ;

on devrait apercevoir la fumée sortant de sa cheminée quand on arrivera au sommet de la crête.

— Tu crois qu'il a déjà vu les journaux ? J'aimerais bien avoir le plaisir de lui montrer moi-même ce que donne la une.

— J'en doute. Il ne va en ville qu'environ une fois par semaine. Il va lire le journal à la bibliothèque à ce moment-là. Il a une amoureuse là-bas.

— J'en ai entendu parler. Madeline. Moi, je trouve ça un peu dégoûtant, pas toi ? Un vieux comme lui. Elle est assez jeune pour être sa fille.

Parris se souvint qu'il habitait dans une petite ville. Il n'y avait pas de secrets. En tout cas, ils ne duraient pas longtemps. Il se demanda quels ragots couraient sur le chef de la police et la ravissante journaliste qui semblait promise à une carrière brillante.

Il n'y avait qu'un soupçon de fumée grise qui montait paresseusement de la cheminée, comme si le feu était sur le point de s'éteindre. Parris sentit l'inquiétude l'envahir au moment où il serra le frein à main. Il aperçut la scie égoïne sur le tas de bois, puis remarqua le fusil. Le vieil homme était peut-être distrait, mais jamais il n'oublierait dehors le fusil auquel il tenait tant. Était-il malade ?

Il y avait des traces de pneus sur le chemin. Il se souvint du pick-up qui l'avait presque obligé à sortir de la route. Il perçut le bruit, quelque chose qui se situait entre râle et gémissement.

Le policier se laissa guider par ce bruit puis entendit une toux faible. Le vieil homme gisait de tout son long sur le dos. Sa chemise à carreaux élimée était maculée d'un sang encore humide près des blessures mais sec et craquelé sur les bords. Pendant qu'il se penchait sur Potter-Evans, Parris entendit Anne sortir de la voiture. Instinctivement, il appuya doucement un doigt sur le cou du vieil homme. La carotide battait faiblement ; il estima les battements à quarante-cinq par minute, au plus. La pression artérielle devait être basse ; en dépit du soleil dans les yeux, les pupilles de Potter-Evans étaient dilatées.

Anne surgit à ses côtés.

— Enlève-lui sa chemise, lui ordonna-t-elle d'un ton sec. Je vais faire des bandages.

Elle quitta son jupon qu'elle déchira en longues et étroites lanières, puis s'appuya contre un arbre et ôta son collant. Parris déboutonna la chemise du vieil homme. Il y avait deux blessures. Le petit trou dans son abdomen saignait doucement. L'orifice de la poitrine expulsait un sang écarlate marbré de sérum transparent quand Potter-Evans respirait faiblement, de manière irrégulière. Anne appliqua sur les blessures des bandelettes pliées qui provenaient de son jupon ; Parris souleva le blessé par les épaules afin qu'elle puisse maintenir en place les tampons qui comprimaient les blessures à l'aide de son collant utilisé comme bandage de fortune.

Cela arracha un hoquet au vieil Anglais.

— Me remuez pas, espèce de fieffé crétin ! Vous ne voyez pas que je suis...

Il battit des paupières en regardant ses visiteurs.

— Elle, c'est un ange, mais vous, qui diable êtes-vous donc ?

— Scott Parris. Vous vous souvenez de moi ? Bon, qui vous a fait ça, mon vieux ?

Le blessé posa sur lui des yeux troubles mais furieux.

— Parris ? Oh, oui, le gardien de la paix. Je suis allé à l'étranger, vous savez. Je me suis entretenu avec le Premier ministre. Il était très en forme. Nous avons échangé des souvenirs de la Grande Guerre ; il peignait un splendide tableau avec des roses et des briques, de l'herbe et du ciel. Moi, j'ai fait un portrait de Winnie.

Il se tut et réfléchit :

— J'ignorais que j'étais capable de peindre, savez-vous. Plutôt étrange, ne trouvez-vous pas ?

Parris le laissa doucement reprendre sa position antérieure sur le sol. Potter-Evans émit un sifflement, tandis que du sang coulait lentement à la commissure de ses lèvres. Le chef de la police parla d'une voix posée.

— Bon, réfléchissez bien et dites-moi... C'est très important... Qui a fait ça ?

Potter-Evans jeta un regard sur les pansements improvisés qui couvraient ses blessures, puis sur Anne. Il tenta de sourire mais grimaça de douleur.

— Vous êtes la journaliste, n'est-il pas vrai ?

Elle eut un sourire plein de douceur et lui toucha le front. Ce petit geste sembla lui redonner des forces.

— Ce fichu... est venu jusqu'ici avec sa fourgonnette, jusque sur mes terres, et ensuite ce triste sire m'a tiré dessus.

Il fit un effort pour fixer Parris.

— Chacun doit rester maître chez lui, vieille branche. N'est-ce pas exact, même ici dans les Colonies ? N'est-ce pas la loi ? Oh, par saint George, je crois que vous devriez me véhiculer vers un hôpital.

Parris faisait preuve de patience. Il ne devait pas l'influencer ; le témoignage d'un mourant est reçu comme une preuve d'un poids indéniable devant un tribunal, mais pas si le blessé est pris de délire et s'il ne fait que réagir aux suggestions d'un représentant de l'ordre trop empressé.

— S'il vous plaît, espèce de vieux zèbre, donnez-moi un nom.

Potter-Evans le regardait avec des yeux vides.

— Un nom ? Je n'ai jamais eu la mémoire des noms... C'était le bon temps avec Winston. Le seul vrai Premier ministre de ce siècle qui mérite d'être cité. Cette brave vieille Maggie a chassé les Argentins des Malouines à coups de pied au cul et Majors était un type convenable, mais...

Anne se pencha et lui murmura à l'oreille :

— La personne qui vous a tiré dessus... c'était quelqu'un que vous connaissez ?

Il lui fit un large sourire.

— Bonté divine, on peut dire que vous êtes jolie. Un

baiser au vieillard que voici et je vous dirai *tout ce que vous voulez.*

— Vous êtes un sacré coquin, lui rétorqua-t-elle.

Elle déposa un baiser léger sur sa joue.

— C'est vrai, dit-il. Vous êtes un ange, par saint George. L'Ange de la Mort. Et je suis au paradis !

Elle sourit et lui essuya le front avec son mouchoir.

— Vous vous rappelez votre promesse ?

Il avait le regard fou.

— L'invasion des Alliés... c'est ça que vous voulez, n'est-ce pas ? La Hollande, c'est là qu'il faut veiller. Dites à ce sale petit pervers de peintre en bâtiment antisémite que ça va venir par les digues.

Potter-Evans parut très satisfait de sa déclaration. Parris lui saisit l'épaule et le vieil homme grimaça de douleur à ce contact.

— Dites-nous qui vous a tiré dessus... assez fort pour qu'Anne vous entende.

Potter-Evans glissait doucement dans le délire :

— Major Claude Potter-Evans, matricule 47... je ne me souviens plus...

Le blessé toussa et expectora un peu de liquide écarlate.

— ... encore une chose, poursuivit-il avec davantage de lucidité. Je suis seulement le *premier.* Parfaitement. Oui. Je suis seulement le premier.

Parris sentit la terreur absolue déployer ses forces sombres au creux de son estomac.

— Comment ça ?

Potter-Evans agrippa le poignet du policier avec une force surprenante. Le vieil homme ferma les yeux comme pour se concentrer.

— Que je me souvienne... exactement. Oui. Oui. « Maintenant je vais tuer la vieille sorcière indienne... »

Potter-Evans lâcha un soupir et sa voix se mua en un murmure rauque :

— Je dois me reposer un peu. Drôle de journée, vous savez.

Ses yeux chavirèrent.

Le visage d'Anne était le reflet de l'horreur. Elle se tourna pour fixer sur Parris un regard exorbité.

— Oh, mon Dieu ! Mon article... J'ai parlé de la vieille Ute dedans. Thomson a dû le lire... et...

Elle se couvrit les yeux avec la main.

— Chasse-toi ça de l'esprit. Ce n'est pas le moment de... Surveille-le.

Il les laissa ensemble, perdus dans leurs douleurs respectives.

Il brancha la radio de l'Explorer, régla le bruit de fond et appuya sur le bouton de transmission du micro. Ce fut Piggy qui répondit à son appel et Parris eut un grognement de découragement. Il avait espéré avoir Clara Tavishuts en ligne, mais c'était de toute évidence le tour de garde de Piggy.

— Slocum, ici le chef Parris. Bon, écoutez-moi très attentivement.

Il parla lentement, articulant chaque mot comme s'il s'adressait à un enfant qui parvenait tout juste à saisir le sens des phrases les plus simples.

— Prenez un bloc-notes. Nous avons une urgence. Écrivez *exactement* ce que je vais vous dire.

— Bien reçu, chef. Je suis prêt.

Piggy fit basculer la communication des écouteurs sur le haut-parleur et s'empara d'un bloc de papier. Mais il ne trouva pas de crayon. Ça ne fait rien, se dit-il, je vais m'en souvenir, de ce que ce Dick Tracy de mes deux a à dire. Je suis pas stupide, quand même !

— Nous avons un blessé avec nous qui a été atteint de deux balles. Il a perdu beaucoup de sang. Envoyez une ambulance à la cabane de Potter-Evans, environ huit kilomètres après avoir quitté la route goudronnée à Slingshot Road. Faites ça d'abord, pendant que j'attends, puis venez reprendre le bigophone.

— Pigé, chef.

Parris attendit avec impatience. Mon Dieu, je vous en

supplie. Faites que Slocum ait compris. Cette fois seulement.

Piggy aboya dans la radio :

— Les secours d'urgence sont en route, chef. Ils savent où il habite.

Le soulagement envahit Parris :

— Bon travail, Slocum. Maintenant, écoutez-moi bien. Appelez la police tribale de la réserve des Utes du Sud à Ignacio, puis contactez le FBI. Dites-leur qu'une Ute, Daisy Perika, est en très grave danger. Quelqu'un a l'intention de l'assassiner. Un individu de race blanche. Il est possible qu'il circule à bord d'un pick-up d'une demi-tonne, modèle récent, bleu ou vert clair. Je n'ai pas pu lire les plaques. Mme Perika n'a pas le téléphone, mais la police tribale saura où elle habite. Vous avez noté tout cela ?

Le caporal Slocum pointa l'index sur sa tempe.

— J'ai tout noté pas plus loin qu'ici, chef. Je m'en occupe tout de suite.

Piggy était ravi de cette mission. Du vrai travail de policier ! Urgent et tout ! Il avait mis la main sur un stylo à bille, mais il ne marchait pas si bien que ça. Pas de problème. Il se souvenait parfaitement de tout !

Parris poursuivit :

— Je vais rester ici, en compagnie de la victime, jusqu'à l'arrivée de l'équipe médicale, et après je prendrai la route de la réserve ute et j'irai voir comment va Mme Perika.

— Cinq sur cinq, chef. Rien d'autre ?

— Non. Passez juste ces coups de téléphone. En quatrième vitesse.

Parris remit le micro sur son crochet argenté. Quand on lui mettait la pression, Piggy était peut-être capable de se montrer à la hauteur.

Slocum plissa les yeux pour tenter de déchiffrer les gribouillages bleus sur le bloc de papier jaune, puis il interrogea sa mémoire. Un pick-up. Des Indiens. Quelqu'un qui allait être tué. Bordel de Dieu ! C'était pas pour du beurre.

Qu'est-ce qu'il avait dit, le chef, exactement ? Oh oui, d'appeler la police tribale ute. Il composa le numéro des renseignements et martela nerveusement le dessus du bureau pendant qu'il attendait.

Une voix féminine jeune lui répondit.

— Quelle ville voulez-vous ?

— C'est pas une ville. Je veux le numéro de la po-lice de la réserve des Indiens Utes.

— Quelle réserve, monsieur ?

— La réserve ute, bordel. Tâchez de vous magner un peu, là. C'est la po-lice, et c'est une *urgence*, mer-credi.

— Quelle réserve voulez-vous, monsieur ? Il y a les Utes de Ute Mountain et...

Piggy l'interrompit :

— C'est ça. Donnez-moi juste leur numéro, ma jolie, et grouillez-vous.

La voix qui lui parvint alors sortait des entrailles d'un ordinateur. Il composa le numéro et tambourina du bout des doigts sur le bureau, pendant que le téléphone sonnait à Towaoc.

— Bonjour chez vous, ici l'agent Slocum, service de police de Granite Creek. Je voulais vous prévenir d'un truc. Y a une de vos femmes qu'a de drôles d'ennuis. Ouais. Y a quelqu'un qu'est en route pour venir la trucider, à ce que je crois. Bien sûr. Elle s'appelle...

Il cligna ses petits yeux porcins en scrutant les traces d'encre indistinctes sur le papier jaune.

— Elle s'appelle Daisy Paprika. Et vous feriez bien de vous bouger le train, pasque ce mauvais payeur, il a déjà descendu un Blanc ici, au fin fond de nos bois.

Moins de trente minutes s'écoulèrent avant l'arrivée de l'ambulance tout-terrain des secours d'urgence de Granite Creek. Ils avaient l'impression que ça avait pris des heures. Claude Potter-Evans n'avait pas prononcé une parole ; les intervalles entre les respirations rauques du vieil homme s'étaient faits plus longs ; ses lèvres avaient viré au bleu pâle. La vie le quittait. Les secouristes qui prirent le blessé en charge étaient méthodiques et efficaces ; ils avaient planté une aiguille de plasma en intraveineuse dans son bras avant même de le soulever et de le poser sur un brancard en acier inoxydable.

Parris n'aima pas le ton de leurs observations qui ne présageait rien de bon, tandis qu'ils poussaient la civière équipée de roulettes puis l'introduisaient à l'arrière de l'ambulance et fixaient un masque à oxygène transparent sur le visage épuisé du vieil homme dont la peau était devenue grisâtre.

— Pouls à trente-deux, faible, annonça succinctement la jeune femme au visage parsemé de taches de rousseur à son collègue.

— Tension huit cinq/quatre, en baisse, répondit le jeune homme frisé en laissant échapper la pression sous le brassard et en sortant une paire de grands ciseaux de son sac noir. On va la faire remonter avec la solution saline. Allez, on enlève ces chiffons et on arrête l'hémorragie.

Parris posa les mains sur les épaules d'Anne.

— Il faut que je me rende sur la réserve, que je trouve la maison de cette Mme Perika. Je vais te déposer en ville. Tu devrais rentrer chez toi, essayer de te reposer, et...

Ses yeux jetèrent des éclairs.

— Pas question. Je viens avec toi.

Il prit un ton ferme :

— Tu n'es pas en état et, par ailleurs, il s'agit maintenant d'un problème qui relève uniquement de la police. Si je tombe sur ce cinglé, il pourrait y avoir...

Elle se montra inébranlable :

— À l'heure qu'il est, tes subordonnés ont déjà averti la police tribale. Je t'ai entendu passer l'appel. Si Thomson est sur la réserve, ils l'auront collé derrière les verrous avant qu'on n'arrive. Je veux avoir l'occasion de parler avec Daisy Perika, de m'excuser d'avoir publié son nom.

Resta sous silence le fait qu'elle jouait désormais un rôle dans son propre reportage. Thomson n'en avait plus pour bien longtemps et elle tenait à être présente quand sonnerait l'hallali. Ce n'était plus uniquement une question d'intérêt journalistique ; cette jeune femme raffinée à la peau diaphane voulait assister à la curée.

Parris avait senti les épaules d'Anne se raidir sous ses mains. Il pouvait la laisser à Granite Creek, mais il savait que cela ne servirait à rien. La journaliste têtue le suivrait tout simplement sur la réserve des Utes du Sud. Il réfléchit aux conséquences de cette situation et prit sa décision ; il serait préférable de la garder à ses côtés. Il se sentait bien dans son rôle de protecteur, mais l'avoir auprès de lui était important pour d'autres raisons plus élémentaires. Et elle ne se trompait pas. La police tribale des Utes du Sud allait tout laisser en plan pour assurer la protection d'un des membres de leur communauté contre un dément venu de l'extérieur. Il l'attira contre lui.

— Tu as gagné. On n'a plus qu'à regagner la route, alors.

Lorsqu'ils eurent retrouvé l'asphalte, Parris poussa l'Explorer aux quatre roues motrices jusqu'à ses limites. Dans les lignes droites, l'aiguille du compteur flirtait avec le cent quarante. Les pneus protestaient en émettant un crissement aigu lorsque le véhicule se couchait en négociant les virages de montagne. Il se souvint que l'administrateur de la ville avait refusé d'acheter des pneus neufs tant que la profondeur des sculptures apparentes ne descendrait pas en dessous de trois millimètres, et il pria pour que la gomme ne reste pas collée sur le bitume.

27

Daisy Perika avait détecté la Présence dès le *posole* et le pain de maïs frit de son petit déjeuner. Elle avait tenté de chasser cette impression en regardant la télévision, mais même l'interview d'un couple de San Diego qui revenait tout juste de son périple sur la planète cachée « Terra II » (elle se trouvait sur la même orbite que la Terre, mais toujours de l'autre côté du soleil par rapport à Terra I !) ne suffit pas à capter son attention. Elle éteignit le poste, ouvrit la porte de la caravane et sortit sur le petit perron de bois. Quand elle l'aperçut, elle eut le souffle coupé et plaqua sa main sur sa gorge.

Un banc de nuages sombres et menaçants, une nuée « mâle » tourbillonnante, ondulante, s'insinuait sur l'arête de la mesa des Trois Sœurs. La vieille femme serra son châle tricoté plus fermement autour de ses épaules et observa ces vapeurs ombreuses projeter des langues de brume vers les parois de la mesa, comme pour se fixer aux colonnes qui dessinaient les silhouettes de pierre des trois sœurs. C'était un funeste présage. Ce n'était pas la Présence à proprement parler, mais un messager des Ténèbres à venir.

Elle entendit son pas léger puis vit ses yeux gris, son museau haletant. La créature, dont elle savait qu'elle n'était pas animale, du moins pas au sens habituel du terme, attendait impatiemment à l'orée de la clairière. Ce n'était pas un coyote ; c'était Coyote lui-même ! La chamane ferma les yeux et se détendit, attendant de distinguer la vision qui n'allait pas manquer de venir. Il y eut un bref instant de semi-obscurité, puis une fantasmagorie se mit à danser devant ses yeux clos. Vert et rouge, flammes et plumes. Le message du nain était clair, évident. Les Ténèbres s'approchaient et une vieille femme, même si elle comptait au nombre des Rêveurs et conversait avec le *pitukupf*, ne pouvait en retarder la venue.

À Capote Lake, Parris écrasa le frein et quitta la Route 160 pour s'engager sur la Route de l'État 151. Chimney Rock se dressait à l'ouest au-dessus de l'horizon, une sentinelle de pierre d'un gris marron qui s'enfonçait dans la brume des nuages. Il chercha dans son portefeuille jusqu'à ce qu'il trouve le bout de papier donné par Daisy, qui portait ses indications. La Route 160 représentait la barre d'un T, la 151 en constituait le trait vertical. À mi-chemin de ce segment de droite, une sortie pointait vers l'ouest. Daisy avait inscrit « Canyon de l'Esprit » ; un X signalait l'emplacement de son habitation. Il freina à mort, effectuant un virage à droite en dérapage pour prendre une route gravillonnée et franchir un pont de bois qui enjambait les eaux agitées de la Piedra. Une fois la rivière traversée, la route se divisait pour partir soit vers l'ouest, soit vers le nord. Il prit vers l'ouest et suivit, dans un bruit de ferraille, une voie rendue pire encore qu'elle n'était auparavant par une niveleuse qui avait laissé les traces, semblables à de la tôle ondulée, de son passage. Lorsqu'il quitta la route gravillonnée, il se retrouva sur un chemin de terre creusé d'ornières qui serpentait entre des bouquets clairsemés de genévriers et de pins pignons. Les ornières étaient remplies de l'eau de pluie qui avait précédé la neige ; il enclencha les quatre roues motrices et passa en première pour éviter à Anne d'être secouée jusqu'aux os tandis que l'Explorer cahotait violemment sur la piste. Ils aperçurent les lumières de la caravane de la vieille femme avant qu'il leur fût possible de distinguer l'habitation elle-même. Quand il négocia le dernier virage du chemin, la silhouette de la caravane se découpa nettement sur les vestiges de clarté jaune pâle qui luisaient à l'ouest dans le ciel. Il s'attendait à trouver une voiture de la police tribale des Utes du Sud, mais l'espace qui entourait le domicile à l'aspect abandonné était aussi dégagé que le ciel crépusculaire. Une porte d'aluminium, en haut d'un petit escalier en bois, oscillait au rythme des rafales de vent. Parris brancha le projecteur monté sur le toit de l'Explorer ; il balaya les environs à l'aide du faisceau lumineux mais ne vit rien.

Il s'efforça d'adopter un ton plein d'espoir :

— D'après moi, la police tribale a conduit Mme Perika en lieu sûr. Ils ont probablement déjà arrêté notre homme... à condition bien sûr qu'il soit venu.

Anne frissonna.

— Pourquoi aurait-elle laissé les lumières allumées... et la porte ouverte ?

— Les gens laissent des lumières pour décourager les cambrioleurs. Elle a peut-être poussé la porte et le pêne ne s'est pas enclenché.

Anne allait-elle accepter cette explication ?

Parris manœuvra le sélecteur de sa radio jusqu'à ce qu'il obtienne la fréquence de la police du Colorado. Ils pouvaient transmettre un message à Piggy, découvrir s'il avait réussi à joindre la police tribale des Utes du Sud. Il serait rassurant de savoir pourquoi l'habitation de Daisy semblait avoir été quittée à la hâte, pourquoi la police ute n'était pas sur place pour l'accueillir. Il enfonça le bouton du micro, régla les grésillements et fit plusieurs tentatives pour établir le contact avec quelqu'un. Il obtint de forts bruits de parasites, quelques mots confus, mais pas de réponse claire.

Il décrocha le fusil à pompe Remington de son support, derrière le siège du conducteur, ouvrit la boîte à gants, y trouva une torche électrique, une boîte entière de chevrotines double zéro calibre 12 et une demi-boîte de balles d'une once. Il parvint à insérer dans le chargeur cinq des cartouches de chevrotines de sept centimètres cinq, mit une demi-douzaine de balles dans la poche de sa veste.

Il sortit le Smith & Wesson à canon court de son étui d'épaule, vérifia les cartouches, le tendit à Anne.

— Installe-toi au volant. Il faut que j'aille jeter un coup d'œil. Si tu aperçois quelqu'un d'autre que Daisy Perika, tu fiches le camp en mettant toute la gomme. Si quelqu'un te menace, tu vises et tu appuies sur la détente.

Elle accepta le calibre 38 entre le pouce et l'index comme s'il s'agissait d'un serpent venimeux près de mordre et le rangea dans son sac à main. Parris laissa les clefs sur le contact et n'arrêta pas le moteur.

Il fit monter une charge de chevrotine dans la chambre du fusil et s'approcha de la caravane en courant, ramassé sur lui-même. Il la contourna, jetant un regard rapide par chaque fenêtre. Enfin, le cœur battant, il grimpa sur le perron de bois en faisant craquer les marches. Tout ce qu'il entendait, à part les battements assourdis de son cœur, c'était une rafale de vent intermittente dans les branches des genévriers et le grincement des charnières métalliques lorsque la porte oscillait à chaque souffle d'air. La caravane était sûrement vide. Il attendit que le vent ouvre le battant puis se glissa à l'intérieur pendant qu'il balançait. Méthodiquement, il fit le tour de la cuisine, du salon et finalement de la chambre. Il ouvrit la porte du cabinet de toilette avec le canon du fusil, plongea le regard dans l'obscurité qui y régnait. Rien ne bougea. La petite caravane était propre et bien rangée. Aucune trace de lutte, aucun indice laissant penser que quelqu'un d'autre que sa propriétaire y était entré. Il avait dû se passer exactement ce qu'il avait suggéré à Anne : la police tribale avait conduit Daisy ailleurs, afin qu'elle soit à l'abri de son agresseur. Puisque les policiers utes n'étaient pas sur place à l'attendre, ils avaient dû arrêter le suspect. Soit Daisy allait passer la nuit chez des amis, soit la police tribale la ramènerait une fois qu'elle aurait signé sa déposition contre l'intrus. Il s'immobilisa un moment, se détendit, obligeant son pouls précipité à ralentir. Il sortit de la caravane et referma derrière lui la porte fragile.

Il s'appuya contre la voiture.

— Personne. On dirait qu'elle n'a pas complètement fermé sa porte. Je vais faire un tour rapide et nous repartons.

— D'accord, fit Anne en lui touchant la manche. Mais sois prudent et ne reste pas trop longtemps.

Parris mit le cran de sûreté sur le fusil ; c'était complètement inutile de courir le risque d'un accident stupide. Il se dirigea vers le bosquet de genévriers, au sud. À l'intérieur, il découvrit des traces pas très nettes, des empreintes qui pouvaient être celles de Daisy Perika. Une faible lueur bleue marquait l'horizon, mais les ténèbres envahissaient les versants des San Juan. Il suivit les traces de pas le long d'une piste sinueuse, empruntée par les cervidés, qui le mena dans un arroyo peu profond. Au fur et à mesure qu'il progressait, ce lit à sec se creusait, et bientôt il ne vit plus par-dessus ses bords. Les traces lui firent escalader la berge de l'arroyo pour le conduire à la pente d'éboulis sur la face sud de la mesa aux trois colonnes rocheuses. Les traces étaient plus difficiles à suivre sur ce terrain rocailleux, mais il parvint néanmoins à repérer des marques partielles, de place en place. Il monta de quelques pas sur la pente puis s'arrêta. Il n'y avait plus d'empreintes.

Il scruta le pied de la mesa vers lequel les traces avaient semblé conduire. Il y avait un creux de forme conique, à flanc de falaise, plongé dans une profonde obscurité. Ses narines captèrent une discrète odeur de feu de bois. Parris cala le fusil sur son avant-bras et escalada les éboulis. L'odeur devint plus forte et plus agréable à mesure qu'il s'approchait du renfoncement dans la paroi de la falaise. Il ôta le cran de sécurité, écarta la torche électrique sur sa gauche, à bout de bras, appuya sur le bouton.

Une petite hutte de branchages était nichée à l'abri de ce renfoncement. De minces volutes de fumée d'un gris bleuté s'échappaient des interstices entre les branches. Il posa la lampe à terre et la poussa du pied jusqu'à ce que son faisceau éclaire l'entrée du refuge. Il s'écarta d'un mètre sur sa gauche. Si quelqu'un tirait sur la lumière, il avait l'intention de ne pas se trouver à proximité.

— Police, lança-t-il d'un ton de commandement. Qui est dans cet abri ?

Il n'avait aucun pouvoir légal en ce lieu, mais il faudrait du temps à l'inconnu pour s'en rendre compte. Il y eut une légère attente avant qu'une réponse lui parvienne :

— Le chef de la police *matukach* ? C'est vous ?

Il reconnut la voix de Daisy Perika.

— Ouais. C'est moi. Ça va, pour vous, là-dedans ?

Il vit la toile grossière qui recouvrait l'entrée s'écarter. Le visage rond de la vieille femme apparut, les yeux clignant dans le rayon de lumière. Parris ramassa la torche et l'éteignit.

— Entrez, l'invita-t-elle. Je me suis fait un feu.

Il mit le cran de sûreté sur le fusil à pompe et entra en rampant à moitié dans l'abri rudimentaire. Daisy était blottie au-dessus d'un petit feu. Les flammes étaient basses et hésitantes mais les braises rouges du bois de pin pignon bien sec jetaient des reflets flamboyants sur son visage mat.

— Je suis heureux de vous voir, madame Perika, mais que faites-vous ici dans cette... cette...

Daisy déposa plusieurs brindilles sur les braises et l'observa de ses yeux noirs où se réflétait l'éclat du feu.

— Je vais être en sécurité ici jusqu'à ce que le compagnon des Ténèbres s'en aille.

Ainsi, la vieille femme était sur le qui-vive. Elle avait dû repérer l'intrus et était venue se réfugier dans cette cachette.

— Alors, vous l'avez vu ? Mon subordonné a averti la police tribale. Je suppose qu'ils l'ont déjà embarqué.

— Je ne vois pas ma caravane d'ici, mais je vois la route qui y mène et je vois jusqu'au Cañon del Espiritu. Toutes les trois ou quatre minutes, je sors et je regarde. Après, je rentre et je me réchauffe. Je suis une vieille femme et je prends vite froid. J'ai vu personne.

— Vous n'avez pas vu la police tribale ? Ils devraient être là depuis une heure...

— Aucun policier n'est venu, à part vous. Comment vous avez su où me trouver ?

— Un coup de chance, je suppose. J'ai suivi des traces mais je les ai perdues au pied de la mesa. Puis j'ai senti votre fumée.

La police tribale des Utes du Sud n'était pas arrivée alors qu'elle aurait dû être là depuis plusieurs heures. Est-ce que Piggy avait déconné, une fois de plus ? Et le suspect ? Où était l'assassin ? Était-il déjà venu, puis reparti ? Il n'était peut-être pas venu du tout. Il ne viendrait peut-être pas. Cette pensée était réconfortante.

— Pourquoi êtes-vous montée jusqu'ici ? Vous dites que vous n'avez vu personne...

Elle agita la main devant son visage comme pour dissiper un brouillard.

— C'était le nain ; celui que nous nommons *pitukupf.* Il m'a avertie que Homme-qui-Marche-avec-la-Mort allait venir ce soir. Il m'a aussi dit que vous alliez venir, alors je ne suis pas surprise.

Parris réprima un sourire. Les « prophètes » étaient tous les mêmes. Ils ne prédisaient que ce qui s'était déjà produit.

— Est-ce que ce nain attend d'autres visites ?

— Encore une. La femme aux cheveux *tuwisi.*

— Tout quoi ?

— *Tuwisi.* Roux éclatant. Les jolis cheveux roux. Le *pitukupf* m'a dit que cette femme allait venir, qu'elle allait rencontrer l'homme malfaisant. Quand *muatagochi* aura grimpé de dix cercles...

— Quand quoi ?

— La lune. Quand elle aura grimpé de dix cercles (elle dessina un cercle avec le pouce et l'index, et plaça sa main au-dessus de sa tête pour expliquer), Homme-qui-Marche-avec-la-Mort sortira des ténèbres et frappera cette femme.

Daisy remarqua le vide qui gagnait les traits du policier.

— La femme aux cheveux roux... elle est avec vous ?

Parris hocha la tête ; il sentit son estomac se contracter violemment. À cette distance, la vieille femme n'avait absolument pas pu apercevoir le chevelure rousse d'Anne. Pas dans cette pénombre, pas même si elle avait une paire de jumelles dissimulée quelque part. Il sortit de la hutte et regarda la lune dont le bord apparaissait à peine au-dessus du relief déchiqueté de Summit Peak. Combien de temps avant qu'elle ait grimpé de dix fois sa hauteur ? Combien de temps avait-il laissé Anne pelotonnée dans la voiture de patrouille ? Il posa un regard derrière lui sur le visage anxieux de Daisy qui dépassait de la hutte.

— Il faut que je retourne là-bas.

— Je sais. Dépêchez-vous maintenant. Ne vous inquiétez pas pour moi.

Il dévala la pente d'éboulis en trébuchant, priant pour ne pas tomber ou pour ne pas se fouler la cheville. Sa vie désormais était entièrement orientée vers un seul but : rejoindre Anne pour la protéger de Homme-qui-Marche-avec-la-Mort. Rien d'autre ne comptait. Rien.

La cachette était exiguë, humide et sombre. Enfant, il avait eu peur du noir, mais tout était différent maintenant. Les ténèbres protégeaient et dissimulaient. L'homme restait assis, recroquevillé dans une position fœtale, les doigts noués autour des genoux. Il avait terriblement envie d'une cigarette, juste une bouffée, mais cela ne serait pas prudent. Et il était la prudence même. Le policier était passé près. Tout près. Il entendait la jolie femme bouger. Ses narines captaient les effluves de son parfum. Ses sens s'étaient aiguisés, maintenant que l'inéluctable triomphe approchait. Il allait, se promit-il, y prendre un immense plaisir.

28

Parris courait ; l'air froid transperçait ses poumons de mille épingles de glace. Lorsqu'il approcha de la petite clairière au milieu des genévriers, les lumières de la caravane de Daisy filtrèrent, comme floues, à travers les rafales de neige. Il ralentit, adoptant une marche rapide, avec pour seul réconfort le métal froid du fusil à pompe : il pesait presque trois kilos cinq mais lui donnait l'impression d'en faire dix au bout de son bras. Avait-il fait monter une balle dans la chambre ? Oui, il s'en souvenait parfaitement. Ne pas s'affoler maintenant. Se concentrer sur le problème présent.

Les phares de la voiture étaient éteints ; le moteur ne tournait pas. Anne n'était plus à l'intérieur. Cela pouvait signifier beaucoup de choses ; il chassa de son esprit les perspectives les plus sombres. Après avoir décrit un cercle presque complet, il s'avança dans la clairière à l'endroit où régnait l'obscurité la plus dense. Il se déplaça, le dos contre la caravane, puis s'immobilisa pour regarder par la fenêtre de la chambre. Une vague lueur émanant du coin-cuisine éclairait la pièce, mais il ne vit personne. Il se glissa aussi silencieusement que possible jusqu'à la fenêtre suivante. C'était le cabinet de toilette, plongé dans un noir absolu, dont la porte devait par conséquent être fermée. Le salon était vide. Il jeta un coup d'œil par l'angle inférieur de la fenêtre de la cuisine. Anne, qui semblait chantonner, préparait du café sur la cuisinière à gaz de Daisy Perika. « Anne, Anne, murmura-t-il, pourquoi ne peux-tu pas, une fois au moins, faire ce que je te demande ! »

Il avait tristement conscience que personne, pas même ses subordonnés, ne suivait ses instructions à la lettre. Qu'il s'agisse de l'indépendante Clara Tavishuts, ou surtout de Piggy. Bon, Leggett peut-être. Dans un monde où on ne pouvait compter que sur peu de gens, il y avait toujours Leggett.

Il jeta un coup d'œil vers la lune. Elle était beaucoup plus haute. La plus grande confusion régnait dans son esprit. Son côté rationnel refusait de tenir compte des prédictions de la vieille femme. Des superstitions, voilà ce que c'était ! Un niveau plus profond de sa conscience, celui qui invente les rêves et confère à chaque ombre des formes sinistres, redoutait de voir la lune atteindre dix fois sa hauteur. Il grimpa les marches du perron ; elles gémirent et protestèrent sous son poids. Il se souvint du revolver, dans le sac d'Anne. Si elle avait entendu le craquement des marches, le 38 était peut-être déjà dans sa petite main. Un doigt fin appuyait peut-être sur la détente. Ce serait le comble de l'ironie, être tué par un coup de feu tiré avec son propre revolver !

— C'est moi ! cria-t-il. Ne t'amuse pas à expédier des balles dans tous les sens !

Il l'entendit tirer le verrou de la porte d'aluminium, puis vit la poignée tourner. Il se hâta d'entrer, referma la porte et fut récompensé par un tendre baiser. La contrariété causée par l'imprudence de la jeune femme s'évapora devant la chaleur de son accueil.

— Pourquoi, protesta-t-il faiblement, tu n'es pas restée sans bouger dans la voiture ?

Anne l'embrassa dans le cou et lui déboutonna son manteau.

— Je me suis dit que je serais plus en sécurité ici ; je me sentais complètement nue, là-dehors.

Il la serra davantage. Elle le repoussa, mais avec douceur.

— Ce n'est pas vraiment l'endroit, dit-elle. Et si l'Indienne revient ? Qu'est-ce qu'elle pourrait bien aller s'imaginer ?

— Tu as raison, répondit-il d'un ton austère. Si elle te surprend à faire comme chez toi dans sa cuisine, c'est fichu pour nous deux.

Il eut un sourire un peu rustre :

— Je ne crois pas qu'elle va revenir avant un petit moment. Je l'ai trouvée par là-bas en haut (il indiqua la direction avec le fusil), dans une petite cabane en branchages.

Les yeux d'Anne exprimèrent l'inquiétude.

— Tout va bien ? Je veux dire...

— Impeccable. Comme les plumes du renard... Elle s'est allumé un petit feu.

Il avait envie de la prendre à nouveau dans ses bras, mais refréna cet élan. Il n'était pas bon de l'importuner. Il s'assit et vérifia le cran de sûreté du fusil, puis le posa sur la table. Anne lui versa une tasse de café noir fumant.

— Est-ce que la police tribale l'a avertie ? Pourquoi elle n'est pas partie avec eux ?

Parris trempa les lèvres dans le café. Il était amer.

— Les policiers utes ne sont pas venus du tout. Je te parie à dix contre un que Slocum a encore merdé. Première tâche dans l'ordre des urgences, je vais virer ce foutu crétin.

Tous deux savaient qu'il n'en ferait rien.

Anne ne parvenait pas à comprendre ce qui se passait.

— Alors pourquoi se cache-t-elle là-bas ?

Parris fit fondre une cuillerée de sucre dans son café.

— Eh bien, tu sais qu'elle a des... visions, je ne sais pas quoi. Elle prétend qu'un avorton lui a dit de se terrer jusqu'à ce que le méchant soit parti. Au bout de quelques minutes, quand je suis avec elle, je me mets presque à y croire moi-même, à ces histoires.

Il ouvrit les bras en grand.

— Pourquoi tu ne t'assieds pas, je ne sais pas, moi, ici par exemple ?

Elle se glissa sur ses genoux et lui entoura tendrement les épaules de ses bras. Il la tint par la taille et nicha son nez contre son cou. Sa peau était si chaude ! Elle lui embrassa le front.

— Tu es incorrigible, lui murmura-t-elle. Il va falloir que tu m'excuses une seconde.

Elle se dirigea vers le cabinet de toilette.

De temps à autre, des bribes de souvenirs de ces dernières semaines s'imposaient à la conscience du possédé : sa vaine tentative pour convaincre Priscilla ; le refus entêté qu'elle avait opposé à sa demande de partager les résultats de ses recherches sur la supraconductivité. Pourquoi n'avait-elle pas compris ? C'était un droit qui lui revenait naturellement. Quand un étudiant publie un article important, la tradition ne veut-elle pas que le nom du professeur figure parmi les auteurs ? Les enseignants ne sont pas véritablement tenus de prendre part aux recherches... mais n'est-ce pas eux qui gèrent les subventions et l'utilisation des installations, qui choisissent les heureux élus bénéficiant de ces avantages ? Après tout, ce n'est pas comme si l'université existait pour les *étudiants* ! Mais elle lui avait ri au nez. Même quand il l'avait menacée de s'opposer à ce qu'elle obtienne son doctorat, c'était resté sans effet.

Après, il y avait eu le mensonge sur l'odeur de gaz, le coup de téléphone urgent que Kristin avait passé au service d'entretien, le vol du tournevis de Julio Pacheco. La longue attente avant que Priscilla revienne dans le laboratoire ce soir-là. Le coup de téléphone à Pacheco... la fausse information sur un tuyau d'alimentation en eau qui avait cédé dans le laboratoire de physique des solides. Son soulagement quand le réparateur avait, en râlant, accepté de venir s'en occuper. La rapidité avec laquelle il avait troqué son costume de ville contre une combinaison et des gants de caoutchouc. L'expression de stupeur sur les traits de Priscilla... ses mains qui tremblaient sur le clavier de l'ordinateur. Puis elle avait avalé quelque chose... quelque chose qu'il voulait ! Il se souvenait vaguement qu'il l'avait étranglée. Le coup porté au visage, le craquement lorsque sa mâchoire s'était brisée, la pointe du tournevis enfoncée profondément dans son cerveau. Le sang. La façon dont il avait lacéré ses vêtements... dont il lui avait ouvert le ventre avec le couteau de boucher... le sang partout... jusque dans ses yeux. La façon dont il s'était débarrassé de la combinaison et des gants... dont il avait essayé de faire disparaître tout ce sang gluant... les phares de Pacheco au bord du trottoir... sa course, nu, dans le couloir, pour regagner son bureau... les vêtements sanglants tassés dans un tiroir... la façon dont il s'était habillé à la hâte... les hurlements hystériques de Pacheco en découvrant le cadavre. Puis, bien sûr, le coup de téléphone à la police. La fuite du Mexicain avait été un coup de chance inespéré.

Au début, le fait de s'associer Waldo avait plutôt donné de bons résultats. Quand il avait attrapé cette grippe intestinale, juste avant la conférence de la SPAN, Waldo avait accepté de partir immédiatement pour Washington afin de commander l'analyse de l'échantillon de supraconducteur et pour déposer la demande de brevet. Mais, ce qui allait bien au-delà de ces menus services, il avait apposé sa signature sur le registre falsifié pour la demande d'enregistrement, établissant ainsi que ses recherches sur les supraconducteurs avaient débuté plus d'un an auparavant. Le tout contre dix pour cent des royalties escomptées pour l'exploitation de la découverte du supraconducteur. Pas un mauvais marché.

Les choses avaient commencé à se gâter quand Waldo l'avait informé de la présence d'Anne Foster à Washington, et de son ingérence flagrante. Il avait rassuré son associé et, en suivant les instructions de la Voix, il avait réglé le problème. Du moins, c'était l'impression qu'il avait eue avant de la voir réapparaître à la conférence de presse. Il était persuadé qu'elle était morte... comment avait-elle survécu ? Après qu'elle avait eu le culot de se débrouiller pour le rencontrer puis de rendre publics ses soupçons sur le vol des résultats obtenus par Priscilla, il avait continué à croire qu'il avait une chance de réussir. Elle bluffait. Elle n'avait pas de preuves. Mais Waldo avait ses limites, en dépit de sa petite expérience liée au trafic de drogue en Amérique du Sud et de ses démonstrations de virilité verbales. Quand cette Foster avait proféré ses menaces, il avait été pris de panique. Puis il y avait eu, au sein du département, les commérages dus à la visite très remarquée de l'Anglais excentrique au poste de police, où il s'était vanté d'avoir déchiffré un nom dans le message codé de Priscilla. Ça avait été la goutte d'eau. Signer le registre était une chose, avait pleurniché Waldo, mais tout cela devenait beaucoup trop risqué maintenant. Waldo savait tout, et il n'était plus possible de lui faire confiance. Il n'y avait pas eu d'autre choix ; il se souvenait du drôle de bruit mat qu'avait fait la pierre quand il avait fracassé le crâne de son collègue.

Inutile de recourir à nouveau à une méthode aussi grossière. Il disposait maintenant du petit pistolet de Waldo. Il n'avait pas l'habitude des armes à feu, mais il comprenait le phénomène physique qui consistait en ce qu'un gaz, en se dilatant rapidement, propulse une petite masse de plomb à des vitesses atteignant plusieurs centaines de mètres par seconde. On braque l'objet, on appuie sur la détente, les gaz s'enflamment. C'était tout ce qu'il y a de plus simple. Trois balles utilisées, trois corps. Tellement plus propre que d'arracher les intestins pour retrouver de précieux échantillons de supraconducteurs !

Il était pressé d'en avoir terminé, mais sa mère lui avait toujours enseigné que la patience est une vertu. Bizarre, quand même... malgré tous ses efforts, il ne parvenait pas à se remémorer le visage de sa mère. Mais cela n'avait guère d'importance. La Voix était maintenant sa mère et son père. La Voix lui murmura une promesse à l'oreille : sa patience serait bientôt récompensée.

La caravane de la vieille Ute était incroyablement paisible. Parris entendit Anne tourner le bouton de la porte des toilettes ; il perçut le faible grincement des charnières lorsque le battant s'ouvrit, puis un claquement quand le pêne reprit sa place. Le silence fut troublé par une bourrasque soudaine qui ébranla l'habitacle.

Le policier se leva et s'étira. Maintenant, il avait un plan. Ils allaient rester à l'intérieur, le fusil prêt à faire feu, les portes verrouillées. Daisy allait rester dans son refuge jusqu'à l'aube ou jusqu'à ce qu'il retourne la chercher là-bas. Rien ne pressait ; la vieille femme était aussi solide que le cuir et sa hutte de branches constituait un abri d'une étonnante efficacité. Il allait rester ici, au chaud, avec Anne. Au chaud, ça, oui. Avec elle. Parris sentait l'excitation croître, le pouls battre à sa tempe. Il tapa doucement à la porte des toilettes.

— Reste pas là-dedans toute la nuit. Je me sens un peu seul, moi.

Elle ne répondit pas. Il retourna à la cuisine et se versa du café pour réchauffer la demi-tasse qu'il lui restait. Il entendit la porte des toilettes s'ouvrir, un bruit léger de pieds nus. Tiens, elle avait enlevé ses chaussures. Il se demanda ce qu'elle avait pu enlever d'autre. C'était drôle, quand même, pensa-t-il, il y avait quelque chose dans ces bruits de pas qui ne lui paraissait pas tout à fait... Le coup l'atteignit en pleine nuque. À demi assommé, il essaya de se relever, tendant le bras instinctivement vers le fusil. Un second coup le cueillit en pleine tempe ; celui-là fut suivi d'une sensation de nausée et d'une semi-inconscience envahie de gris. Il n'eut pas le sentiment de tomber, mais sentit le linoléum frais contre son visage. Il tenta de bouger. Ses membres étaient énormes, et lourds. Il entendit quelqu'un rire comme à la conclusion comique d'une plaisanterie particulièrement hilarante. Puis il sombra dans les ténèbres.

Daisy Perika était blottie devant son feu. Elle plaça une autre petite branche de pin pignon sur les braises et regarda les flammes jaunes lécher ce nouvel aliment avec avidité. À l'extérieur de la hutte, le *pitukupf* faisait les cent pas. Dans un sens puis dans l'autre, à l'entrée de la grotte où elle s'abritait, il passait et repassait. Elle ne pouvait le voir, mais elle entendait le bruit régulier que faisaient ses mocassins en peau de blaireau sur le sol sablonneux de la grotte.

Tout à coup, le nain cessa son inlassable va-et-vient et entra dans l'abri de sa démarche chaloupée. Il s'accroupit de l'autre côté du feu, à l'endroit où le chef de la police *makutach* s'était installé il y avait quelques minutes à peine. Un visiteur n'aurait vu personne avec la femme ute, à l'intérieur de l'abri, mais la vieille chamane percevait nombre de choses invisibles. Le *pitukupf* apprécia la chaleur du petit feu et ne fut pas gêné par la fumée du bois de pin pignon qui montait dans ses narines poilues.

— As-tu faim ?

Daisy ouvrit une boîte de cigares en état de grand délabrement et en sortit un morceau de viande séchée de quinze centimètres de long, scellé dans du plastique transparent. Le nain ne s'en préoccupa guère jusqu'à ce qu'elle déchire l'enveloppe et qu'il en détecte l'odeur. Daisy fit tiédir le mets délicat au-dessus des braises puis l'offrit à son hôte. Le *pitukupf* se saisit de ce morceau de choix d'un geste vif, le jeta dans sa bouche et entreprit de mâcher. Après avoir avalé la viande séchée, il leva deux doigts et avança les lèvres. La chamane comprit ; elle plongea la main dans la boîte à cigares et y préleva un paquet de Lucky Strike à moitié plein. Elle mit une cigarette entre ses lèvres et l'alluma avec un brandon de pin. Elle aspira profondément afin que l'extrémité du tabac prenne une teinte rouge cerise, puis tendit la cigarette à son visiteur.

Le *pitukupf* accepta l'offrande et s'installa confortablement devant le feu pour tirer des bouffées avec délectation.

— On dit que ces choses-là ne sont pas bonnes pour ta santé, vieil homme. Tu pourrais y laisser mille ans de ta vie.

Tout le corps de la femme-médecine était secoué par le rire. Le nain, qui ne riait que rarement, et seulement aux plaisanteries de son cru, traita cette insupportable vieille femme par le mépris. Elle le regarda fumer et pesa soigneusement ses mots.

— Ces gens sont venus ici pour me protéger de Homme-qui-Marche-avec-la-Mort. Maintenant il a l'intention de se venger sur eux. Je pense que tu devrais intervenir.

Le *pitukupf* l'observa tout en clignant des yeux à cause de la fumée. Il ne fit aucun commentaire, mais elle connaissait la réponse comme si elle avait été écrite dans le ciel en lettres de feu. Il ne lui appartenait pas de donner des directives au nain. Les traditions avaient de l'importance, mais cette fois les circonstances étaient très particulières.

— J'espère, remarqua-t-elle d'un ton dégagé, que Homme-qui-Marche-avec-la-Mort ne fait de mal à personne chez moi. Si quelqu'un meurt dans ma maison, elle sera maudite. Je ne pourrai plus y dormir.

Le *pitukupf* expédia le mégot dans le feu. Manifestement, ce problème ne l'intéressait pas. Daisy abattit sa carte maîtresse.

— Si je ne peux pas dormir chez moi, il faudra que j'aille habiter ailleurs. Je pourrais vivre chez ma petite-cousine, à Altonah, sur la réserve des Utes du Nord. Mais comme elle a trois petits-enfants qui vivent chez elle, tous les trois très gâtés, cela ne me plairait guère d'y aller. Et tu me manquerais, *pitukupf*. Je me ferais du souci pour toi.

Elle jeta un coup d'œil en douce sur la silhouette minuscule.

— Je suis la seule Ute à te connaître. Qui apportera des

offrandes à ta demeure sous la terre ? Quelqu'un d'autre fera-t-il ces rêves ? Une autre femme t'offrira-t-elle des cigarettes ?

Tous deux connaissaient la réponse. Le *pitukupf* retroussa sa lèvre supérieure. Ses dents étaient striées de jaune, ses yeux sombres comme le milieu de la nuit. Daisy eut un mouvement de recul inconscient sous son regard dur comme le silex. Était-elle allée trop loin ?

Parris prit conscience que l'impression de néant se dissipait. Il y avait un bourdonnement incessant dans ses oreilles, un goût aigre de vomi dans sa bouche. Une faible lueur orange filtrait à travers ses paupières. Une douleur sourde, dans sa tête, le lancinait, enflant et retombant telles des vagues sur un rivage balayé par les vents.

Il tenta de se souvenir de l'endroit où il était. Oui. La caravane de la vieille femme ute. Que s'était-il passé ? Il se souvint des coups, de la nausée. Ses pieds étaient glacés, mais il avait des picotements dans les mains au fur et à mesure que les sensations revenaient. Il sentait nettement le linoléum froid contre sa joue. Est-ce qu'il devait ouvrir les yeux ? Non, pas encore. Il prêta l'oreille, mais ne perçut que le ronronnement du réfrigérateur de Daisy. Son bras droit était tordu sous son corps ; sa main droite reposait près de ses fesses. Il essaya de remuer les doigts, aussi peu que ce fût. Bien. Ils bougeaient. Il agita les orteils à l'intérieur de ses bottes froides. Merveilleux. Il n'était pas paralysé. Où était l'homme qui l'avait assommé ? Pensait-il que sa victime était morte ? Était-il parti ? Je vous en supplie, Seigneur... faites qu'Anne soit vivante. Et qu'il ne lui soit rien arrivé.

Il entrouvrit les paupières. Les images qu'il vit étaient floues ; il attendit que le décor devienne mieux défini. Il vit deux pieds dans des chaussures élégantes et coûteuses, maculées de boue. Il n'eut aucun doute sur l'identité de celui qui les portait et ne fut pas surpris d'entendre la voix du professeur :

— Ça va mieux, n'est-ce pas ? Comme je suis soulagé ; je ne voudrais pas que vous expiriez tout de suite.

Parris rassembla ce qu'il put de forces et tenta de se soulever sur le coude gauche. Ce fut alors qu'il sentit le bracelet des menottes à son poignet droit. Il leva la tête, et il vit de plus en plus nettement le visage de l'homme. Le professeur Arnold Dexter, les yeux injectés de sang et larmoyants en raison du manque de sommeil, souriait à sa victime d'un air affable.

— J'ai été obligé de vous menotter à un point d'ancrage solide.

Il jeta la clef des menottes sur la table et s'assit lourdement sur l'une des chaises.

— Bon sang, je suis fatigué. J'ai eu une sacrée journée, vous savez, j'ai fait beaucoup de choses. Mais c'est vrai... les méchants ne connaissent pas le repos !

Le physicien passa les doigts sur les poils d'une barbe de deux jours et pouffa de rire. Il avait un petit revolver dans sa main. Parris se concentra sur le canon, les balles de plomb plaqué cuivre dans le barillet. Un calibre 22 ? Pas la grosse artillerie, mais suffisant pour qu'il parvienne à ses fins.

Le policier réussit à gagner une position assise et réfléchit à la gravité de la situation. Sa main gauche était reliée par les menottes à un des pieds de la cuisinière à gaz de Daisy. La droite était libre et la jambe de Dexter se trouvait à la limite de sa portée. Il cligna des yeux et examina son agresseur avec davantage d'attention. Pourquoi Dexter ne s'était-il pas déjà servi du revolver ? C'était comme si le physicien avait lu dans ses pensées :

— Je préfère ne pas vous tirer dessus tout de suite. Cette vieille sorcière indienne est quelque part dehors, elle se cache, elle trame quelque chose contre moi. Si elle entend un coup de feu, elle va rester dehors toute la nuit. Mais bien sûr, je serai obligé de vous tuer tous les deux avant de partir.

— Tous les deux ?

Faisait-il allusion à Anne ou parlait-il de Daisy ? Parris s'humecta les lèvres. Sa bouche était sèche comme la terre du désert. Il essaya d'articuler des mots mais coassa comme un crapaud.

— Anne... est-elle... ?

Dexter agita l'arme devant le visage du policier.

— Cette garce qui fout son nez partout a eu de la chance la dernière fois, mais sa bonne étoile l'a abandonnée ce soir.

Parris aurait voulu décocher un violent crochet du droit dans les parties intimes du scientifique, mais ses membres étaient encore tout engourdis. Pas assez de forces. Pas encore.

Dexter rangea le revolver dans sa poche de pantalon ; il prit le fusil à pompe posé sur la table et le manipula avec tendresse et curiosité. Parris ferma les yeux et se concentra pour inventer un plan sensé. S'il agissait trop tôt, tentait un geste qui n'avait aucune chance de réussir, tout serait fini. Si Dexter se sentait contraint de le tuer, la vie d'Anne, à condition qu'elle soit encore vivante, serait anéantie quelques instants plus tard. Le bruit de deux détonations n'alerterait pas plus Daisy que celui d'une seule.

Dexter se détourna et quitta la cuisine. Parris le regarda entrer dans le cabinet de toilette et en sortir Anne en la tirant par les talons. Ses cheveux roux traînaient derrière elle tandis qu'il la halait sur le sol en direction de la chambre. Le sac de la jeune femme était sur la table de la cuisine. Si Dexter ne l'avait pas fouillé, le Smith & Wesson devait encore s'y trouver. Le physicien disparut dans les toilettes. Il y eut un bruit d'eau qui éclabousse quand il urina dans la cuvette. Parris se propulsa sur les fesses vers l'arrière et parvint à passer les deux mains sous le bord de la cuisinière. Le métal était coupant et rouillé. Il poussa vers le haut, doucement d'abord, puis en y mettant plus de force. Le métal lui entaillait les doigts. Il y eut un petit bruit de ventouse lorsque le pied du réchaud se détacha du lino. Il rassembla toutes ses forces ; encore un tout petit peu et il pourrait faire passer la menotte sous le pied. Il entendit le bruit de la chasse d'eau ; il relâcha l'appareil au moment où Dexter apparaissait dans le couloir.

Le scientifique, remontant sa braguette, revint avec le fusil à pompe. Il s'installa à califourchon sur une chaise du coin-cuisine et pointa la gueule de l'arme sur le visage de Parris. Son doigt caressa la détente.

— Une pression pas très forte, murmura-t-il, et hop, plus de tête !

Il eut un sourire de guingois, la moitié de sa bouche s'affaissant comme à la suite d'une injection de novocaïne.

— Vous pourriez vous en tirer à bien meilleur compte en m'enlevant ces menottes. Le FBI et la police tribale sont en route, ils vont probablement arriver d'un instant à l'autre.

Les yeux de Dexter se plissèrent ; son visage tiré par la fatigue blêmit.

— Si c'est vrai, je devrais peut-être tirer tout de suite, pour en finir. La vieille sorcière indienne ne pourra pas se cacher indéfiniment... Je reviendrai et je la trouverai une autre fois. Je dispose, vous comprenez, d'une aide surnaturelle.

Il colla le canon du fusil contre la figure de Parris et ajouta :

— Si vous souhaitez me supplier de vous laisser la vie sauve, je pourrais changer d'avis.

Parris savait l'effet que les chevrotines auraient sur son visage. Il serra les poings pour empêcher ses mains de trembler.

Dexter attendit ; aucune réponse ne vint.

— Alors comme ça, vous refusez de supplier. C'est méritoire. Les derniers mots du condamné, alors ? Une phrase lapidaire dont je pourrai me souvenir quand...

— Ouais, fit Parris d'une voix rauque, je t'emmerde !

L'index du dément se crispa sur la détente du fusil ; Parris serra les dents en prévision de l'explosion. Tout son esprit se mit à hurler dans l'attente de la décharge, de l'épouvantable douleur fulgurante et des ténèbres de l'oubli final.

Rien ne se produisit. Dexter scrutait l'arme avec une expression de stupéfaction. Parris comprit pourquoi il était encore parmi les vivants. Un infime détail : le cran de sûreté était mis.

Parris lécha ses lèvres sèches.

— Eh bien ça, c'est la meilleure, fit-il sans grande conviction. J'ai oublié de le charger.

Dexter exprima son impatience par un grognement et jeta le fusil sur la table. Lorsqu'il atterrit sur le plateau, le policier remarqua que le pied du meuble le plus proche de sa main droite était sérieusement branlant. La table était bancale. Très bancale.

Dexter sortit le petit revolver de sa poche. Il le leva pour viser soigneusement un point situé entre les deux yeux de Parris. Ses gestes étaient bien calculés ; c'était un moment de délectation. Il ramena le chien en arrière avec son pouce. Un animal, peut-être un rongeur, courut sur le toit de la caravane dans un crépitement. Ce fut juste suffisant pour détourner l'attention du physicien qui leva les yeux vers le plafond.

Parris décrivit un ample mouvement circulaire avec son bras droit, arrachant au passage le pied de la frêle table de bois. Le temps donna l'impression d'être passé au ralenti. Parris prolongea son geste jusqu'à ce que le lourd cylindre de bois percute violemment le tibia de Dexter. Le hurlement du dément fut ponctué par la détonation assourdissante du revolver, tandis que la balle transperçait la porte du four, à moins de deux centimètres de l'oreille gauche de Parris. Pendant que le physicien tombait au sol, la table bascula également, jetant le fusil à terre. Parris lança le pied en bois, ratant la tête de son adversaire d'un cheveu, puis il s'empara du fusil par le fût. Il repoussa le cran de sûreté au moment précis où Dexter vit le canon du calibre 12 pivoter vers lui. Il s'élança en direction de la porte à l'instant où Parris appuyait sur la détente. Le policier avait visé trop haut, mais il vit le tissu du pantalon de Dexter se déchirer lorsqu'une charge de chevrotine s'enfonça dans ses fesses. Le cri perçant de l'homme fut à peine plus fort que le rugissement de colère de Parris. Le policier approcha le canon du fusil de sa main gauche prisonnière et fit monter une nouvelle cartouche dans la chambre.

Il leva l'arme pour tirer à nouveau. Trop tard. Dexter avait été englouti par les ténèbres. Le vent s'empara de la porte, la faisant osciller d'avant en arrière tel un grand pendule, la rabattant violemment contre son cadre de métal. Aurait-il une seconde chance ? Dexter pouvait s'introduire dans la caravane par la porte de la chambre, se servir d'Anne comme otage. Parris s'efforça d'envisager toutes les possibilités. Chaque seconde lui sembla durer une éternité tandis qu'il soupesait les choix possibles : il n'osait pas retirer son doigt de la détente du fusil, mais il devait soulever le pied de la cuisinière pour libérer la menotte. Chaque fois que la porte s'ouvrait, Dexter avait l'occasion de tirer avec son revolver, protégé par le couvert de la nuit. Parris prit sa décision. L'urgence absolue consistait à se libérer du pied de la cuisinière. Après, ce serait lui qui aurait l'avantage. Il laissa tomber le fusil en travers de ses cuisses, assura une prise ferme sur le meuble et réunit toute son énergie pour le soulever.

Il fut interrompu par une présence... une immobilité soudaine et palpable... un silence de mort. Il crut apercevoir une ombre incertaine qui traversait le perron. Y avait-il quelqu'un sur les marches ? Non, aucun craquement ne provenait de l'escalier de bois. Ça ne pouvait être que son imagination. Il serra les dents et souleva la cuisinière si brutalement qu'il crut que les articulations de ses doigts allaient se disloquer. Des grincements indiquèrent que la plaque de tôle se tordait ; il avait réussi à la soulever presque suffisamment pour se libérer, mais le bracelet était coincé sous l'extrémité inférieure du pied métallique. Il lâcha de sa main gauche, espérant tirer brusquement sur la menotte pour la dégager, mais un seul bras ne suffisait pas pour réussir.

Et alors, au moment où la porte oscillait à nouveau, l'ombre réapparut. Elle était très réelle, cette ombre... humaine ? Il n'avait plus assez de temps pour se dégager.

La cuisinière retomba avec fracas, le bracelet toujours retenu par le pied.

— Saloperie, murmura-t-il, pris de désespoir.

Il refusait de se laisser tirer comme un lapin. Il empoigna le fusil de la main droite, cala la crosse contre le sol et visa l'abat-jour en plastique, au plafond. Il appuya brusquement sur la détente. Une explosion s'ensuivit tandis que la charge de chevrotine pulvérisait l'installation électrique et ouvrait un orifice aux bords irréguliers dans le toit. Il entendit un grognement de surprise et un bruit sourd au moment où quelqu'un tombait du perron. Des éclats de verre coupants comme des lames de rasoir, qui provenaient des ampoules de soixante watts, lui picotèrent le visage, mais désormais l'obscurité le protégeait. Il fit monter une nouvelle cartouche dans la chambre. Lorsque ses yeux se furent adaptés à la pénombre, il distingua le paysage saupoudré de neige, au-dehors, chaque fois qu'une bourrasque ouvrait brusquement la porte. L'encadrement de l'entrée, qui avait pour Dexter représenté une invitation lorsque la lumière brillait, devait maintenant tenir le rôle d'un porche de ténèbres.

Maintenant... le laisser venir. Ce n'était plus du travail de policier. C'était une affaire personnelle. Dans sa fureur croissante, Parris souhaita avec ferveur que Dexter ait pris récemment un repas copieux ; il allait lui tirer dans les tripes, à ce sale fumier.

29

Parris braqua le fusil à pompe sur la porte, murmurant pour lui-même :

— Vas-y, entre, espèce de pauvre minable, fils de pute, que je te coupe en deux.

Il y eut un court silence, puis une voix grave répondit :

— Eh bien, merci pour l'invitation, camarade, mais je crois bien que je vais plutôt rester ici si vous avez l'intention de me tirer dessus.

Parris relâcha la pression sur la détente.

— Qui c'est, bordel ?

— Sergent Charlie Moon, police tribale des Utes du Sud. Vous êtes Parris ? Le policier de Granite Creek ?

Il abaissa le canon.

— Ouais. Vous feriez mieux d'entrer ; y a un cinglé qui se trimballe dehors avec une arme.

Cette fois, les marches gémirent quand le policier ute grimpa jusqu'au petit perron. Lorsque le faisceau de sa lampe torche illumina la cuisine, Parris posa le fusil à côté de lui et se servit de ses deux mains pour tirer sur la cuisinière. Le sergent Moon referma la porte et siffla en dirigeant la lumière sur les débris qui jonchaient le sol puis sur les vestiges de la lampe au plafond.

— Tante Daisy, elle va sûrement se foutre en boule quand elle va voir tout ce gâchis. Sa table est pétée et vous lui avez fait un grand trou dans son toit. À votre place, je m'arrangerais pour pas trop traîner dans le coin, quand elle va revenir. C'est pas des conneries. Y a des chances que vous vous retrouviez avec le cul à la place de la tête.

Parris dégagea le bracelet des menottes du pied métallique pendant que Charlie Moon soulevait la cuisinière d'une main.

— Ça fait des heures que mon subordonné a dû vous appeler, qu'est-ce qui vous a pris tout ce temps ?

Moon répondit d'un ton amusé :

— Ben, c'était juste que je pouvais pas partir tout de suite. Nous autres, les Peaux-Rouges, on s'était organisé une grande danse pour faire tomber la pluie et...

Parris arbora un sourire penaud.

— Désolé. J'ai eu une sale journée. Je m'attendais à vous voir en arrivant, à vous trouver ici, avec toute cette affaire réglée. Au lieu de ça, j'ai eu une prise de bec avec cet individu qui avait dans l'idée de me régler mon compte.

Moon accepta ces excuses.

— Il nous a fallu un moment pour comprendre ce qui se passait. Votre subordonné a appelé la mauvaise réserve.

Parris se frotta les jambes pour rétablir la circulation dans ses muscles engourdis.

— Slocum a encore merdé.

— Les flics de Ute Mountain ont appelé notre standardiste ; on a fini par tout mettre bout à bout après avoir appelé le poste de Granite Creek et discuté avec votre gars. On a pensé que vous aviez dû prendre la route pour aller voir Tante Daisy.

Moon tenta de redresser la table en la calant avec le pied détaché, puis demanda :

— Quelle est la situation, ici ? Tante Daisy va bien ?

— Mme Perika se cache dans un abri sur la mesa ; à mon avis, elle ne risque rien si elle n'en bouge pas.

Parris trouva ses clefs et ouvrit le bracelet qui pendait à son poignet gauche.

— Arnold Dexter est dehors. Race blanche, un mètre quatre-vingts environ, un peu moins de quatre-vingts kilos. Il se trimballe un revolver calibre 22 et des chevrotines dans le cul, ce qui fait qu'il doit nourrir des envies de meurtre.

— On dirait bien que tout le monde a la gâchette facile dans le coin, fit Moon. J'ai failli pisser dans mon froc quand vous avez arrosé le toit avec votre fusil de chasse.

— J'en suis désolé, sergent. (Le policier ute savait qu'il n'en était rien.) Il y a une amie à moi dans la chambre.

Parris sentit sa gorge se serrer.

— On ferait bien d'aller la voir.

Il suivit l'Indien avec appréhension. Anne tentait vainement de se mettre debout. Moon la souleva, l'allongea sur le lit et posa avec délicatesse un gros doigt sous sa mâchoire.

— Le pouls est un peu irrégulier, mais vigoureux.

Il fit courir sa main sur le crâne de la jeune femme qui tressaillit de douleur.

— Une jolie bosse, une commotion cérébrale n'est pas à exclure. Pas de sang, cependant.

Anne se souleva sur un coude.

— J'ai l'impression, dit-elle d'une voix faible, que ma tête va se détacher.

Parris, rendu muet par le soulagement, se pencha et lui toucha la main. Il lui fallut un bon moment pour retrouver sa voix :

— C'était Dexter. Il va falloir que nous te fassions examiner.

Il se tourna vers Moon

— Vous pouvez l'emmener quelque part où elle sera en sécurité ?

Le policier ute aida Anne à se relever.

— Il y a une infirmière qui habite à trois ou quatre kilomètres d'ici.

Anne s'appuyait sur son bras, retrouvant petit à petit l'usage de ses facultés mentales.

— Le professeur Dexter ? Mais qu'est-ce...

— C'est lui qui était derrière toute cette affaire.

Parris se souvenait qu'il avait fait monter une cartouche dans la chambre, mais il vérifia pour s'en assurer. Le fusil était chargé. Il adressa sa remarque suivante au policier ute :

— Ce taré est toujours quelque part dehors. On ferait bien d'être prudents.

— On va éteindre toutes les lumières, répondit Moon. Vous allez me couvrir avec votre fusil pendant que je l'emmène jusqu'à la voiture de patrouille. Une fois sur la route, je demanderai de l'aide par radio. Dans environ une heure, on aura toute une troupe ici pour effectuer une battue.

— Dexter doit avoir un véhicule dissimulé à proximité, s'il n'est pas déjà parti avec. Je vais voir si je peux trouver...

Moon s'exprima avec autorité, d'autant que Parris se trouvait dans son secteur :

— Vous allez rester tranquille. Si cet *hombre* se montre, j'apprécierais beaucoup que vous ne le transformiez pas en écumoire pour le simple plaisir. Si vous le descendez, j'en aurai pour des semaines à remplir des paperasses.

— Ne vous en faites pas, sergent. Je suis un policier assermenté. Je le veux vivant, ce type.

Mon cul, oui, pensa-t-il.

— Mon cul, oui, répliqua le Ute d'un ton sec, mais si vous le tuez quand même, il vaudrait mieux que je le trouve aussi raide qu'une souche d'arbre, et avec une arme dans la main... n'importe quelle arme, putain.

Moon s'enfonça dans la nuit avec Anne, ne semblant pas redouter que Dexter tente d'atteindre au jugé sa stature massive. Parris le suivit de près, faisant osciller le canon du calibre 12 de droite et de gauche selon un ample arc de cercle, prêt à tirer sur tout ce qui pourrait bouger dans les ténèbres.

Une fois que le bruit de la voiture eut disparu dans la nuit, Parris fit le tour de la caravane. Rien ne bougeait dans l'obscurité, mais Dexter était là, dehors. Il sentait la présence du dément. Le professeur était-il à la recherche de la femme-médecine ? Il était temps d'aller voir où en était Daisy.

Le bosquet de genévriers projetait des ombres désolées, noires comme de l'encre, sur la fine couche de neige éclairée par la lune. Un léger creux dans la blancheur glacée attira son regard. Il mit un genou à terre pour mieux observer. Une série d'empreintes de pas récentes étaient visibles dans la neige. Il ne pouvait s'agir que de traces laissées par Dexter, et elles se dirigeaient tout droit vers le pied de la mesa où Daisy se dissimulait. Le tueur, bien sûr, pouvait se tenir en embuscade. Parris suivit la piste qui traversait le bosquet, s'attendant à tout moment à entendre le claquement sec du calibre 22 de Dexter. Son index reposait légèrement sur la détente du fusil.

Maintenant, il y avait une seconde série d'empreintes, à côté de celles de Dexter. Elles étaient très petites. Celles d'un enfant ? Mais cela n'avait aucun sens. Et lequel suivait l'autre ? Il s'accroupit pour étudier la piste. C'étaient des empreintes de forme plutôt arrondie, de huit à dix centimètres de long, aux contours moins bien définis que ceux des chaussures de Dexter. Des mocassins ? Aucun doute sur qui suivait qui. Une petite empreinte avait partiellement oblitéré la trace nette laissée par le talon du physicien. Il était suivi. Ou traqué ? Le policier progressait lentement en suivant la piste dans la neige, s'arrêtant par moments pour écouter. Le profond silence le perturbait.

Il se laissa glisser le long de la pente d'un petit arroyo et suivit les traces jusqu'à ce que la ravine débouche sur une prairie en pente. Il y avait maintenant des taches sombres dans la neige ; Parris s'accroupit pour en ramasser. Il la fit rouler entre ses doigts. Du sang coagulé. Qui devait s'expliquer, se dit il avec satisfaction, par la charge de chevrotine dans les fesses de Dexter. Il traversa la prairie à la course. Il avait à peine pénétré d'une trentaine de mètres dans une zone parsemée de genévriers quand il aperçut la vieille Ute. Daisy se tenait au-dessus de quelque chose... au-dessus d'un corps. Il la rejoignit en courant. C'était Dexter, la face contre la neige cristalline. Était-elle occupée à prier ou à chanter ? Peut-être les deux attitudes ne faisaient-elles qu'un pour une Ute élevée dans les traditions ancestrales. Elle se tut à son approche.

Parris mit un genou à terre, se servant du fusil comme support. Il n'avait pas encore récupéré. La tête lui tournait pendant qu'il essayait d'examiner le corps. Les mains du scientifique étaient tendues vers l'avant comme s'il avait tenté d'amortir sa chute. Le fond de son pantalon était imbibé de sang. Plusieurs gros plombs avaient atteint leur cible. Son visage était légèrement surélevé par rapport au sol enneigé. Il y avait comme une flaque sombre sous sa figure... du sang qui se figeait dans la neige glaciale. Comment était-ce possible ? La décharge ne pouvait pas l'avoir atteint au visage dans sa fuite. Non. Le professeur était tombé sur un genévrier mort. Une courte branche brisée lui avait perforé l'œil gauche et s'était apparemment enfoncée dans son cerveau malade. La boucle était bouclée désormais, justice était rendue comme on la concevait dans la Sion antique. L'œil de Dexter pour l'œil de Priscilla. *Ojo por ojo.* Il existait, manifestement, une implacable symétrie dans l'univers.

Daisy recommença à chanter. Le rythme de la langue ute évoquait des faits héroïques, des récits de temps révolus... perdus pour tous ceux qui n'entendent pas les esprits murmurer.

Parris essaya de déplacer la tête de Dexter, mais elle était fermement empalée sur la branche morte. Il sentit la nausée revenir. Pourquoi avait-il touché le corps ? Pour s'assurer de la mort de cet homme ? Ce n'était guère nécessaire. Il s'assit dans la neige et se prit le crâne à deux mains en attendant que le malaise passe.

— Ne touchez pas le corps, madame Perika. Les policiers utes et les gars du FBI vont s'en occuper ; moins le lieu du crime aura été dérangé, mieux ça vaudra.

Daisy, qui était ute jusqu'au plus profond d'elle-même, n'avait aucune intention de toucher ce cadavre.

Il s'aida à nouveau du fusil pour se remettre debout. Il s'écarta du corps et l'étudia en professionnel. Le vieux sergent bourru des quartiers sud de Chicago avait expliqué à toutes les jeunes recrues ce qu'il convenait de faire, à l'époque où Parris était encore sans expérience : « Ne laissez jamais paraître que vous avez le moindre doute sur l'attitude à adopter, quoi qu'il arrive ; vous devez vous comporter comme si vous saviez ce que vous avez à faire, sans quoi les gens vont paniquer. » Il tourna son attention vers Daisy, dont le visage était dépourvu d'expression. Aucun danger que cette femme panique.

— On dirait qu'on a finalement eu un coup de chance, commenta-t-il. Au bout de toute cette histoire, il trébuche et il tombe. Bon, c'est la célèbre chance des Irlandais ou quoi ?

Daisy s'accroupit à côté du corps de Dexter, prenant soin de ne pas frôler le cadavre avec sa jupe. Elle tendit le doigt.

— Regardez là. Vous voyez ?

Parris dirigea le faisceau de sa lampe sur les pieds de Dexter et sentit un frisson glacé courir le long de sa colonne vertébrale. Une plante grimpante était solidement enroulée autour de ses chevilles. Plusieurs fois. Il espéra que Daisy allait tout comprendre à demi-mot.

— Il a dû se prendre les pieds dans cette tige. Vous comprenez ? C'est un *accident* !

Daisy, ne saisissant pas ses intentions, était stupéfaite devant cet apparent manque de compréhension de la part du policier blanc. Clara Tavishuts lui avait dit que le chef venu de Chicago était quelqu'un d'intelligent.

— Regardez de plus près, insista-t-elle patiemment, et après, dites-moi si vous croyez à un accident.

Priant silencieusement pour qu'elle n'avoue pas ce meurtre, Parris se laissa tomber à genoux et parcourut du bout des doigts les chevilles de Dexter. Le cordon qui les entourait se composait de plusieurs brins provenant d'une plante grimpante souple, tressés ensemble. Il sentit un objet dur et lisse... un caillou plat de la taille d'un palet de hockey. Il souleva les pieds de Dexter et orienta le faisceau lumineux sur l'objet : une pierre noire. La plante passait par un trou dans la pierre ; elle était maintenue en place par un gros nœud serré sur l'une des faces. Un schéma d'ensemble s'organisait petit à petit dans sa tête. Daisy était descendue de sa cachette, avait entendu les coups de feu, vu Dexter qui s'enfuyait de la caravane. Il ne savait trop comment, elle avait lancé le filin lesté de la pierre autour de ses chevilles. Mais précisément à l'instant voulu pour qu'il tombe et s'empale, en une répétition ironique de la mort de Priscilla Song. En tout état de cause, le corps encore chaud du scientifique était bel et bien là, son cerveau malade tranpercé par une branche morte.

C'était le FBI qui enquêtait sur tous les crimes de sang survenus sur les réserves indiennes. Quand les petits génies du Bureau trouveraient le cordon lesté de sa pierre autour des chevilles du professeur, ils n'en finiraient pas de poser question sur question. Ils n'auraient qu'un seul suspect pour le meurtre : la chamane ute que le chercheur fou avait menacée. Cela aboutirait vraisemblablement à une accusation d'homicide avec circonstances atténuantes, légitime défense, mais Daisy risquait de se retrouver aux prises avec le système judiciaire des mois durant, et peut-être même plus. Cette éventualité semblait terriblement injuste. Il n'existait qu'un seul moyen de préserver une certaine justice. Il défit le cordon qui entourait les chevilles du mort, l'enroula autour du gros caillou et le tendit à Daisy.

— Débarrassez-vous-en et oubliez-en l'existence. Un policier ute est déjà venu, le sergent Moon. Si le FBI découvre que j'ai supprimé des éléments de preuve, ça ira très, très loin, et c'est moi qui devrai payer la note. Vous comprenez ?

— Bien sûr, dit-elle en lui tapotant l'épaule et en rangeant l'objet dans sa poche. Vous êtes quelqu'un de bien, pour un *matukach*. Mais ne vous en faites pas pour moi. Charlie Moon est l'un de mes neveux. Je lui changeais ses couches quand il était petit. De toute façon, je suis capable de me débrouiller.

C'est vrai, pensa-t-il. Vous réussissez à vous tirer d'affaire toute seule. Moi, je serais mort, sans ce pied de table branlant et si ce criminel amateur avait su qu'il y a un cran de sûreté sur un fusil de chasse. Une question de chance, ou quelque chose d'approchant. Tout au fond de lui-même, il savait qu'il y avait davantage que de la chance. Mais quoi ? Est-ce que les anges, en plus de leur mission qui consiste à veiller sur les enfants et les ivrognes, protègent également les policiers négligents ? Était-ce une manifestation de la grâce ?

Daisy dirigea son regard vers le Grand Chariot, au-dessus de la mesa des Trois Sœurs. *Akwuch* était effectivement en train de déverser les étoiles dans le ciel. D'un à-pic, très haut, Coyote jappa, et son cri ressemblait à un rire rauque et bruyant. La Présence sombre avait été chassée de sa terre natale ! Pour la première fois depuis des semaines, Daisy sentit que l'harmonie était de retour. Elle pencha la tête de côté, repoussa ses cheveux noirs et raides qui tombaient sur une de ses oreilles et dressa la tête comme si elle était dans l'expectative.

— Ça a commencé. Vous entendez ?

Scott Parris prêta une oreille attentive ; il ne perçut rien de plus que le souffle irrégulier du vent dans les branches touffues du genévrier. Daisy, elle, entendait autre chose. Quelque chose de plus ancien que l'univers. Qui parlait à son âme. C'était le chant nocturne des esprits. Elle leva le bras et posa l'extrémité de deux doigts sur la tempe du policier. Aussitôt, il entendit la mélopée rythmée, l'appel doux et amer de quelqu'un... qui le connaissait. Faible, loin d'abord, puis tournoyant autour de lui comme une brise fraîche. Il eut le sentiment de s'être échappé de son corps.

Daisy le tira par la manche.

— Revenez ; vous n'êtes pas encore prêt. Rentrons.

La musique dans sa tête décrut jusqu'à n'être plus qu'un bruissement. Elle le prit fermement par le bras et l'éloigna du cadavre de Dexter. Le souvenir même de la vision qu'il avait eue s'effaçait, s'évanouissant comme un rêve après le réveil.

— En arrivant à la maison, dit-elle d'un ton maternel, je vais vous préparer un bon café et vous réchauffer un bol de *posole*.

En respirant à fond l'air vif, Parris s'aperçut qu'il était affamé.

— Ah, fit-il, c'est exactement ce qu'il nous faut !

— Vous savez, dit-elle gravement, quand on devient très vieux, on a la nostalgie des coutumes d'autrefois. Mais j'ai commencé à en avoir assez de cette hutte de branchages. La neige entrait par les fentes des murs. Ça va être agréable de retrouver ma petite caravane, avec un bon toit audessus de ma tête.

L'image du trou au bord déchiqueté qu'il avait fait en tirant dans son plafond lui revint brusquement à l'esprit. La table de la cuisine était fichue ; une balle avait perforé la porte du four. Daisy sentit les muscles du bras du policier se crisper. Il ne remarqua pas le sourire espiègle qui éclairait fugitivement son visage.

— Même si manger un morceau ne pourrait que me faire du bien, déclara-t-il en adoptant le ton mesuré de celui qui se consacre à ses tâches professionnelles sans penser à lui-même, le sergent Moon va vouloir un rapport détaillé sur... l'accident de Dexter. Je ferais peut-être mieux de remettre ce plaisir à plus tard.

— C'est vous qui voyez, dit la vieille femme-médecine.

« Terres d'Amérique »

Collection dirigée par Francis Geffard

SHERMAN ALEXIE
Indian Blues, roman
Indian Killer, roman

RUDOLFO ANAYA
Sous le soleil de Zia, roman
Bénissez-moi, Ultima, roman

GAIL ANDERSON-DARGATZ
Remède à la mort par la foudre, roman

GRETEL EHRLICH
La Consolation des grands espaces

DAGOBERTO GILB
Le Dernier Domicile connu de Mickey Acuña, roman

RICHARD HUGO
La Mort et la Belle Vie, roman

THOMAS KING
Medicine River, roman

WILLIAM KITTREDGE
La Porte du ciel

CRAIG LESLEY
Saison de chasse, roman
La Constellation du Pêcheur, roman

DAN O'BRIEN
Brendan Prairie, roman

LOUIS OWENS
Même la vue la plus perçante, roman
Le Chant du loup, roman
Le Joueur des ténèbres, roman

DOUG PEACOCK
Mes Années grizzlis

SUSAN POWER
Danseur d'herbe, roman

LESLIE MARMON SILKO
Cérémonie, roman

DAVID TREUER
Little, roman

BRADY UDALL
Lâchons les chiens, nouvelles

JAMES WELCH
L'Hiver dans le sang, roman
La Mort de Jim Loney, roman
Comme des ombres sur la terre, roman
L'Avocat indien, roman

La composition de cet ouvrage
a été réalisée par Nord Compo
à Villeneuve-d'Ascq,
l'impression et le brochage ont été effectués
sur presse Cameron dans les ateliers
de ***Bussière Camedan Imprimeries***
à Saint-Amand-Montrond (Cher),
pour le compte des Éditions Albin Michel.

Achevé d'imprimer en décembre 1998.
N° d'édition : 17831. N° d'impression : 985694/4.
Dépôt légal : janvier 1999.